Moon Dance

Blutsbündnis-Serie Buch Eins

Amy Blankenship, RK Melton
Übersetzt ins Deutsche von
Martina Hillbrand

Copyright © 2012 Amy Blankenship
German Auflage herausgegeben von TekTime
Alle Rechte vorbehalten.

PROLOGUE

Angeles National Forest ist das Zuhause von gefährlichen Pumas und importierten Jaguaren, die sich in dem riesigen Forst herumtreiben. Manchmal, in klaren Nächten, nehmen ihre Zahlen ein wenig zu, wenn die Wer-Tiere, oder Formwandler, wie sie im Volksmund bekannt sind, mit ihren entfernten Verwandten durch das ungezähmte Land streifen. Es sind diese Nächte, wo die echten Tiere sich in ihren Bauen verstecken, während die Raubtiere aus der Stadt ihr Territorium lang genug belagern, um zu jagen, oder seltener, um Kämpfe auszutragen, die im Gebiet der Menschen nicht ausgefochten werden können.

Es gibt nichts Wilderes, als wenn diese Formwandler kämpfen, und wenn einer von ihnen verletzt wird, dann werden sie für Menschen ebenso gefährlich wie für ihre tierischen Pendants. Um die Menschen, unter denen sie leben, zu schützen, werden Auseinandersetzungen zwischen Formwandlern wann immer möglich außerhalb der Reichweite dieser

Menschen ausgetragen, und der beste Ort dafür ist tief in ihren ursprünglichen Jagdgründen.

Heute Nacht wurde der Forst gespenstisch still, als die beiden Besitzer des größten Nachtclubs der Stadt den Urwald betreten und sich ihrer Kleider entledigen, um die Bestien in ihrem Inneren freizulassen. Heute Nacht gingen sie auf Jagd nach dem Grab eines Vampirs, der sie beide zerstören könnte.

Tief im Wald, wo keine Menschen sie hören konnten, sprintete Malachi, der Anführer eines kleinen Jaguar-Klans, durch die Dunkelheit auf seinen Gegner zu… einen Mann, dem er nie mehr vertrauen hätte sollen als seinem besten Freund. Sein Ziel war ein anderer Formwandler, dieser mit Pumablut in seinen Adern, Nathaniel Wilder… sein Geschäftspartner seit 30 Jahren.

Malachi brach durch den Wald und kam auf die Lichtung, wo er Nathaniel in menschlicher Gestalt auf ihn wartend vorfand. Als er ein paar Schritte vorwärts machte, war es, als würde er in eine andere Gestalt gehen, als Malachi sich wieder in seine menschliche Form verwandelte. Sie beide waren tödlich, egal in welche Gestalt sie sich verwandelten. Als Menschen waren sie beide athletisch mit Muskeln wie Stahl, die unter ihrer weichen Haut angespannt waren. Formwandler altern nur langsam, und so sahen beide Männer aus wie Mitte dreißig, obwohl sie die fünfzig schon weit hinter sich gelassen hatten.

Wenn dies ein Hollywood-Film gewesen wäre, hätte es mehrere Minuten gebraucht, um dies grundlegend zu ändern, aber es war die Wirklichkeit und es gab auf der Lichtung keine sabbernden Monster. Nacktheit hatte für einen Formwandler keine

Bedeutung und der Mond leuchtete wie ein Scheinwerfer durch ein Loch in den Gewitterwolken über ihnen.

„Es braucht nicht so weit zu kommen", sagte Nathaniel während er hoch aufgerichtet dastand und versuchte, seinen Freund zur Vernunft zu bringen. „Hör mir zu! Es war vor dreißig Jahren, und die Dinge haben sich verändert... ich habe mich verändert."

„Lügen von dreißig Jahren!", donnerte Malachi, wobei seine Stimme über die ganze Lichtung schallte. Sein Blick wanderte zu dem Punkt, wo er Kane beerdigt hatte, und er fühlte, wie das Stechen von Feuchtigkeit sich in seinen Augen sammelte. „Wegen dir habe ich Kane im Dreck eingegraben... wegen dir habe ich ihn dreißig Jahre lang im Stich gelassen."

„Ich kann nicht zulassen, dass du ihn ausgräbst, Malachi! Du weißt, was geschehen wird, wenn du es machst." Nathaniel beobachtete Malachi nervös, wie dieser sehnsüchtig auf das Grab des Mannes, der einst sein bester Freund gewesen war, schielte. Er hatte es nie verstanden. Kane war ein Vampir und gefährlich.

Kane war außerdem eines der beiden Dinge gewesen, die einer Partnerschaft zwischen den Jaguaren und den Pumas im Weg gestanden hatten... Kane und Malachis schöne, hinterlistige, fremdgehende Frau Carlotta. Nathaniel hatte sie zuerst geliebt. Er hatte nicht gewollt, dass es so kommen würde. Schlussendlich hatte Nathaniel das Problem in einem eifersüchtigen Wutausbruch gelöst... wobei er zwei Fliegen auf einen wilden Schlag tötete.

„Er war mein bester Freund, und er hat mich nie betrogen! Du warst derjenige, der mir in den Rücken gefallen ist!" Malachi blinzelte die Tränen seiner Wut weg, als er seine Hand hob und den Ohrring, den er trug, berührte… Kanes Ohrring. Was hatte er getan? Als er Kane gefunden hatte, wie er sich über seine tote Frau gebeugt hatte, hatte er verwirrt inne gehalten, bis Nathaniel bestätigt hatte, dass Kane der Mörder war.

Sie war genau hier auf diesem Feld gestorben, also hatte er es für richtig gehalten, Kane an dieses Land zu binden… in diesem Boden einzuschließen. Er hatte sogar Kanes Zauberspruchbuch gestohlen und es zur Rache gegen ihn verwendet.

Ja, in einer Sache hatte Nathaniel recht. Die meisten Vampire waren böse, aber es gab einige Ausnahmen, und Kane war eine davon gewesen. Aber nichts war schlimmer, als das, was er selbst getan hatte. Dieser Zauber konnte nur durch Kanes Seelenfreundin rückgängig gemacht werden.

Malachi hatte damals gedacht, dass das lustig war, denn Kane war alterslos gewesen, und hatte doch noch nie eine Seelenfreundin getroffen. In der Vergangenheit hatten er und Kane oft Scherze darüber gemacht, dass so eine Frau nie geboren werden würde. In seinem Kopf blitzten Erinnerungen von Kanes Lächeln auf, als er gesagt hatte: 'Gott müsste Sinn für Humor haben, um jemals eine Frau zu erschaffen, die sich mit mir und einigen meiner Angewohnheiten abgeben würde.'

„Er ist schon zu lange da unten", warnte Nathaniel. „Mit dieser Art von Blutdurst und Verrücktheit, von der er besessen ist… wenn du Kane jetzt befreist, wird er uns nur töten."

Malachis Kopf hob sich ruckartig und er starrte böse auf Nathaniel. „Er wird nur mich umbringen müssen, denn du wirst schon tot sein."

Nachdem die Drohung ausgesprochen war, nahmen beide Männer wieder ihre tierische Gestalt an.

*****

Am Rande des Campingplatzes, der dem riesigen Wildtierpark am nächsten war, saß Tabatha King, oder Tabby, wie sie alle zu nennen schienen, auf den Stufen des großen Wohnwagens ihrer Eltern und schaute hinauf in die Sterne, die durch die dicken Wolken blinzelten. Sie blies sich ihre Stirnfransen aus ihren Augen, froh darüber, dass es endlich aufgehört hatte zu regnen.

Es war das erste Mal, dass sie Campen war, und das Allerletzte, was sie wollte, war, die ganze Zeit im Wohnmobil eingeschlossen zu sein. Sie war so aufgeregt gewesen, über den Ausflug, und sie hatte sich sogar noch mehr gefreut, als ihre Eltern erlaubt hatten, dass sie den kleinen Familienhund Scrappy mitbringen konnte. Es hatte lange gedauert, aber nach viel Bitten und Betteln, und nachdem sie versprochen hatte, sie würde sich um ihren kleinen besten Freund, einen kleinen Yorkshire Terrier-Welpen, kümmern, hatte sie ihre zögernden Eltern endlich überzeugen können.

Scrappy war gerade damit beschäftigt, die Dunkelheit zu verbellen, wobei er an seiner Leine zerrte und wartete, dass er die Schatten jagen durfte, die seine Aufmerksamkeit erregt hatten. Das kleine Mädchen schrie leise auf, als Scrappy sich plötzlich von seiner Leine losriss und weglief. Sie stand von den Metallstufen auf, als der Welpe durch ein kleines Loch in dem Zaun, der den Campingplatz vom Wildtierpark trennte, kroch.

„Scrappy, nein!", rief Tabby und rannte hinter dem Hund her. Ihre Eltern hatten darauf vertraut, dass sie ihn nicht verlieren würde. Am Zaun stehenbleibend atmete sie unsicher ein, als sie hinaus in die Dunkelheit der Bäume blickte. „Ich bin kein Feigling." Sie biss entschlossen auf ihre Unterlippe, ehe sie auf ihre Knie sank, um die Öffnung im Zaun zu inspizieren.

Mit nur wenigen Kratzern schaffte sie es, sich durch dasselbe Loch zu zwängen und rannte davon in den Wald, wobei sie dem Geräusch von entferntem Hundegebell folgte. „Du wirst mich noch in Schwierigkeiten bringen", flüsterte sie rau, dann begann sie, mit ihrer Zunge zu schnalzen, wissend, dass der Welpe oft auf dieses Geräusch reagierte.

„Tabby, wo bist du?"

Hinter sich hörte Tabatha ihre Mutter rufen, aber sie war mehr darauf konzentriert, ihren Hund zurück zum Campingplatz zu bringen. Scrappy war ihr Hund, und sie musste auf ihn Acht geben. Also, anstatt ihrer Mutter zu antworten oder nach dem Welpen zu rufen, schwieg sie und folgte dem Geräusch von Scrappys schrillem Gebell.

Es dauerte nicht lange, dann musste Tabatha kurz stehenbleiben, um wieder zu Atem zu kommen. Sie lehnte sich mit dem Rücken an einen Baum und stützte ihre Hände auf ihre schmutzigen Knie, schwer atmend lauschte sie den Geräuschen des Waldes. Sie hatte schon immer einmal mitten im Wald stehen wollen, und einfach zuhören, so wie die Indianer das in Fernsehfilmen machten.

Die Regenwolken, die sich für kurze Zeit geöffnet hatten, kamen wieder zurück und das helle Mondlicht verschwand plötzlich. Ihre Augen weiteten sich, als sie erkannte, dass sie die Lichter des Campingplatzes nicht mehr sehen konnte.

Sie machte einen zögerlichen Schritt nach vorne und blickte wild um sich, aber alles, was sie sehen konnte, waren Dunkelheit, kaum erkennbare Baumstämme und noch dunklere Schatten. Sie winselte leise, als etwas in der Ferne hinter ihr knurrte. Sie entschied, dass ihr jene Richtung nicht gefiel und rannte in die entgegengesetzte Richtung, ohne sich noch einmal umzusehen.

Nach einiger Zeit, die ihr wie eine Ewigkeit erschien, hörte sie Scrappy wieder bellen und lief in diese Richtung, hoffend, dass, was auch immer geknurrt hatte, sie nicht verfolgte. Sie hörte ein weiteres Knurren, aber diesmal kam es von irgendwo vor ihr.

Indem sie ihre Fersen in den Boden stemmte, versuchte sie, stehenzubleiben, aber durch den Regen war der Waldboden bedeckt mit feuchtem Laub und Schlamm. Anstatt stehenzubleiben, rutschte sie sogar noch weiter zur Seite, ehe sie über eine kleine Anhöhe hinunter kullerte.

Die Luft blieb ihr weg, als ihr Körper einen Baum traf, der ihre Rutschpartie beendete. Das Erste, was ihr auffiel, nachdem sie wieder zu Atem gekommen war, war, dass Scrappy nicht mehr bellte. Sie hörte wieder das Knurren und begann, den Hügel wieder hoch zu krabbeln, als sie ein leises Winseln hörte. Sie drückte sich hoch auf ihre Knie, schielte über den Baumstamm und sah eine kleine Lichtung, auf die der Mond gerade herunter leuchtete.

Gleich dort, in der Mitte war Scrappy und winselte so, als wäre er gerade von dem Hund zu Hause, am Ende der Straße, verprügelt worden. Der Welpe lag flach am Boden und krabbelte rückwärts. Tabathas blaue Augen wurden groß, als sie sah wieso. Zwei Tiere kamen auf der Lichtung langsam aufeinander zu und Scrappy befand sich genau in der Mitte zwischen ihnen.

„Dummkopf", zischte Tabby leise.

Sie erkannte die Tiere von Bildern, die ihr Vater ihr gezeigt hatte, bevor sie auf Urlaub fuhren. Eines war ein Puma, und das andere erkannte sie vom Fernsehen... ein Jaguar. Sie liebte es, Tiersendungen zu sehen, und sie war nicht so empfindlich wie ihre Mutter, wenn die Tiere im Fernsehen einander angriffen. Aber das hier war anders... es war echt und es war etwas beängstigend.

Sie waren Katzen, die dich fressen konnten, und große noch dazu. Die eleganten Tiere umkreisten einander, während sie tief in ihren Kehlen knurrten, ihre Augen glänzten wie goldene Medaillons. Die tödlichen Geräusche wurden vom leichten Wind zu Tabatha geweht, die mit nervöser Ehrfurcht zusah.

„Komm schon, Scrappy", flüsterte sie, hoffend, dass die riesigen Katzen sie nicht hören würden. „Komm her bevor einer von ihnen auf dich tritt." Sie wollte eigentlich 'dich frisst' sagen, aber sie wollte den armen Welpen nicht noch mehr verängstigen, als er es ohnehin schon war.

Die Katzen schrien plötzlich, sodass Tabatha sich mit den Händen die Ohren zuhielt, weil es so laut war und so beängstigend klang. Sie rannten mit atemraubender Geschwindigkeit über die Lichtung, sodass Scrappy seinen Schwanz zwischen die Beine einzog und vor Angst kreischte.

Als sie den traumatisierten Welpen so sah, kletterte Tabatha über den Baum und rannte so schnell sie konnte zu Scrappy. Sie war Scrappy näher als die Katzen und warf sich auf ihn, sodass sie seinen kleinen Körper mit ihrem bedeckte, gerade als die beiden Tiere nach vorn sprangen, und in der Luft genau über ihr aufeinander prallten.

„Bitte, verletzt meinen Hund nicht!", schrie sie.

Sie schrie noch einmal auf, als scharfe Krallen ihren Arm zerkratzten, und weitere Krallen über ihren Rücken streiften. Die Katzen fielen mit einem markerschütternden Krachen auf den Boden direkt hinter ihr, knurrten und schrien einander an. Sie blieb über Scrappy gekauert, der noch immer zitterte und leise winselte, wagte es nicht, sich nach den Tieren umzusehen, die nur einen Meter hinter ihr kämpften.

Tabatha hatte Angst sich zu bewegen und hielt den Hund so fest sie konnte in ihren Armen. Ihre Augenlider waren aufeinander gepresst und sie begann Scrappy zuzuflüstern, dass er laufen und Hilfe holen sollte, wenn eine der Katzen auch sie erwischte. Etwas feuchtes Warmes platschte auf ihren Rücken, aber sie bewegte sich noch immer nicht. Schließlich endete der Kampf und sie wagte es, über ihre Schulter zu schielen.

Sie begann zu zittern und zu weinen, als sie zwei Männer hinter ihr liegen sah, über und über mit Blut verschmiert. Tabatha kam langsam auf ihre Knie hoch, Scrappy in ihren Armen, und begann sich rückwärts von ihnen zu entfernen. Wo waren der Puma und der Jaguar hin? Hatten sie die Männer angegriffen und waren dann weggerannt? Wieso hatten die Männer keine Kleider an?

Nathaniel öffnete plötzlich seine Augen und fletschte sehr scharfe Zähne in ihre Richtung.

Tabatha stolperte rückwärts und wäre beinahe umgefallen, aber konnte gerade noch ihr Gleichgewicht wiederfinden. Scrappy kreischte wieder, als das Knurren des Mannes so klang, wie das eines Pumas, und riss sich aus Tabbys Armen los. Er rannte weg in den Wald, bellend vor Angst.

Malachi zuckte während Blut aus seiner Brust strömte. Er öffnete den Mund und knurrte ein Wort in die Richtung des kleinen Mädchens.

„Lauf!" Seine Stimme verendete mit dem ohrenbetäubenden Schrei eines Jaguars.

Tabatha ließ sich das nicht zweimal sagen. Sie drehte sich um und rannte von der Lichtung weg, ohne sich noch einmal umzusehen. Es war ihr egal, wohin sie ging, sie wollte nur weg von dem fürchterlichen, blutverschmierten Mann.

*****

„Danke, und hier sind die Lokalnachrichten. Heute Abend hatte eine Familie Grund zum Feiern. Ihre Tochter, Tabatha, konnte endlich ziellos durch den Angeles National Forest wandernd gefunden werden, nachdem sie vor drei Tagen von einem Campingplatz nahe des Crystal Lake verschwunden war, um ihren Hund zu suchen. Scheinbar hatte sich der Hund von der Leine losgerissen und war in den Wald gerannt. Die Siebenjährige verfolgte den Hund mutig und konnte bis heute Vormittag nicht gefunden werden. Leider fehlt von dem Hund immer noch jede Spur. Laut offiziellen Angaben befindet sie sich im Bezirkskrankenhaus und erholt sich von ihrem Schock, da es scheint, dass sie den Angriff eines Pumas überstanden hat. Die kleine

Tabatha erzählte den Park-Rangern immer wieder von zwei verletzten Männern im Wald, aber eine gründliche Suche auf einer Fläche von fünftausend Quadratkilometern blieb erfolglos. Wir werden Sie auf dem Laufenden halten."

KAPITEL 1

10 Jahre später…
Laute Musik schallte rhythmisch aus dem Club, sein großes, violettes, Neon-beleuchtetes Reklameschild wechselte die Farben synchron mit dem Rhythmus. Das Licht warf einen gespenstischen Schein auf das Gebäude gegenüber. Am Dach jenes Gebäudes stand ein Mann mit kurzem, hellblondem Haar mit einem Fuß an der Kante. Er beugte sich nach vorne, einen Ellbogen auf sein angewinkeltes Knie gestützt, während er eine Zigarette rauchte.

Kane Tripp senkte seinen Kopf leicht und fuhr mit der Hand durch die kurze Igelfrisur. Es hatte ihn geschmerzt, es abzuschneiden, er vermisste sein langes Haar noch immer. Er konnte sich noch an das seidige Gefühl erinnern, wenn es seinen Unterrücken streichelte. Er hob die Zigarette zu seinen Lippen hoch und nahm einen tiefen Zug, wissend, dass er eine Menge Dinge vermisste, wie die Zigaretten, die er früher geraucht hatte, bevor er lebendig begraben und wie tot zurückgelassen worden war.

Vor vierzig langen Jahren war er unvorbereitet auf Malachi, den Anführer des Jaguar-Klans getroffen, und beschuldigt worden, die Partnerin des Formwandlers ermordet zu haben. Vor jener Nacht hatte Kane sich mit den Jaguaren gut verstanden, und ihr Anführer war einer seiner besten Freunde gewesen. Kanes Lippen wurden schmal, als er daran dachte. Malachi hatte ihn angeklagt, über ihn gerichtet und das Urteil vollstreckt, alles in einem großen Wutausbruch.

Mit einem Zauber aus dem Buch, von dem Kane gedacht hatte, dass er es so sorgfältig versteckt gehabt hatte, hatte Malachi ihn mit einem Fluch gefesselt, der es ihm unmöglich machte, sich zu bewegen oder zu sprechen… ihn unfähig machte, sich zu verteidigen. Dann hatte er Kanes Blutstein-Ohrring weggenommen, der es ihm ermöglichte, sich im Tageslicht zu bewegen. Die Blutsteine hatten einst dem ersten Vampir, Syn, gehört.

Kane hatte einmal gefragt, wie es einen ersten Vampir geben konnte, und die Antwort hatte ihn überrascht.

Syn war alleine in diese Welt gekommen, verletzt und am Verhungern. Ein junger Mann hatte ihn gefunden, und da er schon fast verhungert war, hatte Syn sein Blut genommen. Der Vampir hatte schnell gelernt, dass die Menschen in dieser Welt sehr zerbrechliche Kreaturen waren, deren Seele sie verlassen würde, wenn er sein Blut teilte, in der Hoffnung auf diesem Planeten eine Familie zu gründen. Aber wenn ihre Seelen einmal weg waren, waren sie für ihn nutzlos und wenig mehr als Monster.

Während seines endlosen Lebens hatte Syn nur drei solche Menschen gefunden, die ihre Seele behalten hatten... seine Kinder geworden waren. Der einzige Unterschied war, dass, als sie erst einmal verwandelt worden waren, die Sonne sie verbrennen würde... sodass sie, und ihre Monster-Geschwister, sich vor dem Tageslicht verstecken mussten. Auf Syns Planeten war das wegen dem Blutstein nie ein Problem gewesen.

Die breiten Armbänder, die Syn getragen hatte, waren von seiner Welt gekommen, und waren aus dem Blutstein gefertigt. Er schnitt drei Stücke der Armbänder ab und machte damit einen Ring, eine Halskette und einen einzelnen Ohrring. Kane hob wieder die Hand und berührte den Ohrring, den er trug.

Während der Blutstein ihm ein halbwegs normales Leben ermöglicht hatte... war es Syns Zauberspruchbuch gewesen, das Kanes Niedergang bedeutet hatte. Syn hatte es seinem Auserwählten überlassen, um weise verwendet zu werden, während er schlief. Darin fand sich der Zauber für den Fluch, mit dem seelenlose Kinder außer Gefecht gesetzt werden konnten, wenn sie zu einem zu großen Risiko für die Menschen wurden.

Als der Zauber ihm selbst auferlegt worden war, konnte Kane nur zusehen und mit dunklen, regungslosen Augen seinen einstigen Freund betrachten, wie er die schwarze Erde mit dem Spaten auf ihn warf. Das Letzte, was er gesehen hatte, war der Anblick des Sternenhimmels über dem Wald.

Die Dunkelheit hatte alles eingehüllt und es war so still gewesen. Der Fluch hielt ihn bewegungslos, aber er konnte Dinge fühlen, die in der Erde über ihn krabbelten. Winzige, sterbliche Kreaturen, die es nicht wagten, sein untotes Fleisch zu fressen, aber unwissend an seiner Seele nagten.

Als die Zeit verging, war er sicher geworden, dass er verrückt geworden war, und dann hatte er begonnen, immer wieder Geräusche zu hören... Stimmen. Er hatte sich darüber in seinem Gefängnis gefreut, und er hatte sich danach gesehnt, mehr zu hören. Manchmal hörte er ganze Familien, andere Male hörte er nur Erwachsene.

Manchmal hatte er versucht, sich gegen den Fluch zu wehren, nach Hilfe zu rufen oder auch einfach mit sich selbst zu reden. Der Zauber hielt ihn fest, machte ihn völlig hilflos. Er kannte den Zauber... er hatte ihn an Monstern verwendet. Es war ein komplexes Stück Magie, das des Blutes eines Geliebten bedurfte, um ihn zu befreien. Ein Liebeszauber, der so stark war, dass nur die Seelenfreundin des Opfers ihn brechen konnte.

An den seelenlosen Vampiren hatte es immer funktioniert, denn man musste eine Seele haben, um eine Seelenfreundin zu rufen. Er hatte den Zauber mehr als nur einmal verwendet, um die Welt von seinen dämonischen, mordenden Geschwistern zu befreien, die nur ihren Blutdurst kannten.

Kane lachte boshaft über die unvergessliche Erinnerung, zu wissen, dass er dem Schicksal ausgeliefert war... denn er hatte keine Seelenfreundin. Zumindest hatte er ein solches Wunder nie getroffen. Und wenn er eine hatte, dann war es unwahrscheinlich, dass sie einfach zufällig über sein Grab stolperte, und dabei noch blutete. Malachi war am Boden zerstört gewesen... er hatte seine Frau so sehr geliebt, dass er wollte, dass Kane die Tiefe einer solchen Liebe kennenlernte, und sich danach sehnte.

Und wie er sich danach gesehnt hatte. Oft hatte er Tränen vergossen, jeden Gott, der ihm zuhören wollte, angefleht, seine Seelenfreundin zu ihm zu bringen, damit er seine Freiheit wiedererlangen konnte. Wenn er wirklich die Frau seines Freundes ermordet hätte, dann wäre es eine gerechte Strafe gewesen. Aber er hatte sich einer solchen Tat nicht schuldig gemacht.

Eines Nachts, lange nachdem er jede Hoffnung aufgegeben hatte... hatte er es gehört. Das eindeutige Geräusch von Malachis Brüllen unterbrach seinen wahnsinnigen inneren Monolog, begleitet von einem weiteren tierischen Wutgeschrei. Dann, zu seinem Schrecken, hatte er die Stimme eines kleinen Mädchens direkt über ihm gehört, die schrie, dass sie ihren Welpen nicht verletzen sollten.

Der Laut ihrer leisen, ängstlichen Stimme hatte etwas in ihm berührt, sodass er sich danach sehnte, frei zu sein, damit er das Mädchen vor dem Monster der Nacht beschützen konnte.

'Malachi wird deinen Welpen nicht verletzen, Kleines", hatte Kane in Gedanken geflüstert.

Und es war wahr. Malachi würde niemanden verletzen, außer wenn man ihm auf irgendeine Art ein schweres Leid antat... besonders nicht ein Kind. Mit dem Wissen, dass sein Freund irgendwo über ihm gewesen war, hatte Kane einen Funken Leben in sich zurückkehren gefühlt. Er war wütend geworden, als das Mädchen noch einmal geschrien hatte und er gehört hatte, wie etwas schwer am Boden gelandet war. Blut... er hatte frisch vergossenes Blut gerochen, das durch die weiche Erde auf ihn zu gesickert war.

Es war das Schönste gewesen, was ihm je zugestoßen war. Der Geruch war in seine Gedanken eingedrungen und hatte ihn beinahe noch mehr um den Verstand gebracht, da er gewusst hatte, dass er nicht danach greifen konnte. Er war so schwach gewesen dadurch, dass er so viel Zeit ohne auch nur einmal zu trinken verbracht hatte… verdurstend doch ohne je zu sterben. In jenem Moment hatte er gefühlt, wie einer seiner Finger zuckte.

Kane hatte sich darauf konzentriert und alles, was noch von seinem Verstand übrig war, darauf gerichtet, sich zu bewegen. Er hatte gefühlt, wie die Tage vergingen, urteilend nach der Wärme, die er vom Boden über ihm gefühlt hatte. Der Geruch des Blutes hatte ihn inzwischen umgeben und hatte ihn vorwärts getrieben. Schließlich hatte er es geschafft, langsam seine Arme zu bewegen und mit dem langwierigen Prozess, sich selbst aus seinem eigenen Grab auszugraben, begonnen.

Weitere Tage waren vergangen, und als seine Hand endlich zur Oberfläche durchgestoßen war, hatte er buchstäblich Freudentränen vergossen. Nachdem er sich aus dem Dreck gezogen hatte, hatte Kane seine Augen geöffnet und nach oben gestarrt, lachend wie ein Wahnsinniger, als er den schwarzen Himmel und die Sterne über sich erblickte. Als er wieder zurück zum Boden gesehen hatte, hatte er ein Stück Stoff gesehen, auf dem kleine Bluttropfen eingetrocknet waren. Er hatte es hoch zu seiner Nase gehoben und genüsslich den Geruch des Blutes eingeatmet, das ihn befreit hatte.

Das Erinnerungsstück an seine Retterin fest mit den Fingern umklammert, hatte er den Rest seines Körpers aus dem Boden gewuchtet. Malachi und der Formwandler, der der wahre Mörder der Frau des Jaguars war, hatten tot wenige Meter von seinem Grab entfernt gelegen.

Als er an ihnen vorbei in den Wald hinein geschaut hatte, hatte er gewusst, dass das Mädchen längst weg war, aber Kane war überzeugt davon gewesen, dass das Kind seine Seelenfreundin war. Wer sonst hätte den Fluch brechen können, den Malachi ihm auferlegt hatte?

Zu schwach um sich auf die Suche nach dem Mädchen zu machen, war Kane hinüber zu Malachi gekrabbelt und hatte scheinbar die Wange des Mannes sanft gestreichelt. Als er sein Gesicht zu ihm herum gedreht hatte, hatte Kane vor Verwirrung zischend ausgeatmet. Malachi hatte seinen Blutstein-Ohrring getragen. Seinen Ohrring!

In einem Augenblick der Rage und mit einer Bewegung, die zu schnell war, um sie zu erkennen, war Kane aufgestanden, den Ohrring fest in der Hand. Während er hinüber geblickt hatte zu Nathaniel, dem Mann, der ihm seinen Mord in die Schuhe geschoben hatte, hatte Kane die Dunkelheit wie einen Mantel um sich gesammelt und war in der Schwärze der Nacht verschwunden.

Kane atmete aus und sah zu, wie der Rauch durch die Luft schwebte, sich vor ihm aufspulte, ehe er vom leichten Wind verweht wurde. Er hatte die letzten zehn Jahre damit verbracht, von Land zu Land, von Kontinent zu Kontinent zu reisen und alles in Erfahrung zu bringen, was er in den dreißig Jahren seiner Gefangenschaft verpasst hatte.

Langsam hatte er seine Kraft wieder aufbauen können, angefangen mit einem kleinen Yorkshire Terrier-Welpen, den er in jenem Wald zusammengekauert in einem hohlen Baumstumpf gefunden hatte. Es war jemandes Haustier gewesen, und er hatte sich dafür geschämt, eine solche Sache zu machen, aber die Notwendigkeit, sich zu ernähren, war zu dem Zeitpunkt stärker gewesen als die Reue.

Erst nachdem er getrunken hatte, war ihm klar geworden, dass der Hund dem Kind gehörte, das ihn befreit hatte. Nachdem er noch immer einen kleinen Lebensfunken in dem kleinen Fellknäuel gefühlt hatte, hatte er das Dümmste getan. Indem er sich selbst in sein Handgelenk biss, förderte er ein paar Blutstropfen zu Tage und ließ sie auf dessen rosa Zunge fallen, dann legte er den Welpen auf den Boden und fragte sich, was zum Teufel er eigentlich machte. Es konnte nie funktionieren... oder?

Sie hatte ihn zweimal gerettet, und wusste es nicht einmal. Die Erinnerung an ihre verängstigte Stimme konnte ihn aus dem tiefsten Schlaf reißen. Er wünschte sich, dass er sie gesehen hätte... Nur ein einziges Bild, das zu der Stimme gehörte, die ihn verfolgte.

Er griff in seine Hosentasche und zog das kleine Halsband heraus, starrte auf die knochenförmige Marke, die daran hing. Er wusste den Namen der Familie, aber die Adresse darauf stimmte nicht mehr... schon seit Jahren. Als er endlich gelernt hatte, Computer zu verwenden, hatte er sie gesucht, aber die Eltern des Mädchens waren tot und das Haus war verkauft worden. Die Tochter, von der er sicher war, dass sie diejenige war, die ihn befreit hatte, war spurlos verschwunden.

Kane warf seine Zigarette neben seinen linken Fuß und trat sie aus. Nachdem er nach Los Angeles zurückgekehrt war, war er sofort zu dem Club gegangen, den Malachi einst besessen und wo er gelebt hatte, nur um herauszufinden, dass er verkauft worden war, und seine Kinder umgezogen waren. Das neue

Lokal war früher nur eine verlassene Lagerhalle gewesen, aber die Jaguare hatten sie kürzlich renoviert und in einen modernen Nachtclub umgebaut. Malachis Kinder leiteten den Betrieb jetzt.

Er schüttelte den Kopf und fragte sich, wie Malachi sich selbst dazu bringen hatte können, noch einmal zu heiraten, denn er wusste, wie sehr Malachi seine erste Frau geliebt hatte. Sie war seine Seelenfreundin gewesen und obwohl Formwandler für ihre sexuellen Gelüste bekannt waren, war es beinahe unmöglich, dass sie eine andere lieben konnten, nachdem sie einmal ihre Seelenfreundin gefunden hatten.

Als Kane es nachgeforscht hatte, hatte er gesehen, dass Malachis neue Frau ihm vier Kinder geboren hatte, und dann bei der Geburt ihres jüngsten Sohns, Nick, gestorben war.

Malachi war in der Nacht gestorben, als er von unter der Erde sein Brüllen gehört hatte, aber Kane fühlte immer noch Rachegelüste, die an ihm nagten. Fast alle Vampire werden aus der Dunkelheit geboren, und vielleicht hatte Syn falsch gelegen, als er dachte, dass er so anders war als seine bösen Geschwister. Vielleicht war durch dreißig Jahre lang den Verstand verlieren so viel Schaden angerichtet worden, dass er nun auch keine Ausnahme mehr war. Sein Geist war noch immer an dem dunklen Ort, wo Malachi ihn hingebracht hatte.

Was Kane betraf, waren es die Jaguare gewesen, die zuerst mit dem Blutvergießen begonnen hatten. Jetzt war er zurück, um ihnen den Gefallen zurückzuzahlen... der gesamten, verdammten Rasse der Formwandler, und beginnen wollte er mit Malachis Kindern. Oh, aber damit würde er nicht enden. Danach würden die Kinder von dem Formwandler kommen, der ihn falsch beschuldigt hatte... Nathaniel Wilder.

Anhänger hinter sich zu versammeln, die ihm Blut lieferten, war nicht schwer gewesen. Kane war noch immer überrascht über die ganze Untergrund-Gothic-Szene in der Innenstadt. Viele von ihnen träumten nur davon, zu sein, was er war... ein echter Vampir anstelle eines Gothic Möchtegern.

Alles, was er hatte tun müssen, war, einen zu verwandeln und seinen seelenlosen Untertanen dann sich selbst zu überlassen. Er hatte sich für den Gefährlichsten der Gruppe entschieden... denjenigen, der seine Seele scheinbar schon an die Dunkelheit verloren hatte. Raven, ein Gauner, der als Mensch schon fast psychopathisch gewesen war... ein Ausgestoßener der Gothic-Szene, der schon nach Blut lechzte, lange bevor er es wirklich brauchte.

Raven war die einzige Person, der Kane je von den Formwandlern, die ihm in den Rücken gefallen waren, ihm die Schuld für etwas in die Schuhe geschoben hatten, was er nicht getan hatte, und ihn dann lebendig begraben hatten, erzählt hatte. Er wusste nicht, wieso er es Raven erzählt hatte... aus Langeweile vielleicht.

Kane hatte den Gauner auf die Stadt losgelassen. Raven war schon, bevor er als Kind der Nacht wiedergeboren worden war, wütend gewesen und nun hatte Kane ihm ein Ventil für diese Wut gegeben. Raven hatte es sich selbst zur Aufgabe gemacht, in Kanes Namen Rache zu üben und der seelenlose Vampir nutzte seine neuen Fähigkeiten in vollem Ausmaß.

Er hatte sich nicht damit bemüht, Raven davon abzubringen, denn es passte perfekt zu seinen Plänen, wie er den Rest der Malachi-Familie stürzen wollte. Wieso sollte er die Formwandler vor Raven schützen? Den einzigen Hinweis, dem er ihm hilfreich angeboten hatte, war, dass er keine Menschen töten musste, um sich zu ernähren, dass er überhaupt keinen Schaden anzurichten brauchte, wenn er es nicht wollte. Es war nicht seine Schuld, dass Raven sich entschieden hatte, trotzdem zu morden.

Das erste Mal, wo Raven einen Mord begangen hatte, war das einzige Mal gewesen, dass Kane eingeschritten war, um den Jungen abzufangen, ehe er den Toten mit den deutlichen Vampir-Spuren im Blickfeld von Menschen liegen lassen konnte. Seine Art geheim zu halten, war für ihn ein Teil seines Selbsterhaltungsinstinkts und er hatte vergessen, dieses Geheimnis mit Raven zu teilen. Kane hatte ihm gezeigt, wie man durch die Wunden, die die Fangzähne hinterließen, schneiden konnte, um es mehr wie einen einfachen, sadistischen Mord aussehen zu lassen.

Raven hatte angefangen, seine Opfer in der Nähe des Moon Dance zu hinterlassen, wo die Polizei sie finden sollte. Das war die perfekte Vorbereitung. Die meisten Vampire waren von sich aus böse, also hatte Kane den Großteil seines untoten Lebens innerhalb der Reichweite von Mördern zugebracht. Diesem Jungen zuzusehen, wie er tötete, erschien ihm nur normal.

Wäre Syn wach gewesen, um die Mordserie mitzuerleben, dann hätte er die Welt von dem Unheil erlöst, indem er Raven getötet oder in ein Grab gefesselt hätte. Jetzt, wo Kane eine solche Bestrafung erlebt hatte, würde er eher den schnellen Tod wählen.

Bevor er verbannt worden war, war er mit einem anderen Vampir befreundet gewesen… Michael. Sie waren länger zusammen gewesen, als sie sich überhaupt erinnern konnten, oder wollten. Sie beide hatten Blutsteine erhalten, da sie ihre Seelen behalten hatten... sie und Michaels Bruder Damon.

Michael war ein guter Mann... immer noch auf der Seite der Engel, wie sie meinten, obwohl er Gerüchte davon gehört hatte, dass Damon eine dunkle Seite entwickelt hatte, und sie an seinem Bruder auslebte. Vielleicht würde er nachher noch bei Damon vorbeischauen und ihm Manieren beibringen, wenn er hier fertig war. Kane wunderte sich über die plötzliche Rivalität zwischen den Brüdern, denn Michael hatte seinen Bruder geliebt... aber die Dinge hatten es in sich, dass sie sich laufend veränderten.

Kane wollte nicht, dass Michael von dem Bösen erfuhr, das das Grab in ihm zurückgelassen hatte. Er hatte in den letzten beiden Wochen einige Zeit damit verbracht, Michael aus der Ferne zu beobachten. Er wusste, dass Michael und der älteste Sohn des Jaguars, Warren, nun Freunde waren... ebenso wie er und Malachi es einst gewesen waren.

Formwandler waren Verräter und Michael musste das erst selbst herausfinden. Indem er die Formwandler aus dem Weg räumte, würde er Michael einen letzten Gefallen tun... um der alten Zeiten Willen.

Kane hob seine Hand und berührte den Ohrring, der den Blutstein enthielt, wissend, dass er ihn immer davon abgehalten hatte, Menschen zu töten. Wenn seine Seele wirklich böse wäre, dann würde die Magie des Blutsteins bei ihm nicht funktionieren. Er hatte sich oft gefragt, wie Malachi diese einfache Tatsache übersehen hatte können... der Beweis für seine Unschuld hatte direkt vor ihm gelegen.

Egal... Er hatte dreißig Jahre in seinem Gefängnis verbracht, als Strafe für eine Tat, die er nicht begangen hatte. „Die Vergeltung wird die Hölle werden, Freunde."

*****

„Telefonverkäufer?", fragte Chad, während er versuchte, sein Grinsen zu verbergen, als seine kleine Schwester den Telefonhörer so schwungvoll auflegte, dass der Apparat von der Wand fiel. Er landete mit einem Krachen am Boden.

Envy trat nach dem Telefon und stellte sich vor, dass es der Kopf ihres Freundes war, bevor sie sich an ihren Bruder wandte. „Seid ihr alle solche Mistkerle, oder sind es nur die, mit denen ich ausgehe?"

Chad hob seine Hände als wolle er sich ergeben. „Meiner Meinung nach sind Frauen ebenso schlimm. Aber jetzt beruhig dich und erzähl deinem großen Bruder, was geschehen ist."

Envy lehnte ihre Stirn an die kühle Wand. Sie weigerte sich, auch nur eine Träne so weit hochsteigen zu lassen, dass sie ihrem Auge entkam. Sie liebte Trevor nicht genug, um um ihn zu weinen, und sie hatte es nun endgültig satt, dass alle Jungs auf die eine oder andere Art unzufriedenstellend waren. „Jason hat gerade angerufen und will mit mir ausgehen. Er dachte, dass ich wieder Single bin, nachdem er Trevor in einem neuen Tanzclub gesehen hat. Er hat mit einem anderen Mädchen rumgemacht, sie auf der Tanzfläche schon quasi vernascht."

Chad schüttelte seinen Kopf. Er würde kein Mitleid für Trevor haben, wenn seine Schwester ihn noch einmal in die Finger bekommen sollte. „Also wie wär's, wenn wir heute Nacht ausgehen?" Er hob eine Augenbraue, wollte das um nichts in der Welt verpassen.

Envy lächelte, ihr gefiel die Idee. „Gib mir zehn Minuten, um mich fertig zu machen."

Chad nickte, setzte sich auf die Armlehne des Sofas und nahm die Fernbedienung um die Nachrichten anzusehen, aber er hörte sowieso nicht zu. Er hatte ohnehin nicht gewollt, dass sie mit Trevor ausging. Er wusste, dass der Junge sich benahm wie ein weit gereister, reicher Vorzugs-Student, nur um alle von seinem wahren Ich abzulenken, aber das bedeutete nicht, dass es ihm gefiel, dass er Envy bezüglich seiner wahren Identität belog. Wollte Trevor mit ihr schlafen, dann musste sie zumindest die Wahrheit darüber wissen, mit wem sie da im Bett war.

Eine Beziehung mit einer Lüge zu beginnen, war nicht der beste Start. Wenn man lügen würde, sollte man sich erst gar nicht darauf einlassen. Er hatte Trevor das letzte Mal, wo er ihn am Polizeirevier gesehen hatte, zur Rede gestellt, und dem verdeckten Ermittler gesagt, dass er Envy entweder die Wahrheit darüber, was er machte, erzählen musste, oder sich von ihr fernhalten. Es war nicht seine Schuld, dass Trevor auf niemanden hörte, außer auf sich selbst.

Es ärgerte ihn, zu denken, dass Trevor Envy vielleicht benutzen könnte, während er in der Club-Szene verdeckte Ermittlungen anstellte. Nachdem sie als Barkeeperin für viele Clubs arbeitete, bekam Trevor die Möglichkeit, in die Gebäude zu kommen, bevor die Lokale öffneten, oder zu bleiben nachdem sie schlossen. Dort zu sein, wenn keine Gäste da waren, ermöglichte es Trevor viel besser herumzuschnüffeln und Envy hatte keinen blassen Schimmer.

Chad weigerte sich, verdeckt zu arbeiten, auch wenn das Spezialeinheiten-Team schon seit einer ganzen Weile versuchte, ihn dazu zu verleiten. Bisher war er aber noch nicht weiter gegangen, als dass er ihr Lieblings-Mann war, wenn sie jemanden rufen mussten, um Türen einzutreten und Leute festzunehmen. Und das war für ihn prima. Er wollte viel lieber den Hintern eines Schurken versohlen, als sich herumzuschleichen, durch Papier zu wühlen und zu quatschen und zu versuchen, bei jemandem Dreck am Stecken zu finden.

Nun, ihr Freund Jason, andererseits, wäre viel besser für eine Beziehung mit Envy geeignet. Sie war mit Jason zur Schule gegangen, aber genau dort lag das Problem. Jason war während der letzten Schuljahre immer in sie verliebt gewesen und hatte so viel Zeit bei ihnen zu Hause verbracht, dass Envy ihn wie einen Bruder ansah… nicht wie einen Mann.

Jason wurde direkt nach der Schule ein Ranger im Angeles National Forest und arbeitete seither dort. Envy verbrachte immer noch gerne Zeit mit Jason. Dadurch sah sie auch ihre beste Freundin Tabatha öfter, nachdem Tabatha auch in Jasons Abteilung als Park-Rangerin arbeitete.

Chad stand vom Sofa auf und wartete vor Envys Schlafzimmertür. Sie wohnten seit vier Jahren zusammen, seit ihre Eltern bei einem Autounfall ums Leben gekommen waren, und sie kamen ausgezeichnet miteinander aus. Er war ein Polizist und sie stand bei mehreren Nachtclubs in der Stadt auf der Abrufliste als Barfrau.

Der einzige Grund, weshalb er ihr nie sagte, dass sie sich doch einen „richtigen" Job besorgen sollte, war, dass sie in den meisten Nächten mehr Geld verdiente als er. Das machte die Sache nur noch besser, denn wenn die Miete fällig wurde, bezahlte sie meistens Envy, während er alles Andere bezahlte.

„Welcher Club?", fragte er durch die Tür.

„Der Neue, er heißt Moon Dance." Envy zog einen Teil ihres langen, knallroten Haars hoch in einen Pferdeschwanz und ließ den Rest in einer langen Mähne über ihren Rücken hängen. „Ich kann mich auch gleich als Barfrau bewerben, wenn wir schon da sind."

Chad runzelte die Stirn. „Das ist der draußen am Stadtrand, nicht?" Er ging zurück zu seinem Zimmer, ohne auf ihre Antwort zu warten. In letzter Zeit war die Gegend dort, an jenem Stadtrand ein wenig gefährlich geworden. Das Verschwinden mehrerer Leute zeigte die Gefahr am deutlichsten, aber zudem waren auch einige Leichen in der direkten Nachbarschaft des Clubs gefunden worden.

Bisher gab es nichts, womit sie eine klare Verbindung mit dem Moon Dance herstellen konnten, außer dass alle Opfer den Club besucht hatten. Es war vor allem das Zeitfenster, das Chad und viele andere Leute verdächtig fanden. Es hatte sich die Frage gestellt, ob ein Serienmörder sich in dem Lokal herumtrieb. Mehrere der letzten Opfer waren zuletzt in dem Club gesehen worden. Als Polizist konnte er die Wahrscheinlichkeit nicht übersehen, dass es da einen Zusammenhang gab.

Nachdem seine Waffe und seine Polizeimarke schon im Auto waren, nahm Chad die kleine Elektroschockpistole und schob sie hinten in seinen

Hosenbund. Bei all den bösen Dingen, die dort vor sich gingen, wollte er einfach, dass Envy sie hatte, für den Fall, dass etwas passierte, während sie im Club waren.

Als er aus seinem Zimmer kam, sah er den Gang hinunter und hielt mitten im Schritt inne, als er seine Schwester erblickte. Ein schwarzer Lederrock, der zwei Handbreit über dem Knie endete, bedeckte ihre Oberschenkel begleitet von einem bauchfreien schwarzen Schnür-Oberteil. Leder-Flecken waren nur dort, wo es zählte... genug um ihre Brüste zu verstecken und ihren flachen Bauch und Nabel zu betonen.

Sie trug dazu ein Paar schwarze Lederstiefel, die bis über ihre Knie reichten, mit kleinen Kettchen um die Knöchel. Eine Halskette, die ihre Mutter ihr vor Jahren gegeben hatte, an der ein schöner Amethyst-Quarz baumelte, zierte ihr Dekolleté. Der Großteil ihres roten Haares war in einen hohen Pferdeschwanz zusammengebunden, und der Rest fiel ihr über eine Schulter.

Ihr Make-Up war geschmackvoll mit ein wenig schwarzem Eyeliner und Lidschatten und einem dunklen Lippenstift. Sie sah aus wie eine Domina.

„Wow, du dürstest nach Blut, nicht wahr?" Chad hob eine Augenbraue und ließ seinen Blick noch einmal von Kopf bis Fuß über sie gleiten. Er wollte schon fast das Ausgehen absagen und sie zur Sicherheit zurück in ihr Zimmer schicken.

„Nun, ich habe mich entschieden." Envy hob eine elegante Augenbraue. „Nachdem ich mit Trevor fertig bin, werde ich mich amüsieren! Von heute an, weigere ich mich, mich auf einen Typen zu beschränken. Ich will nicht einen Freund... ich will VIELE! So macht es nichts aus, wenn einer von ihnen sich wie ein Arschloch benimmt, denn ich werde andere haben, die ihn liebend gerne verprügeln werden."

„Ja, ich erinnere mich noch daran, wie toll das in der Schule funktionierte." Chad schüttelte den Kopf, wissend, dass seine Schwester viel unschuldiger war, als sie vorgab zu sein. „Nehmen wir mein Auto, falls die Zentrale anruft."

„Nur wenn ich mit den Blaulichtern spielen darf", grinste Envy, wissend, dass er sie lassen würde.

Chad seufzte und ging hinaus zum Auto. „Du bist schlimmer als ein Kind in einem Spielzeugladen, das alle Kuscheltiere, die Geräusche machen, drücken will und jeden in den Wahnsinn treibt."

„Was?", lachte sie. „Ich mag die Blaulichter. Die Leute machen Platz, wenn ich sie anschalte."

„Wie damals, als du es getan hast, weil der Kaffee alle war?", fragte er. „Du weißt schon, dass das eine Verschwendung von Steuergeldern ist, nicht wahr?"

„Wenn du nicht still bist, werde ich fahren. Dann wirst du dich um die roten Lichter und die Sirene kümmern müssen", warnte sie mit einem scherzhaften Zwinkern.

Chad schwieg sofort, denn das letzte Mal, als das passiert war, war sie zu spät zur Arbeit gekommen und er war zu krank gewesen, um zu fahren, also hatte er im Beifahrersitz fest geschlafen. Der Chef zog ihn noch immer damit auf.

*****

Envy drehte die Blaulichter einen Häuserblock von dem Nachtclub entfernt ab und sah hoch in die Lichter, die über den wolkenbehangenen Himmel tanzten. Sie beobachtete wie das zweistöckige Gebäude in Sicht kam.

Sie hatte in letzter Zeit so viel gearbeitet, dass sie noch gar nicht dazu gekommen war, den Moon Dance anzusehen, aber einige ihrer Kunden hatten davon geschwärmt. Von außen sah er nicht so besonders aus. Er schien wie eine Backstein-Lagerhalle mit sehr wenigen Fenstern und einem großen, violetten, Neon-beleuchteten Schriftzug hoch oben an der Vorderseite.

Eine Menschenschlange zog sich über die Hälfte des riesigen Parkplatzes, alle waren herausgeputzt und unterhielten sich angeregt. Die Tatsache, dass es nach zehn Uhr abends noch eine Schlange gab, sagte ihr, dass hier zu arbeiten wohl sehr lukrativ sein würde.

„Ja, ich werde mich definitiv bewerben." Sie lächelte voll Vorfreude.

„Wenigstens ist die Schlange schon beinahe weg", sagte Chad sarkastisch, er hatte keine Lust zu warten bevor er zusah, wie Trevor eine gute Dosis seiner Schwester auf Adrenalin abbekam.

Er parkte ganz hinten im dunkelsten Teil des Parkplatzes gleich neben Trevors Auto. Ehe Envy die Beifahrertür öffnen konnte, ergriff Chad mit seiner Hand ihren Arm. „Hier." Er legte die kleine Elektroschockpistole in ihre Hand, dann, ohne ein einziges Wort darüber zu verlieren, öffnete er die Fahrertür und stieg aus.

Envy schloss mit einem dünnen Lächeln ihre Finger um das Gerät. Ihr Bruder hatte sie Selbstverteidigung gelehrt, soweit, dass sie wahrscheinlich die meisten der Polizisten, mit denen er arbeitete, zu Boden ringen konnte, ohne dabei in

Schweiß auszubrechen. Aber Chad hatte immer gesagt: 'Wieso kämpfen, wenn du doch auch einfach nur einen Knopf drücken kannst?'

Sie schob den Elektroschocker gemeinsam mit ihrem Ausweis in die kleine Tasche in ihrem Lederrock. Sie würde es Trevor schon zeigen. Sie würde mit dem größten Vergnügen den Knopf im Lift drücken, um ihn in die Hölle zu schicken, nur um ihn da nun zu sehen. Niemand betrog unbestraft Envy Sexton.

Sie gingen Seite an Seite auf die Schlange zu und Envy freute sich besonders, als die Schlange begann, schnell kürzer zu werden, und es nur ein paar Minuten dauerte, bevor sie drinnen waren.

Der Türsteher trug eine Hose von Armani und eine dazu passende Anzugjacke. Das Hemd darunter war eng geschnitten und betonte seine trainierte Brust. Sein braunes Haar fiel in Wellen an beiden Seiten seines Gesichts hinunter. Ein paar Bartstoppeln befanden sich auf seinen Wangen und er hatte stechende, dunkle Augen, die in dem Neonlicht beinahe leuchteten.

Chad bezahlte und sie zeigten ihre Ausweise, ehe der Mann ihre Hände stempelte und das rote Samtseil aushängte, um sie durchzulassen. Sie traten durch den Haupteingang und durch die kurze Eingangshalle zu einer Schiebetür, die sich öffnete als sie sich näherten. Beide hielten sie inne, als sie den großen Raum betraten und mit großen Augen hinstarrten. Es war, als hätten sie eine andere Dimension betreten.

So voll wie der Parkplatz gewesen war, sollte man meinen, dass drinnen ein Gedränge von einer Wand zur anderen herrschte, aber das war nicht der Fall. Envys Lippen öffneten sich leicht, als sie hinüber ging zu dem riesigen Loch, das in der Mitte des Raums in den Boden geschnitten war.

Sie näherte sich dem Geländer und sah hinab auf die Tanzfläche unter ihr. Zu beiden Seiten war ein Gang, der sich über das gesamte Parterre erstreckte, mit einer langen Bar, die von einem Ende zum anderen reichte. Die Bar sah aus wie Glas, das mit Sandstrahlen bearbeitet wurde, mit Neonlichtern, die in Wellen darüber glitten.

Zwei Treppen führten rechts und links von ihr hinunter und trafen sich in der Mitte, ehe sie die Tanzfläche unter ihr erreichten. Die Tanzfläche strahlte mit einem weichen Licht, gerade genug um die Füße der Tanzenden in eine Art schwarzes Licht zu tauchen. Das alles trug noch mehr zu dem Lichtspiel bei, das durch die Diskokugeln über ihnen und die bunten Scheinwerfer, die überallhin leuchteten, nur nicht direkt auf die Tanzenden, entstand.

So wie es eingerichtet war, konnte man von den Tänzern nur die Füße und Unterschenkel sehen, und der Rest ihrer Körper lag im Schatten.

Envy lehnte sich über das Geländer, um zu sehen, ob es unten noch eine weitere Bar gab, aber da war nichts außer der Tanzfläche. Sie erinnerte sie irgendwie an eine Grube. Wenn man einmal die Treppen hinuntergelaufen war, war man der Dunkelheit ausgeliefert, die den Tanzenden ihre Privatsphäre bot.

„Sind es drei Stockwerke?", fragte sie, während sie zu der massiven Decke über ihnen hochstarrte. Wenn man das Untergeschoss mitzählte, wäre das der dritte Stock und sie fragte sich, ob er ein Teil des Clubs war, oder ob das Betreten verboten war.

Rufe und Pfiffe erregten ihre Aufmerksamkeit und sie wandte ihren Blick wieder hinunter zur Tanzfläche. Ungläubig starrte sie hin als ein eisblauer Scheinwerfer sich auf einen Käfig in der Mitte der Grube richtete. Sie wurde sofort von dem Mann hinter den Gittern in seinen Bann gezogen.

Chads Blick blieb auch an dem Käfig hängen. Er sah aus wie eine kleine Gefängniszelle. Drinnen waren ein Mann und eine Frau, und sie umkreisten einander. Selbst aus dieser Entfernung konnte er die Hitze ihrer Bewegungen fühlen. Seine Fingerknöchel verfärbten sich weiß, als er das Geländer fester umklammerte, als der Mann im Käfig seine Tanzpartnerin gegen die Gitterstäbe drückte, und sie sich gleich unter seinen Arm hindurch duckte, als er versuchte, sie mit seinem Körper festzunageln.

Der Mann wirbelte herum und ergriff ihr Handgelenk und zog sie zurück, sodass ihr Körper fest an den seinen gedrückt wurde, dann begleitete er ihre Hände zu den Gitterstäben vor ihr. Er ließ sie sich an den Stäben festhalten und rieb sich dann selbst an ihrem fast nackten Körper, bis sie ihren Kopf rückwärts in seine Brust warf, als würde sie es genießen.

Es war irgendwie animalisch, fast wie eine Art primitiver Paarungstanz. Chad und Envy wurden von der Vorführung gefesselt, wobei beide unterschiedlich getroffen wurden.

Chad sah noch ein paar Minuten schweigend zu, als sich die beiden Partner in der Mitte mit einem Sprung voneinander entfernten, nur damit der Mann sie in einer anderen Position festhalten konnte. Durch die Hitze ihrer Bewegungen wurden seine Jeans plötzlich eng, als die Hüften des Mannes nach oben gegen den

Hintern der Frau stießen. Frustriert wandte Chad seinen Blick ab und zwang sich dazu, die Dekoration an den oberen Wänden zu betrachten, die er aus seinem Blickwinkel sehen konnte.

Es waren vor allem blinkende Lichter mit schwarzen Dauerlichtern neben riesigen Malereien von schlanken Körpern von Jaguaren, einige die kämpften und einige Einzeltiere auf der Jagd. Die tödlichen Tiere schienen beinahe lebendig. Die regungslosen Malereien schienen sich durch die Lichter zu bewegen, sodass der Eindruck entstand, dass die Tiere lebten und zusahen.

Er musste zugeben, dass die Ausstattung einmalig war, und sie funktionierte. Sein Blick folgte der Bewegung der Lichter über die Wände und er bemerkte, dass Ketten zwischen den Bildern hingen, einige mit Halsbändern mit Stacheln und schwarzen Lederpeitschen.

Er schielte wieder zurück in die Richtung des Käfigs, und wollte sich gerade auf die Suche nach Jason machen, als er Trevor auf der Tanzfläche in der Nähe eines der Scheinwerfer erkannte. Der Idiot war zwischen zwei Mädchen eingezwängt und sah aus, als vergnügte er sich köstlich. Nach einem kurzen Seitenblick auf Envy wusste Chad, dass er kein Wort zu sagen brauchte, als er bemerkte, dass sie geradewegs auf das Trio starrte.

Envy legte ihren Kopf schräg und versuchte, Trevor zu betrachten, als würde sie ihn nicht kennen. Und dann fragte sie sich, wieso sie überhaupt je mit ihm ausgegangen war.

Sie musste zugeben, dass er für die Augen schon etwas hergab. Verdammt gutaussehend wäre die beste Bezeichnung. Er sah aus wie eine Art Kalifornischer

Surfer mit seinem wehenden, blonden Haar, goldenem Teint und grau-blauen Augen. Er war zum Anbeißen und sie hatte viel Spaß mit ihm gehabt.

Aber wenn man sein gutes Aussehen wegnahm, dann gab es nicht wirklich viel, das ein Mädchen anziehen könnte. Alles, was übrig blieb, war ein verzogener Angeber-Student mit einem silbernen Löffel im Mund. Wenn er dagewesen war, war er sehr aufmerksam gewesen, aber er war auch einfach so verschwunden, manchmal tagelang.

Das Einzige, was sie sonst noch positiv über ihn sagen konnte, war, dass er ziemlich heiß in seiner Unterhose war, und er ihr einige der besten Momente ihres Lebens geschenkt hatte.

Und sie hatte ernsthaft gedacht, dass er sie wirklich mochte… mehr als nur mochte. Das zeigte, wie viel, zum Teufel, sie über Männer wusste. Um die Wahrheit zu sagen, hatte sie es einfach satt gehabt, alleine zu sein… aber das war doch noch lange kein Grund, um mit einem Mann auszugehen.

Sie seufzte sehnsüchtig, als sie zusah, wie er den Po des Mädchens, das sich an ihn drückte, umklammerte und erkannte, dass sie keinerlei Eifersucht fühlte. Wenn sie wirklich in ihn verliebt gewesen wäre, würde sie dann jetzt nicht richtig wütend sein, statt nur leicht verletzt? Was sie am meisten störte, war, dass er gelogen hatte, als er gesagt hatte, dass er nur sie wollte.

Jason hatte von seinem Barhocker nahe der Tür Ausschau nach Envy gehalten. Er hatte gewusst, dass sie kommen würde, und war nicht überrascht, Chad bei ihr zu sehen. Nachdem er ihnen ein paar Minuten gegeben hatte, um sich umzusehen, grinste er zufrieden, als er sah, wie sich Envys Schultern anspannten, und er wusste, dass sie ihren Freund mit einer anderen auf der Tanzfläche gesehen hatte.

Er hatte in den letzten Monaten versucht, seine Eifersucht zu verbergen, und er wollte sie nicht verletzen, aber wenn es das war, was es brauchte, um sie von Trevor loszureißen, dann war es nur zu ihrem Besten.

Jason lächelte, als er sich wieder an Kat, die hübsche Barfrau wandte, mit der er gequatscht hatte: „Ich habe dir gesagt, dass sie kommen werden." Er nickte in die Richtung von Envy und Chad.

Er war schon seit über einer Stunde hier, aber nachdem er gesehen hatte, wie Trevor Envy betrog, war er nicht in der Stimmung gewesen, um sich in Gesellschaft zu begeben. Er hatte sich gelangweilt und mit Kat zu plaudern begonnen, um sich die Zeit zu vertreiben. Er hatte ihr sogar von Envys Freund, der sie betrog, erzählt.

„Also das sind dein bester Freund und seine Schwester?" Kat betrachtete die beiden, aber ihr Interesse galt dem Polizisten. Wenn Jason ihr nicht erzählt hätte, dass Chad ein Bulle war, hätte sie es nie erraten. Er war heiß wie die Hölle.

Er war etwa 1,85 groß mit leicht gebräunter Haut und braunem Haar mit goldenen Strähnen. Es war ein wenig länger als der übliche Polizisten-Haarschnitt und sah aus, als hätte der Wind den Großteil auf eine Seite geblasen, was ihm ein etwas wildes Auftreten verlieh. Sie bemerkte, dass sie ihn mit Quinn verglich, und blinzelte, als sie sich dabei ertappte, dass sie es schon wieder tat. Sie schielte wieder zurück auf Jason, wusste, dass sie beide über ihre alten Flammen hinwegkommen mussten, sonst würden sie sich ständig verbrennen.

„Er sieht nicht wie ein Bulle aus", sagte Kat während sie Chad betrachtete und sich fragte, ob er eine Freundin hatte. Jason hatte darüber nichts erwähnt.

„Nun ja." Jason schmollte beinahe, als er bemerkte, wie sie Chad anstarrte. Er schüttelte den Kopf. „Ich bin gleich zurück."

Er trank seine Limonade aus und rutschte von seinem Barhocker um zu seinen Freunden hinüberzugehen. Nachdem er sich weit genug genähert hatte, legte er seine Hand auf Envys Schulter. Er senkte seine Lippen auf die Höhe ihres Ohrs und flüsterte: „Willst du tanzen?"

Envy lächelte ohne sich umzudrehen. „Oh ja, und wie!", rief sie und lief dann über die nächste Treppe hinunter, ließ Jason einfach neben Chad stehen, seine Hand noch immer auf einer eingebildeten Schulter liegend. Er blinzelte, als er Chad lachen hörte.

„Verdammt", seufzte Jason und sah ihr nach.

Chad klopfte Jason mitleidig auf die Schulter während er ihn zurück zur Bar begleitete und sich gegen die Theke lehnte. „Lass dich davon nicht aus der Ruhe bringen. Ich glaube, Envy hat im Moment nur eines im Kopf, und das beinhaltet Rache."

Er schielte hinüber zu dem Mädchen hinter der Bar und einen Moment lang vergaß er, dass Jason überhaupt da war. Sie war überwältigend mit ihrem bronzenen Teint und ihrem sehr langen, dunklen Haar, das sich über ihre Schulter hinab bis zu ihren Hüften schlängelte. Ihre Augen waren genau das Gegenteil: hellblau mit einem sehr großen schwarzen Ring um die hellere Farbe.

Es waren ihre vollen Lippen, die seinen Blick auf sich zogen als er sagte: „Nur ein Soda bitte."

„Trinkst du heute nichts?", fragte Jason und versuchte, seinen Freund nicht böse anzustarren, als Chads Augen immer noch an Kat hängenblieben, als er antwortete. Wieso mussten alle Mädchen auf Polizisten stehen?

„Nein, ich habe das Gefühl, dass ich besser nüchtern bleiben sollte. Ich mag Trevor nicht so gerne, also habe ich Envy meinen Elektroschocker gegeben, um damit zu spielen." Chad riss seinen Blick lang genug von der Frau los, um Jason ein kurzes Grinsen zuzuwerfen. „Und ich bin mit dem Dienstwagen gefahren." Er wusste, dass Jason zwischen den Zeilen lesen würde.

Jason drückte sich von der Theke ab, verzieh seinem Freund plötzlich, dass er so magnetisch auf Frauen wirkte. „Zum Teufel, dann will ich nichts verpassen!" Er ging zurück zum Geländer, Chads Lachen folgte ihm.

„Nun, damit habe ich heute Nacht schon zwei Leute glücklich gemacht." Chad zwinkerte Kat zu, wissend, dass sie zugehört hatte, und bezahlte dann sein Getränk. Er sollte besser gehen und Envy im Auge behalten, um zu sehen, was sie vorhatte.

Kat nickte, als Chad ihr eine Zwanzig-Dollar-Note zusteckte und ihr sagte, dass sie den Rest behalten sollte, ehe er ging, um sich neben Jason zu stellen. Diese beiden Männer konnten für die Hormone einer Frau eine Gefahr darstellen. Jason hatte langes, sandbraunes Haar und das Gesicht und den Körper eines Rettungsschwimmer-Models.

Sie hatte bemerkt, wie die meisten Frauen, die an ihm vorbeigingen, versuchten, seine Aufmerksamkeit zu erregen. Jason schien keine von ihnen zu bemerken, schien völlig in seinen eigenen Gedanken verloren zu sein... bis er begonnen hatte, ihr von seinen besten Freunden zu erzählen, von Chad und dem Mädchen, von denen beide so überfürsorglich sprachen.

Sie vermisste das, dass jemand anders als ihre Brüder sich um sie sorgten. Sie blinzelte langsam und verdrängte das Bild von Quinn aus ihrem Kopf, konzentrierte sich lieber auf das Problem vor ihren Augen.

Es war die Bemerkung über die Elektroschockpistole, die ihr geholfen hatte, die Gedanken an Quinn beiseite zu schieben. Kat beschloss, ihre Brüder vor dem Unterhaltungsprogramm zu warnen, das bald beginnen würde. Sie hatten in letzter Zeit schon genug Probleme gehabt, als sie versuchen mussten, mit der Mordserie, die den Club umgab, fertig zu werden. Das Allerletzte, was sie brauchen konnten, war noch mehr negative Aufmerksamkeit.

Chad beugte sich ein wenig über das Geländer und hielt Ausschau nach Envy. Zum Glück waren die Tänzer im Käfig noch da, und die zugehörigen Scheinwerfer, sodass es einfacher war, sie zu finden. Als er ein leises Stöhnen von Jason hörte, folgte er Jasons Blick bis er sie sah, wie sie zwischen mehreren Männern tanzte, nahe dem Schein des Lichts am Käfig. Er runzelte die Stirn und fragte sich, was sie vorhatte.

„Wenigstens schaut sie in Richtung Trevor. Danke übrigens, für den Anruf", sagte er mit ernster Stimme.

„Ich habe darauf gewartet, dass etwas Derartiges geschieht."

Jason zuckte die Schultern. „Ich habe es nicht für mich getan, sondern für sie. Sie verdient etwas Besseres als ihn." Er versuchte zu lächeln während er sie beobachtete, wissend, dass sie nun single sein würde. Aber der Anblick von all den anderen Männern, die ihre Aufmerksamkeit auf sich ziehen wollten, führte dazu, dass sein Lächeln ein wenig traurig aussah.

KAPITEL 2

Envy fühlte, wie Hitze sie wie eine zweite Haut umgab, als sie die Treppen hinunterging. Sie versuchte, ihre angespannten Muskeln zu entspannen und betrat die Tanzfläche. Sie machte mehrere Schritte in Trevors Richtung und fühlte sich schnell wie in einer Schlammfläche aus Sex, als Fingerspitzen ihre nackte Haut berührten, und unbekannte Körper sich an ihrem rieben.

Die Tanzfläche war dunkler als in anderen Clubs, die sie besucht hatte, oder wo sie gearbeitet hatte, und sie musste zugeben, dass die Privatsphäre, die dadurch entstand, angenehm war. Es waren nicht wirklich einzelne Paare, die tanzten, sondern mehr eine durchmischte Gruppe warmer Körper. Als sie sich langsam der Stimmung des Clubs hingeben konnte, hob sie ihre Hände und ließ in der Dunkelheit ihre eigenen Fingerspitzen über andere Fremde streichen. Der Adrenalinschub, der dadurch entstand, pochte im Rhythmus der anregenden Musik durch sie.

Nachdem sie sich nicht gerade auf ihre Auseinandersetzung mit Trevor freute, nahm sie sich einen Augenblick um ihre Augen zu schließen und sich einfach mit der Musik zu bewegen, die nur als der Gesang der Leidenschaft beschrieben werden konnte.

Als sie fühlte, wie die flüchtigen Bewegungen dreister wurden, öffnete Envy ihre Augen und sah direkt auf mehrere männliche Brustkörbe, einige davon zeigten durch ihre aufgeknöpften Hemden viel Haut, andere waren in so eng anliegenden Stoff gehüllt, dass sie mindestens ebenso verführerisch wirkten. Sie wagte es nicht, in deren Gesichter zu sehen, weil sie Angst hatte, ihre Blicke zu treffen.

Ein wenig aufgedreht begann sie, sich rückwärts von den Männern zu entfernen und es störte sie nicht, als diese ihr in einem verführerischen Tanz folgten. Als sie das kalte Metall des Tanzkäfigs in ihrem Rücken fühlte, hob sie langsam ihren Blick zu der kleinen Plattform. Sie traf den Blick des Mannes in dem Käfig, während dieser das Mädchen, das bei ihm war, in eine unterwürfige Position auf die Knie zwang.

Der ganze Raum schien zu verblassen, als er ihren Blick festhielt. So wie er sie ansah, hatte Envy das Gefühl, dass sie diejenige war, die sich ihm unterwarf. Er hatte eisblaue Augen mit einem sehr breiten, schwarzen Ring um seine Iris. Sie konnte sich nicht erinnern, je derart auffällige und durchdringende Augen gesehen zu haben. Sie hätte stundenlang in sie starren können, und würde immer noch mehr wollen, und das machte ihr Angst.

Seine Augen erzeugten in ihr den Eindruck, dass er wusste, wie sie nackt aussah. So wie sein Blick über ihren Körper wanderte und an bestimmten Stellen anhielt... meinte sie fast, dass seine Hände sie an diesen Stellen berührten. Der Drang, sich selbst gegen die Eisenstäbe zu werfen und ihn anzuflehen, ihre Hand zu nehmen, war fast zu stark um zu widerstehen.

Indem sie ihren Blick von dem Anblick, der sie besessen machte, losriss, versuchte Envy sich daran zu erinnern, dass sie die Tanzfläche jederzeit verlassen konnte, wenn sie wollte.

Trevor hatte keinen Spaß, obwohl er versuchte, sich von der Musik und dem Tanz treiben zu lassen und so gut er konnte normal zu agieren. Aber heiße Mädchen und Tanzen waren nicht die wahren Gründe, weshalb er hier war. Sein Blick klebte fest an dem Mann im Käfig, denn dieser war sein eigentliches Ziel.

Der Name des Mannes war Devon Santos und er war der Letzte, der mit Kelly Foster, dem 20-jährigen Mädchen, das letzte Woche in einer nahe gelegenen Seitengasse gefunden wurde, gesehen worden war. Sie war mit Devon in demselben Käfig gewesen, in der letzten Nacht ihres Lebens.

Bis jetzt hatte er herausgefunden, dass das Mordopfer gerade bei einem Club in der Gegend, der Night Light hieß, gekündigt hatte. Sie hatte nur für eine Nacht im Moon Dance gearbeitet... die Nacht, in der sie starb. Ihr Tod war nicht der einzige Mordfall, in dem er ermittelte, aber durch sie hatte sich eine Spur ergeben. Wer auch immer sich ihrer Leiche entledigt hatte, hatte das mit Bedacht in der Nähe der Pumas und der Jaguare getan, als wäre sie ein Geschenk.

Devon war Teilinhaber des Clubs, gemeinsam mit seinen beiden Brüdern, Nick und Warren, und ihrer einzigen Schwester, Kat. Es gab Gerüchte, denen zufolge die beiden Clubs in einen kalten Krieg verwickelt waren, und dass die beiden Familien, seit beide Väter vor zehn Jahren verschwunden waren, eigentlich Rivalen waren.

Trevors Augen wurden schmal, denn er kannte den wahren Grund, weshalb es den Zwist zwischen den beiden Clubs gab. Dieses waren keine normalen Clubs; ihre Eigentümer und Geschäftsführer waren Formwandler. Der Club, in dem Kelly gearbeitet hatte, wurde von Werpumas geleitet. Sie hatte dort gekündigt, und war am nächsten Tag hierhergekommen um für die Werjaguare zu arbeiten, nur um am nächsten Tag als Leiche aufzutauchen. Das waren zu viele Zufälle um sie zu ignorieren.

Wenn die Menschen wüssten, dass Formwandler unter ihnen lebten, dann würde Panik ausbrechen… aber sie waren schon lange Zeit ein Teil der Gesellschaft, ohne dass das Geheimnis bekannt geworden war. Solange sie sich an die Gesetze der Menschen hielten, gab es keinen Grund, eine Massenpanik zu riskieren, indem man sie bekannt machte. Die menschliche Mentalität würde wieder ins Mittelalter zurückkehren, wenn das je geschehen sollte.

Die Taktik, die man für die Schwarzen Operationen in der Abteilung für Paranormales des CIA anwendete, war dieselbe, mit der man auch mit UFOs und Sichtungen von Außerirdischen umging: lügen, verstecken und vertuschen. Es gab dort draußen noch viel schlimmere Dinge als Formwandler, die sich ausgezeichnet in die menschliche Gesellschaft einfügten… andere, gefährlichere Kreaturen, aus denen Menschen nur schlechte Horrorfilme machten, und einige, von denen die Menschen noch überhaupt keinen blassen Schimmer hatten.

Aber wenn Menschen verschwanden oder starben, schwärmte sein Team aus, um herauszufinden, was vor sich ging.

Als er sah, dass Devon die Frau im Käfig verließ, um sich den Gitterstäben zu nähern und auf jemanden hinunter zu starren, wandte Trevor seinen Blick dorthin. Er fühlte, wie sein Blutdruck sofort um ein paar Grad zunahm, als er Envy sah, wie sie sich mit dem Rücken gegen den Käfig lehnte, während sie umgeben wurde von einer schrumpfenden Masse Männer.

Was, zum Teufel, machte sie hier? Ohne zu zögern ließ er seine Tanzpartnerinnen stehen und drängte sich durch die Menge zu ihr.

Devon knurrte tief in seiner Kehle, als das Mädchen, das seine Aufmerksamkeit erregt hatte, ihre Hände hob und sich an die Gitterstäbe hinter sich klammerte. Er konnte riechen, dass sie läufig war, sie roch stärker als alle anderen im ganzen Club und der Geruch zog ihn an. Er legte seine Hände auf ihre und ließ zwischen den Eisenstangen seine Finger verführerisch über ihre Arme gleiten.

Gerade als Envy zu dem erotischen Tänzer hochsehen wollte, ergriff jemand einen ihrer Arme und riss ihn vom Käfig los. Ihr Mund öffnete sich leicht, als sie sah, wer es war. Sie hatte Trevor völlig vergessen! Die verführerische Stimmung verflog sofort und sie wurde wieder wütend, als sie sich daran erinnerte, wieso sie überhaupt erst zum Moon Dance gekommen war... Rache.

„Was, zum Teufel, machst du hier?", fragte Trevor ein wenig zu barsch, während er versuchte, sie vom Käfig und Devons gefährlichen Armen wegzuziehen. Wenn der Jaguar der Mörder war, dann bedeutete die

Art, wie er Envy betrachtete, dass sie sein nächstes Ziel war.

Envy hielt sich mit ihrer anderen Hand am Käfig fest, einfach weil ihr die Art, wie Trevor mit ihr umging, nicht gefiel. Er benahm sich, als hätte sie etwas Verbotenes getan, und nicht er. Mit ihrem süßesten Lächeln erklärte sie ihm: „Ich bin gekommen um zu tanzen... ebenso wie du."

Trevors Lippen wurden dünn, er wusste, dass sie gesehen hatte, wie er mit den anderen Frauen getanzt hatte, aber was sie nicht verstand war, dass er diese nur als Tarnung verwendete. Sie bedeuteten ihm nicht einmal genug, um sie nach ihren Namen zu fragen. Er und Envy starrten mehrere Herzschläge lang böse in die Augen des jeweils anderen, bevor er seufzte.

Er beugte sich nahe zu ihrem Ohr hinunter und flüsterte: „Ich kann es erklären." Er hatte ihr nicht erzählen wollen, wer er wirklich war, weil er Angst hatte, dass sie, ebenso wie der Volltrottel, ihr Bruder Chad, denken würde, dass er sie nur verwendete, um Zugang zu den Lokalen zu erhalten, wo sie arbeitete.

„Komm schon." Er versuchte sie noch einmal von Devons hitzigem Blick wegzuziehen. Er schielte noch einmal zu Devon hoch und wenn Blicke töten könnten, dann wäre er nun ein Blutfleck am Boden. Er erwiderte den Blick, dann richtete er seine Aufmerksamkeit wieder auf seine Freundin.

Envy schüttelte ihren Kopf. Sie konnte sich vorstellen, dass er eine Erklärung parat hatte. „Ich bin hergekommen um zu tanzen. Ich kann mit diesen netten Jungs tanzen, oder du kannst deinen Arsch hochkriegen und mit uns tanzen." Sie hob eine elegante

Augenbraue, als wollte sie sagen, dass es ihr egal war, wie er sich entschied.

Trevor drehte langsam seinen Kopf und starrte über die Schulter wütend auf die geilen Männer, die sich immer noch in der Nähe aufhielten um zu sehen, ob sie eine Chance haben würden. „Zieht Leine!", sagte er ihnen mit tödlicher Stimme und kam dann näher zu Envy. Wenn sie tanzen wollte, dann würde sie mit ihm tanzen, verdammt.

Envy zeigte ihm einen Schmollmund aber insgeheim fragte sie sich, wieso er sich so eifersüchtig benahm, wenn er doch gerade noch so erotisch mit zwei anderen Frauen getanzt hatte. „Das macht keinen Spaß mit dir." Endlich ließ sie das Gitter los und strich mit ihren Händen über ihren Körper, wobei sie kaltblütig den Elektroschocker aus ihrer Tasche zog, dann streichelte sie mit ihren Händen über seine Rippen.

Devon richtete sich hoch auf und starrte hinunter auf die kleine Rothaarige, die mehr als nur seine Aufmerksamkeit erregt hatte. Ihm gefiel der Geruch des Typen nicht, der sie sich unter den Nagel reißen wollte. Er roch nach altem Schwarzpulver und das bedeutete, dass er irgendwo an sich eine Waffe versteckt hatte. Er hob seine Hand und öffnete die Käfigtür während er seiner Tanzpartnerin sagte, dass sie eine Pause machen sollte.

Devon hob einen Finger zu seinem Ohr und hörte zu, wie sein Bruder ihn durch das fast unsichtbare Funkgerät informierte, dass das Mädchen bei seinem Käfig eine Elektroschockpistole hatte, und sie an einem Mann verwenden wollte. Er sah über die Tanzfläche hinüber zu dem schwarzen Licht, das die Stufen beleuchtete und erblickte Nick, der dort stand, bereit einzuschreiten, wenn es notwendig wurde.

Im Funk hatte er Warrens Stimme gehört, also nahm Devon an, dass sein ältester Bruder durch eine der Infrarotkameras, die unter dem Geländer über ihm hingen, zusah.

Als er seinen Blick wieder nach unten richtete und die kleinen Hände sah, die nun über den Körper des Typen glitten, fühlte Devon einen plötzlichen Drang, dem anderen den Kopf abzureißen. Zumindest bis er etwas silbern aufblitzen sah, als ihre Hand nach unten in Richtung seiner Hüfte glitt. Seine Lippen ließen einen leichten Anflug eines Lächelns vermuten und er entschied, noch nicht einzugreifen.

„Lass mich das regeln", flüsterte Devon in sein Funkgerät.

Chad und Jason grinsten einander an, wissend, dass das Schauspiel gleich beginnen würde, und liefen dann zu den Treppen, die auf die Tanzfläche hinunter führten.

Trevor wurde plötzlich klar, dass Envy ihm auch nicht gesagt hatte, dass sie herkommen würde, also wieso fühlte er sich so schuldig? „Ich habe gefragt, was du hier machst", wiederholte er und dieses Mal war seine Stimme ruhig während er seinen Körper an dem ihren rieb. Das war ein Fehler, er konnte beinahe nicht mehr denken, als der Großteil seines Blutes in seine Hosen schoss und er zum ersten Mal, seit er den Club betreten hatte, eine Erektion bekam.

Envy drückte ihren Körper verführerisch an den seinen, sodass sie sich dann schnell von ihm abstoßen konnte. „Ich bin gekommen, um dir etwas zu geben", antwortete sie und brachte all die hitzige Lust der Tanzfläche um sie in ihre Augen, um ihn abzulenken.

„Ich hoffe es passt zu dem, was ich für dich habe", stöhnte Trevor, als er ihre Hand zwischen seinen Beinen fühlte.

„Lass es uns herausfinden", zischte Envy als sie den Elektroschocker gegen seine pulsierende Erektion drückte und drückte sich dann schnell von ihm weg, gerade als er zuckte und lautlos auf seine Knie sank. „Ups!" Envy grinste und schob die Elektroschockpistole schnell zurück in ihre Tasche bevor sie sich umdrehte, um in die andere Richtung zu flüchten. Das Allerletzte, was sie wollte, war noch immer dort zu warten, wenn Trevor wieder genug Kraft hatte, um aufzustehen.

Als Envy sich ihren Weg über die dunkle Tanzfläche bahnte, ergriff sie jemand fest am Arm. Nachdem sie dachte, dass es ihr Bruder war, sah sie nicht einmal hoch sondern folgte dem Mann vertrauensvoll. In dem Moment, als sie endlich doch kurz hochblickte, wurde eine kleine Tür geöffnet und sie wurde durchgeschoben.

Envy hatte kaum die Zeit sich umzudrehen, bevor die Tür hinter ihr geschlossen wurde, und ein Schlüssel sich im Schloss drehte. Ein schwaches Licht wurde angeschaltet und sie erkannte Fernsehbildschirme und den Mann, der im Käfig gewesen war. Sie öffnete ihren Mund um etwas zu sagen, aber er ließ sie gar nicht zu Wort kommen.

„Ich dachte, es ist besser, wenn du dein Kunstwerk in Sicherheit hier im Büro betrachtest", grinste Devon und zeigte auf einen der Bildschirme.

Envy schielte hinüber zu dem Bildschirm und erwartete, dass der Anblick von Trevor, der seine Hände zwischen seine Beine hielt, sie zum Lachen bringen würde... aber stattdessen hatte sie Mitleid mit ihm. Sie hatte das Gefühl, dass ihr Herz ein paar Zentimeter tiefer gesackt war. Als sie ihn mit so schmerzverzerrtem Gesicht sah, war sie plötzlich froh, dass die Überwachungskamera keinen Ton hatte, denn sie wollte bestimmt nicht hören, was er sagte.

Sie beobachtete schweigend wie Chad und Jason aus der Menge auftauchten und ihm halfen aufzustehen. Sie konnte nicht erkennen, was gesagt wurde, aber als Trevor Chad mit mehr Kraft von sich weg drückte, als er so kurz nach einem Elektroschock haben sollte, richtete ihr Blick sich sofort auf die Tür, bereit hinaus zu rennen, bevor jemand verletzt wurde.

Als sie sah, wie der Tänzer warnend seinen Kopf schüttelte, während er dort zwischen ihr und der Tür stand, schaute Envy wieder zurück auf den Bildschirm und war verwundert als sie sah, dass es Jason war, der Trevor festhielt, während Chad ihm Handschellen anlegte.

Mittlerweile mehr als nur verärgert über sich selbst dafür, dass sie sich so kindisch benommen hatte, machte sie sich auf den Weg zur Tür um Chad zu sagen, dass er Trevor gehen lassen sollte. Wieder ergriff die Hand ihren Arm. Sie starrte böse auf seine Finger hinunter, weigerte sich, ihm in die Augen zu sehen, wo es doch offensichtlich ihre Schuld gewesen war, dass sie das angefangen hatte. Die Schuldgefühle erhöhten ihren Zorn nur noch und so fand sie neuen Mut.

„Nachdem du mich gesehen hast, wie ich den Typen geschockt habe, meinst du, das ist eine gute

Idee?" Sie riss endlich ihren Blick hoch, sah in seine Augen und versuchte, durch die Wirkung davon nicht zu vergessen, zu atmen. Jetzt, wo sie einander so nahe waren, waren seine Augen sogar noch beeindruckender als vorhin hinter dem Gitter des Käfigs.

„Wer auch immer diese Männer sind, du solltest sie ihn vielleicht aus dem Club schaffen lassen, bevor du zurückgehst, um zu tanzen", warnte Devon wieder und beobachtete die Flamme, die in ihre Augen schoss. Er konnte beinahe sehen, wie ihr Fell sich aufstellte durch den Drang, dem Mann zu Hilfe zu kommen, den sie gerade verletzt hatte… nicht dass er vorhatte, sie gehen zu lassen. „Wie heißt du?"

„Wieso?" Envy riss ihren Arm los. „Damit du den Besitzern sagen kannst, dass sie mir Hausverbot erteilen sollen?"

„Unwahrscheinlich." Devon knurrte finster als er daran dachte. „Aber vielleicht solltest du die Pistole die restliche Nacht in deiner Tasche behalten." Er sah wie sie zurück zum Bildschirm schielte, um zu sehen, dass ihr Opfer weg war.

'Verdammt', seufzte Envy innerlich als sie sich mit dem Rücken an die Tür lehnte und das Vibrieren der Musik durch das Holz fühlte. Sie biss sich auf die Unterlippe, wusste, dass sie zu weit gegangen war. Sie erinnerte sich an den anderen Grund, weshalb sie heute Nacht ins Moon Dance gekommen war und fragte sich, ob es ein guter Moment war, um einen Job zu fragen. Wieso sollte sie es nicht einfach versuchen? Sie zuckte gedanklich die Schultern. „Weißt du, ob sie hier offene Stellen haben?"

Devon konnte das langsame Lächeln, das sich über seine Lippen ausbreitete, nicht aufhalten. Was würde er darum geben, sie für kurze Zeit in diesen Käfig zu bekommen, sodass er versuchen konnte, das Feuer in ihr zu zähmen. „Tanzt du?", fragte er hoffnungsvoll.

Envys Augen wurden groß als sie sich daran erinnerte, wie sie ihn in dem Käfig beobachtete hatte, und ihre Oberschenkel begannen zu brennen... aber leider auch ihre Wangen. „Nein", flüsterte sie ein wenig zu heiser. „Nicht zum Tanzen. Ich arbeite als Barfrau in einigen der anderen Clubs in der Gegend und ich wollte mich bewerben, wenn ich schon hier bin."

„Schade", grinste Devon als er auf einen Schreibtisch zuging und eine Schublade öffnete. Er zog einen Bewerbungsbogen heraus und gab ihn ihr. Sie hatte ihm immer noch nicht ihren Namen gesagt, aber wenn sie die Bewerbung ausfüllte, würde er alle Informationen haben, die er brauchte. Außerdem wollte er sichergehen, dass sie nicht im Night Light gearbeitet hatte.

Er hatte es satt, dass sie Leute herüber schickten, um hier herumzuschnüffeln. Quinn war derjenige gewesen, der die Freundschaft zwischen den Pumas und den Jaguaren beendet hatte, also sollten die Pumas sie, zum Teufel noch mal, auch in Ruhe lassen, wenn man ihn fragte.

Jemand von Night Light hatte die letzte Person, die sie angestellt hatten, hergeschickt und jetzt, wo sie ermordet worden war, suchten die Pumas Antworten im Moon Dance... ebenso wie die Polizei. So wie das Schicksal spielte, hatte sie in der einzigen Nacht, wo sie hier gearbeitet hatte, darum gebeten, mit ihm im Käfig tanzen zu dürfen.

Devon zog den Stuhl von unter dem Tisch hervor, wusste, dass die beste Möglichkeit, sie dazu zu bringen, dass sie länger blieb, war, ihr zu geben, was sie wollte. „Du kannst es jetzt gleich ausfüllen. Vielleicht hast du am Ende der Nacht einen neuen Job."

Envy setzte sich, aber runzelte dann die Stirn und sah wieder zu dem Bildschirm hoch. „Meinst du, der Besitzer hat gesehen, wie ich Trevor geschockt habe?" Sie biss sich auf ihre Unterlippe und stellte sich vor, wie es ausgesehen haben musste. „Ich wünschte wirklich, dass ich es nicht getan hätte."

Devon lehnte sich über dir Rückenlehne ihres Stuhls als würde er mit ihr auf den Bildschirm sehen. Seine Lippen nahe an ihrer Ohrmuschel fragte er: „Wenn der Besitzer es gesehen hätte und dich darüber befragen sollte, was würdest du ihm sagen?" Er atmete langsam ein als ihr Geruch ihn umgab und sein Blut sich erwärmte.

Envy begann, ihren Kopf zu drehen, um zu ihm hochzusehen, aber hielt dann inne. Die Gefühle, die seine Nähe bei ihr auslösten, breiteten sich über ihre Schulter und die Seite ihres Halses aus. „Ich war einfach nur gemein", hauchte sie als sie fühlte, wie Hitze sich in ihrer Mitte sammelte. Dieser Mann war eine Gefahr für ihre Sinne. Sie wusste nicht, ob sie sich umdrehen und ihn küssen, oder ob sie wegrennen sollte.

Devons Mundwinkel deuteten ein Lächeln an, aber er verließ seine Position nicht. „Also gehst du einfach rum und teilst ohne guten Grund Elektroschocks an Männer aus?" Er konnte riechen, wie ihre Erregung stieg und das machte seine Hosen unbequem eng.

„Nein." Envy war froh über die Ablenkung, griff nach einer Füllfeder in dem kleinen Glas vor sich und begann, die Bewerbung auszufüllen. „Nur an diejenigen, die es wirklich verdienen", antwortete sie, sie wollte nicht darüber reden.

Devon richtete sich wieder auf und kämpfte gegen den Drang an, sie aus ihrem Stuhl hochzureißen und sie ihm zugewandt auf den Tisch zu setzen. Tatsächlich rieb er schon ihr seidiges Haar zwischen seinen Fingern, wo es über die Rückenlehne des Stuhls hing.

Er schwieg während sie ihre Bewerbung ausfüllte und las über ihre Schulter mit, merkte sich jedes Wort. Envy Sexton, und die Puma- und Vampir-Clubs fehlten zum Glück in der langen Liste von Clubs, wo sie arbeitete. Er wusste, dass er mit ein paar Anrufen den Großteil ihrer Zeit freimachen konnte, wenn er den anderen Clubs sagte, dass sie sie nicht zum Arbeiten einteilen sollten. Er wollte diese kleine Wildkatze nicht teilen.

Envy füllte die letzten Zeilen aus und wollte wieder aufstehen, aber Devon legte seine Hand auf ihre Schulter, um sie aufzuhalten. Er nahm ihr den Zettel schnell weg und ging zur Tür.

„Bleib hier. Ich komme gleich mit einer Antwort zurück." Devon streckte seine Hand nach dem Türgriff aus, aber hielt kurz inne, als sie sprach.

„Wie heißt du?", fragte Envy während sie überlegte, ob es nicht klüger wäre, dem Besitzer die Bewerbung selbst zu geben. Vielleicht konnte sie dann auch gleich das Vorstellungsgespräch hinter sich bringen.

„Devon Santos", antwortete er und verschwand dann durch die Tür ehe sie ihn aufhalten konnte.

Er hatte gewusst, dass Nick direkt vor der Tür wartete, weil er ihn gerochen hatte. Devon gab Nick den Zettel und erklärte: „Wir haben eine neue

Barkeeperin." Er wartete während Nick die Bewerbung betrachtete, wissend, dass sein Bruder auf dieselben Dinge achtete, die er selbst schon sichergestellt hatte.

Nick hatte einige Vampir-Groupies und einen Vampir die doch hereingekommen waren, vertrieben und es hatte ihm für den ganzen Tag die Stimmung verdorben. Er hasste Vampire und jeden Menschen, der dumm genug war, um sich mit ihnen anzufreunden. Nachdem er kein Anzeichen dafür sah, dass das Mädchen mit ihnen zu tun hatte, und nachdem er die Erregung seines Bruders, die die Frau ausgelöst hatte, roch, entschied Nick, dass er Devon die Sache selbst regeln lassen wollte.

Er gab ihm schließlich den Bewegungsbogen zurück. „Sag ihr, dass sie ihre Elektroschockpistole zu Hause lassen soll." Nick beäugte seinen Bruder einen Augenblick lang, ehe er hinzufügte: „Kat sagte, dass der Typ, den sie geschockt hat, ihr Freund war, und der Typ, der ihn mit Handschellen abgeführt hat, ihr Bruder."

„Dieser Freund von ihr hatte eine Pistole. Ich konnte sie riechen." Devon zuckte die Schultern während seine Augen schmal wurden. „Vielleicht war er nicht so ein toller Freund."

„Du solltest vorsichtig sein mit der." Nick schüttelte den Kopf als nur noch mehr Interesse in den Augen seines Bruders leuchtete. „Wenn du sie willst, dann bist du verantwortlich dafür, sie im Auge zu behalten, wenn sie hier ist." Nick knirschte mit den Zähnen als er den Hauch eines Vampirs roch. Ohne ein weiteres Wort ging er die Treppen nach oben und ließ Devon stehen.

Envy schaute sich nervös um und sah einen Lift, der ihr vorhin noch nicht aufgefallen war. Sie hob eine elegante Augenbraue, als sie sah, dass daneben ein Ziffernblock war, anstatt eines einfachen Knopfes. Sie klopfte mit der Füllfeder auf den Schreibtisch und fragte sich, wie lange sie warten sollte. Sie musste noch herausfinden, ob Chad Trevor wirklich festgenommen, oder ihn nur aus dem Club geworfen hatte.

Sie besah sich den Schreibtisch und versuchte, den Gedanken einen Moment lang zu verdrängen. Sie war eine geborene Ermittlerin, ebenso wie ihr Bruder, obwohl Chad versuchte, die Tatsache zu verbergen. Die Wahrheit war, dass Chad einen großartigen Detektiv abgeben würde. Er erzählte allen, dass er nur ein Prügel-Polizist war, aber das war weit entfernt von der Wahrheit. Er war der Leiter des Spezialeinheitskommandos.

Schließlich sah sie hinunter auf den Zettel, den sie gedankenverloren in die Hand genommen hatte. Es war eine Rechnung einer Lagerbestellung. Ihr Blick glitt über das Papier und hielt am Adressfeld an. Sie klatschte das Papier wieder auf den Tisch. Devon Santos… verflucht sei er. Er war einer der verdammten Besitzer und hatte sie denken lassen, dass er nur ein Tänzer war.

In diesem Moment öffnete sich die Bürotür und Devon kam wieder zurück. „Wann willst du anfangen?"

*****

Nick eilte über die Tanzfläche und die Treppe hinauf, die zum Eingang führte. Er drückte die Tür mit mehr Schwung auf als nötig und starrte böse auf den

Mann, der versuchte, am Türsteher vorbeizukommen. Nachdem die meisten Türsteher Formwandler waren, konnten sie Vampire riechen, auch wenn sie an ihrem Äußeren nicht als solche zu erkennen waren.

Der Modegeschmack der normalen Vampire in der Stadt schien stark angelehnt an die Gothic-Szene. In den letzten Monaten hatten allerdings etwa zehn mit Anzügen oder normalen Ausgeh-Klamotten versucht, in den Club zu kommen. Daher verließen sie sich nun mehr auf den Geruch als auf das Aussehen. Regel Nummer eins: keine Vampire durften ohne die Erlaubnis eines der Besitzer hinein.

„Was wollen Sie hier?", fragte Nick und versuchte professionell zu klingen, da sie menschliche Zuhörer hatten. Der Mann legte seinen Kopf zur Seite und ließ ein böses Lächeln sehen, durch das sich Nicks Magen verkrampfte.

„Ich möchte hinein", sagte Raven während seine Pupillen größer wurden und er die Macht anwendete, mit der er jeden, der für die Gedankenkontrolle der Vampire zugänglich war, unterwarf.

Nick beäugte ihn von oben bis unten. Der Mann hatte schwarzes Haar mit neonpink gefärbten Enden, die ihm tief ins Gesicht hingen. Er war jung, wohl noch keine fünfundzwanzig mit sehr blasser Haut und starkem Eyeliner um seine Augen. Seine Lippen trugen schwarzen Lippenstift und sogar seine Fingernägel waren schwarz lackiert.

„Es tut mir leid, Herr…" Nick blieb ruhig stehen und beobachtete jede Bewegung des Vampirs. Egal wie groß oder wie alt, Vampire waren gefährlich und sollten nicht unterschätzt werden.

„Raven, nennen Sie mich Raven", antwortete der Mann und fragte sich, wie weit man einen Jaguar in die Ecke drängen konnte.

„Es tut mir leid, Raven, wir sind voll", erklärte Nick während er mit seinen Fingern die kleine Pistole umklammerte, die tief in der Tasche seiner Lederjacke steckte. Sie hatte hohle Silber-Kugeln, die mit heiligem Wasser gefüllt waren. Sein Mundwinkel hob sich leicht zu einem sadistischen Lächeln als er die Holzklinge des Knochenmessers, das er an seinem Unterarm befestigt trug, fühlte.

„Wieso stehen diese Leute hier dann noch alle Schlange?", fragte Raven, während er beobachtete, wie ein goldener Ton begann, die Iris des Jaguars zu verfärben.

Nick lächelte, aber es schien mehr als würde er mit den Zähnen knirschen. „Sie haben reserviert."

Ravens Augen leuchteten in dem schwachen Licht einen Augenblick lang, als würden sie durch ein inneres Feuer Unheil verkündend glühen. Nick kam die drei Stufen vom Eingang hinunter und stellte sich zwischen Raven und die Menschenmenge, dann beugte er sich vor zu Ravens Ohr.

„Hau jetzt ab, Vampir", flüsterte er mit kalter Ruhe während er die Spitze des Messers gegen Ravens Rippen drückte, wo niemand es sehen konnte. „Du kommst hier nicht rein."

Nick richtete sich wieder auf und verschränkte seine Arme vor sich, sodass es nur eine kurze Bewegung brauchte, um ihn schnell mit dem Dolch zu erstechen. „Es tut mir leid, Herr Raven. Ich wünsche Ihnen noch einen schönen Abend."

Raven lächelte wieder, dieses Mal beinahe freundlich. „Oh, den werde ich haben."

Er drehte sich von der Tür weg und begann, die Straße entlang wegzugehen, seine Hände vergraben in den Taschen seiner schwarzen Jeans während er eine Unheil verkündende Melodie pfiff. Als der Jaguar sich zu ihm gebeugt hatte, um in sein Ohr zu flüstern, hatte Raven gesehen, wie sein Meister an ihnen vorbei in den Club geschlichen war. Er hatte Kane schon eine Weile nicht mehr gesehen. Tatsächlich war dies das erste Mal seit mehreren Wochen, obwohl er den Blick seines Herrn oft auf sich gefühlt hatte.

Was Raven überraschte, war, dass Kane freiwillig in die Höhle seiner Feinde gehen wollte. Der Meister hatte ihm die Geschichte davon erzählt, wie er vom Anführer des Jaguar-Klans lebendig begraben worden war. Hatte sein Herr seine eigenen Pläne?

„Sie haben Sie für etwas verurteilt, was Sie nicht gemacht haben, mein Meister, aber dieses Mal werde ich dafür sorgen, dass das Blut an ihren Händen klebt", flüsterte Raven zu sich selbst ehe er in den Schatten verschwand. Er wusste, er würde nicht lange warten müssen. Er konnte noch immer das Blut seines letzten Opfers riechen, dessen Geruch mit dem leichten Wind auf den Moon Dance zugeweht wurde.

*****

Kat sah zu, wie Chad und Jason den unglücklichen Freund aus dem Club beförderten... in Handschellen. Man sagte immer, dass Neugier der Katze Tod war, aber sie musste einfach herausfinden, was sie mit ihm vorhatten. Und wenn es nur war, um zu verhindern, dass sie die restliche Nacht darüber rätselte.

Sie ging durch eine der Seitentüren hinaus und blieb im Schatten als sie ihnen folgte. Aufgrund ihrer scharfen Sinne brauchte sie nicht allzu nahe zu sein, um zu hören, was sie sagten.

Chad und Jason schlossen Trevor zwischen seinem und dem Polizeiauto ein, sodass der sitzen gelassene Freund nicht zurück in den Club und zu Envy gehen konnte. Chad nahm ihm die Handschellen ab, denn er wusste, dass er ihn nicht wirklich festnehmen konnte, wenn er keinen legitimen Grund hatte… außer wenn Trevor es darauf anlegen sollte.

„Ich wette, du hast ihr gesagt, dass ich hier bin!", knurrte Trevor Jason an. „Glaube nicht, dass ich nicht merke, wie sehr du auf sie stehst. Du musstest einfach deine Nase wieder in Dinge stecken, die dich nichts angehen."

Chad streckte schnell seinen Arm aus, als Jason einen warnenden Schritt nach vorn machte. „Jason, ich übernehme hier. Wieso gehst du nicht wieder nach drinnen und versuchst, Envy zu finden? Ich will nicht, dass sie rauskommt, bevor Trevor weg ist."

„Du kannst mich nicht davon abhalten, wieder hineinzugehen. Ich bin im Dienst!", zischte Trevor ohne nachzudenken.

„Ja, wir haben gesehen, was für einen verdammten Dienst du machst." Jasons Hände ballten sich an seinen Seiten zu Fäusten, aber ein eindringlicher Blick von Chad überzeugte ihn, dass er besser wieder hineingehen sollte, sonst würde Trevor heute Nacht nicht der einzige in Handschellen sein. Er drehte sich verärgert um und warf eine letzte Bemerkung für Trevor zurück über

seine Schulter: „Wir sind dann auf der Tanzfläche…
eng umschlungen."

Trevor schoss nach vor, aber Chad drückte ihn
gewaltsam zurück gegen das Auto. Zu Chads
Überraschung war Trevor viel stärker als er aussah und
es kostete ihn einige Anstrengung. „Ich habe dich davor
gewarnt, mit meiner Schwester etwas anzufangen,
solange du ihr nicht sagst, wer du wirklich bist, und den
wahren Grund, wieso du immer in den Clubs bist.
Verdammt, Mann, Envy denkt, du bist nichts als ein
reicher Klugscheißer. Wenn du sie beeindrucken
wolltest, hättest du ihr die Wahrheit sagen sollen. Die
einzigen Typen, die garantiert keine Chance bei ihr
haben, sind Lügner. Besonders wenn sie sie anlügen."

Kat betrachtete Trevor genau. Was sollte das alles
heißen?

„Du weißt genauso gut wie ich, dass, wenn ich ihr
gesagt hätte, dass ich als verdeckter Ermittler arbeite,
sie immer denken würde, dass ich sie nur ausnutze, um
mit ihr in die Clubs hinein zu können", donnerte Trevor
während er sich wieder aufrichtete, aber nicht mehr
versuchte, zurück in die Richtung des Eingangs zu
gehen. Wenn er seine wahre Kraft benutzen würde,
wäre Chad ein toter Mann und Trevor wäre um nichts
besser als die Leute, die er verfolgte.

Das Wissen half, um ihn lange genug zu beruhigen,
um die tierischen Instinkte in ihm zu zügeln, aber er
konnte nicht verhindern, dass er noch immer verärgert
war. „Sie hat mir einen verdammten Elektroschock
verpasst!"

„Du hast es verdient, denn du bist ein
niederträchtiger, fremdgehender Freund. He, das hat
man davon, wenn man nicht die Wahrheit sagt. Du bist

für heute Nacht fertig, außer du willst einen der anderen Clubs heimsuchen. Außerdem hat Envy die Elektroschockpistole immer noch", grinste Chad. „Ich würde dir empfehlen, die restliche Nacht von ihr fernzubleiben... oder noch besser den Rest ihres Lebens, wenn ihr euch nicht aussprechen könnt."

Trevor knirschte mit den Zähnen aber sagte nichts mehr. Chad konnte ihm nicht befehlen, sich von Envy fernzuhalten, aber ihr Zeit zu geben, um sich zu beruhigen, war wohl ein guter Rat.

„Gut, aber das", er zeigte mit dem Finger auf den Club, „ist kein sicherer Ort für deine Schwester, um da rumzuhängen, und das weißt du!" Er riss die Tür seines Autos auf und zwang damit Chad einen Schritt zurückzumachen, um nicht getroffen zu werden. Nachdem er die Tür fest hinter sich zugeschlagen hatte, dauerte es nur noch wenige Sekunden, ehe er mit quietschenden Reifen den Parkplatz verließ.

Als Trevor weit genug entfernt war, sodass Chad seine Rücklichter nicht mehr sehen konnte, ergriff er sein Handy und wählte die Nummer von jemandem, der ihm noch einen Gefallen schuldete. Er verließ beim nächsten Laden die Straße und parkte hinter einem Lastwagen, sodass er nicht bemerkt werden würde.

Es störte ihn, sie dort zurückzulassen, nach dem, wie Devon sie angesehen hatte. Selbst wenn Devon kein Mörder war, dieser Blick verhieß nichts Gutes. Chad dachte, dass er ihm Vorschriften machen konnte, wenn es um Envy ging, ja? Mal sehen, wie er es findet, wenn er herausfindet, dass er der Schwächere ist. Und dann würde er auch Jason gleich in seine Schranken verweisen, wenn er schon dabei war.

Kat zog sich weiter in den Schatten zurück als Chad sich umdrehte und in ihre Richtung blickte. Sie runzelte die Stirn, wusste, dass er sie unmöglich sehen konnte… er hatte nicht die Nachtsicht, die Formwandler hatten. Sie blies ihr Haar aus ihrem Gesicht und wartete, während er einfach nur in ihre Richtung starrte, dann seufzte sie, als er sich endlich umdrehte und zurück in den Club ging.

Also war Trevor ein verdeckter Ermittler und Chads Schwester wusste nichts davon… offensichtlich Jason auch nicht. Die größte Sache war, dass Trevor gesagt hatte, dass er dienstlich hier war. Kat knirschte mit den Zähnen, wissend, dass es mit den Morden zu tun hatte. Sie musste Warren sagen, dass er sich beeilen musste damit, herauszufinden, wer die Blutspur hinterließ, bevor sie beschuldigt wurden.

*****

Envy stand langsam auf und fragte sich, wieso Devon nicht einfach zugab, dass er der Besitzer war, und sie gleich selbst einstellen konnte. Sie hasste es, wenn Menschen sie belogen, aber sie kannte ihn nicht, und er war ihr nichts schuldig, als schluckte sie hinunter, was sie darüber zu sagen hatte. Zu dumm, dass es nicht unten blieb.

„Das ging aber schnell." Sie beobachtete ihn erwartungsvoll während sie die Arme vor ihrer Brust verschränkte.

„Ich habe ein gutes Wort für dich eingelegt. Manchmal hören sie auf mich." Devon beäugte sie neugierig, als er roch, wie ihr Duft sich veränderte. Sie war wütend auf ihn. Das roch gut.

„Vielleicht, weil du der Besitzer bist." Envys Lächeln verschwand.

Also darum war sie wütend. Es gefällt ihr nicht, wenn sie das Gefühl hat, dass jemand etwas vor ihr versteckt. Das musste er sich merken. Devon senkte langsam seinen Kopf zu einer kleinen Verbeugung. „Ich bin nur einer der Besitzer. Der Club gehört mir, meinen beiden Brüdern und meiner Schwester. Wir versuchen schon, die anderen zu fragen, wenn wir neue Leute einstellen."

Envy schielte zu ihm hoch und schämte sich plötzlich. „Es tut mir leid, ich wollte nicht..." Sie gab seufzend auf und ließ ihre Arme sinken.

„Wenigstens blieb dein Elektroschocker in deiner Tasche", grinste Devon in der Hoffnung, ihre Stimmung aufzuheitern.

Envy errötete und fühlte den Drang, aus seiner Sicht zu verschwinden, bevor sie sich noch mehr zum Narren machte. „Ich habe hauptsächlich an den Nachmittagen gearbeitet und morgen habe ich frei, also wenn...", informierte sie ihn nervös, während sie ihren Blick halb auf die Tür gerichtet hatte und begann, sich in diese Richtung zu bewegen, bevor dies der kürzeste Job der Geschichte wurde.

„Also morgen Abend." Devon öffnete die Tür für sie, als sie sich zögerlich darauf zu bewegte. „Um sieben."

Er sah zu, wie sie die Flucht ergriff und er ließ sie gehen, denn er wusste, dass er sie fangen konnte, wenn sie zu weit weglief. Er schloss die Bürotür und drehte sich zu dem Bildschirm um, um zu sehen, wie sie sich einen Weg entlang des Randes der Tanzfläche auf die Treppen zu bahnte. Seine Augen wurden schmal als einer der Männer von vorhin ihren Arm ergriff, um ihre Aufmerksamkeit zu erregen. Devon machte sich auf den Weg zur Tür, aber Kat kam herein, ehe er Envys Verfolgung aufnehmen konnte.

„Das Mädchen mit der Elektroschockpistole…", begann Kat, aber ein ernster Blick ihres Bruders brachte sie zum Schweigen.

„Ihr Name ist Envy und du darfst sie morgen einweisen. Ich habe sie gerade als Barfrau angestellt." Devon verschränkte seine Arme vor seiner Brust während er sich zurück an die Schreibtischplatte lehnte.

„Zieh deine Krallen wieder ein." Kat legte ihren Kopf schief als Devon auf den Bildschirm starrte und sich anspannte. Sie folgte seinem Blick und grinste als sie Jason und Envy in der Mitte des Monitors sah. „Ach, hat sie heute Nacht nicht eine Menge Verehrer." Sie wusste, dass das nicht so ganz stimmte, aber sie wollte sehen, wie Devon reagierte. Sie erhielt ihre Antwort, als das dünne Plastik in der Rückenlehne des Bürostuhls knackte, wo er es etwas zu fest umklammerte.

Devon warf Kat einen bösen Blick zu. „Wieso bist du in meinem Büro?"

Kat lächelte ihn nur an. Dies würde sehr lustig werden. Sie machte ein paar Schritte nach vorne und zeigte auf den Bildschirm. „Dieser Mann, sein Name ist Jason Fox und ich habe eine ganze Weile mit ihm geplaudert, bevor seine beiden Freunde aufgetaucht sind."

Devon hob eine Augenbraue während er seine Schwester ansah und wartete, dass sie auf den Punkt kam.

„Jason war derjenige, der sie angerufen hat, damit sie in den Club kommen würde. Tatsächlich hat er sie gefragt, ob sie mit ihm ausgehen wollte." Sie grinste, als das Plastik des Stuhls in Devons Hand ganz abbrach. „Ich weiß nicht, was sie ihm gesagt hat, aber Jason sagte: 'Und wieso, zum Teufel, knutscht Trevor dann mit einer anderen auf der Tanzfläche?'"

„Also ist er der Grund, wieso sie gekommen ist", meinte Devon ungeduldig und legte das Stück Plastik auf den Schreibtisch. „Ich bin sicher, du hast noch irgendwo eine Pointe."

„Ja, habe ich, aber es macht so viel Spaß, zuzusehen, wie du zappelst." Kat beschloss, mit ihrer Geschichte fortzufahren, als er ihr seinen patentierten Fahr-zur-Hölle-Blick schenkte. Eines Tages musste sie unbedingt die Rechte für diesen Gesichtsausdruck kaufen. „Auf jeden Fall war es alles ein falsches Spiel, soweit ich gehört habe. Ihr Bruder hat ihr die Elektroschockpistole gegeben, wissend, dass sie wütend genug war, sie an ihrem Freund zu benutzen, der sie betrogen hat, aber in Wahrheit hat Trevor sie gar nicht betrogen."

„Was?", knurrte Devon, es gefiel ihm nicht, wohin das führte.

Kat verbrachte die nächsten zehn Minuten damit, ihren Bruder über die schmutzigen, kleinen Geheimnisse eines jeden aufzuklären. Nur zu ihrem Vergnügen vergaß sie auch nicht zu erwähnen, dass Jason schon jahrelang bis über beide Ohren in Envy verliebt war.

KAPITEL 3

Jason zog Envy in seine Arme. „Du schuldest mir einen Tanz."

Er war so froh, dass sie nicht die Art Mensch war, die den Nachrichtenüberbringer erschießen würde. Wenn er nicht gewesen wäre, hätte sie noch immer einen Freund... zugegeben, es wäre ein fremdgehender Freund, aber gut, das war der Grund, wieso er den Anruf überhaupt erst getätigt hatte. „Tut mir leid", flüsterte er in ihr Ohr, während er sie fester an sich zog und begann, sich zu der Musik zu bewegen.

Envy verdrehte die Augen und ließ ihn ohne noch einmal darüber nachzudenken davonkommen. „Dir braucht nichts leid zu tun." Sie ließ ihre Finger über seinen Rücken gleiten, während sie sich mit ihm bewegte. „Ich bin wieder frei und ich habe dabei auch noch einen neuen Job bekommen."

Sie lächelte als sie sich wieder auf der Tanzfläche umsah. „Dieses Lokal ist ein wenig anders als die Clubs, in denen ich bisher gearbeitet habe, aber ich denke, es kann interessant werden."

Jason sagte erst einmal gar nichts, als er fühlte, wie das Leder, das ihre Brust verhüllte, über sein Hemd strich und wie sein bestes Stück zum Leben erwachte. Er war froh, dass sie nicht wusste, was sie mit ihm machte, denn er hatte das Gefühl, dass sie aufhören würde, wenn sie es wüsste.

„Willst du Samstagvormittag klettern gehen?" Er ließ seine Hände über ihre Seiten nach unten streichen und ergriff dann ihre Hüften.

„Klettern? Das klingt toll. Das letzte Mal, ist schon eine Weile her." Envy nickte, dann wurden ihre Augen groß, als Jason sie nach vorne zog und sie mit etwas Langem, Hartem in Berührung kam, das sich gegen die weiche Haut ihres Bauches drückte. Sie schluckte schwer als sich ihr Blick ruckartig auf sein Gesicht richtete.

„Wo ist Chad?", fragte sie heiser, und wusste, dass sie es schon wieder getan hatte. Sie hatte es nicht gewollt. Jason war schon immer und immer noch einer ihrer besten Freunde. Das Allerletzte, was sie wollte, war, das zu verderben, indem sie mit ihm schlief. Sie mochte ihn zu sehr, um das zu tun.

„Das letzte Mal, wo ich ihn gesehen habe, war er gerade dabei, den Müll raus zu tragen." Jason seufzte, als sie sich von ihm los machte. Er legte seine Finger unter ihr Kinn und richtete ihr Gesicht hoch zu seinem. „Trevor verdient dich nicht."

„Chad hat ihn nicht wirklich festgenommen, oder?", frage Envy während sie Jason an der Hand ergriff und ihn Richtung Treppen führte. Sie wich dieser Unterhaltung schon seit Jahren aus, und sie würde sich jetzt nicht dazu hinreißen lassen.

„Nein, ich glaube der Elektroschock war schon Strafe genug... das, und dich zu verlieren. Chad wollte nur sichergehen, dass er den Weg zu seinem Auto findet", grinste Jason. Oben an der Treppe sah er Chad an der Bar neben der Tür stehen und auf sie warten. Mit seiner Hand fest an Envys geklammert, führte er sie in diese Richtung.

Die Schuldgefühle erzeugten Schmerzen in Envys Brust. Sie war wirklich nicht vom Herzen eine gemeine Person und was sie Trevor angetan hatte, war richtig schlimm gewesen. Sie hatte die Rache nur einen Moment lang genossen und der Moment war nun vorbei. Sie richtete ihren Blick zu Boden, zu beschämt um ihren Bruder auch nur anzusehen.

Chad sah Envy nur kurz an und wusste, dass es Zeit war, sie nach Hause zu bringen. „Bist du fertig?", fragte er als er einen Schritt von der Bar auf sie zu machte.

„Ich kann sie nach Hause fahren", bot Jason an und fügte dann schnell hinzu, „falls sie ein wenig bei mir bleiben will."

Chad konnte die Hoffnung in Jasons Augen aufblitzen sehen und fragte sich, ob er einen Fehler machte und ihr beider liebsten Kumpel zum Sturz brachte. Er fühlte, wie sein Handy an seiner Hüfte vibrierte und hob seine Hand. „Wir reden gleich darüber." Als er sah, dass es die Polizeistation war, bahnte er sich einen Weg zur Tür um besser hören zu können.

Envy blies ein paar Haarsträhnen aus ihrem Gesicht, wissend, so bizarr, wie diese Nacht bisher verlaufen war, dass es ihrem Glück ähnlich sah, wenn Chad nun zur Arbeit gerufen wurde. Sie sah zu, wie er sein Telefon wieder einsteckte, und zu ihnen zurückkam.

„Ist es für dich in Ordnung, wenn du mit Jason gehst?", fragte Chad. Als sie nickte, legte er einen Finger unter ihr Kinn und hob es hoch. „Du hast richtig gehandelt mit Trevor, also Kopf hoch. Ich werde wohl erst am Morgen zurücksein, also warte nicht auf mich."

Envy schenkte ihm ein leises Lächeln als er wegging. Sie hatten beide auf dieselbe Art ihr Kinn berührt und ihr gesagt, dass es Trevors Schuld war und nicht ihre. Sie liebte Jason, denn er war genauso wie Chad, und deshalb würde sie nie dem Bedürfnis, mit Jason zu schlafen, nachgeben, auch wenn es ihre Knie weich machte.

Gerade als Chad durch die Eingangstür ging, begann Jasons Handy zu biepen. Sie drehte sich um und sah zu, wie er abnahm, dann runzelte er die Stirn, als sein Gesicht ernst wurde. Sie wusste, dass er diese Woche auf Abruf war und fragte sich im Stillen, ob es die Ranger waren, die ihn mitten in der Nacht brauchten. Ihrer Meinung nach konnte das nichts Gutes bedeuten.

Als sich ihre Blicke trafen, sah sie, wie seine Schultern enttäuscht absackten.

„Envy, es tut mir leid, ich muss ausrücken. Komm, ich fahre dich auf dem Weg noch nach Hause." Jason stopfte sein Handy zurück in seine Hosentasche als wäre es sein Feind geworden. Er hatte gehofft, ein paar Minuten mit Envy alleine zu haben, so oder so.

Envy runzelte die Stirn, denn sie wusste, dass Zuhause wohl nicht in der Richtung war, in der er unterwegs war. „Danke für das Angebot, Jason, aber ich denke, ich habe für eine Nacht schon genug

Probleme gemacht. Außerdem werde ich hier ab morgen arbeiten, also werde ich hierbleiben und den Barkeepern zusehen." Sie zuckte die Schultern und klebte ein enthusiastisches Lächeln auf ihre Lippen, das ihrem Gesicht schmerzte. „Wer weiß, vielleicht kann ich noch ein paar Tipps bekommen, wenn ich schon hier bin."

Jason nickte zögernd, wusste, dass er in Eile war. „Gut, aber du hast meine Nummer, wenn du mich brauchst."

Envy winkte ihm: „Ja, habe ich. Jetzt an die Arbeit. Arbeite hart, verdiene Geld und geh bald mal mit mir aus, jetzt, wo ich wieder single bin."

Jason lächelte sie erfreut an und verschwand dann schnell durch die Tür.

Envy ließ sich von der Benommenheit einnehmen als ihr Lächeln verschwand, dann drehte sie sich zurück zur Tanzfläche und betrachtete sie noch einmal, bevor sie zur Bar ging. Sie setzte sich auf einen der weich gepolsterten Hocker und stützte ihre Ellbogen auf die Theke.

Sie saß mehrere Minuten lang da und starrte auf die Theke, bevor sie bemerkte, dass die durchsichtige Oberfläche, die mit Neonlichtern umrandet war, regelmäßig die Farbe wechselte. Es gab Stücke eines grau gefärbten Steins, die in dem dicken Plexiglas eingelagert waren, die leuchteten als wären sie in Glitter getränkt. Der 'Glitter' war so in das Plexiglas gemischt, dass, wenn die Lichter schwarz waren, es wie Sterne am Abendhimmel aussah.

Ein Glas erschien plötzlich vor ihr mit einer Hand mit langen Fingern, die es festhielt. Die Nägel waren mit einem hübschen Rotton lackiert, mit schwarzen

Streifen auf den Nägeln der Ringfinger, die ein wenig wie die Spuren von Krallen aussahen.

Envy sah überrascht auf die Frau vor ihr. Sie hatte langes, gewelltes, schwarzes Haar und ein exotisches Aussehen, das Envy erst einmal blinzeln ließ. Sie war übermäßig hübsch. Ihre Haut war warm bronzefärbig und ihre Augen hatten einen eigenartigen Blauton. Nicht das überwältigende Blau, das sie bei Devon gesehen hatte, aber fast so.

„Das geht aufs Haus", sagte Kat und schob ihr das Glas ein wenig näher hin. „Alle Barkeeper bekommen gratis Getränke, und mein Bruder hat dich gerade eingestellt, nicht wahr?" Sie lächelte, wollte die Frau kennenlernen, die ihrem Bruder so schnell den Kopf verdreht hatte. Es wäre an sich nicht so eine große Sache gewesen, aber Devon nahm Mädchen nie ernst, denn er war jede Nacht von hunderten umgeben. Aber diese Frau hatte seinen Käfig ordentlich durcheinander gebracht.

Envy runzelte einen Augenblick lang die Stirn über das Getränk und log: „Ich wollte das gerade fragen." Sie sah zu Kat hoch. „Danke." Sie schenkte ihr ein zittriges Lächeln. „Kann nicht schaden." Damit hob sie das Glas und leerte es beinahe, ehe sie es mit großen Augen wieder auf die Theke stellte.

„Autsch", lachte Envy während sie eine Hand vor ihren Lippen schwenkte. „Was ist das?"

Kat grinste. „Es ist die Spezialität des Hauses und du wirst es morgen Nacht ausschenken. Es heißt Heat." Sie sagte nicht dazu, dass es genug Alkohol enthielt, um normale Menschen sehr schnell sehr betrunken zu machen. Es waren hauptsächlich Nicht-Menschen, die es bestellten, denn mit so einem schnellen

Metabolismus brauchten sie etwas sehr Starkes, um sie ein wenig anzuheitern.

„Ich kann fast alles mischen, aber ich muss zugeben, davon habe ich noch nie gehört. Es schmeckt als wäre da eine ganze Menge Alkohol drinnen... Mondschein?" Als Kat nur ihren Kopf schüttelte, sah Envy mit gerunzelter Stirn auf ihr Glas, hob es auf und roch daran. „Dann weiß ich auch nicht. Aber gib mir ein Feuerzeug und ich kann es in Die Drachenfrau verwandeln, indem ich nur an der Flamme rieche", sagte sie und stellte das Glas wieder ab.

„Genieß es einfach. Für heute kannst du sagen, dass du dich über deinen neuen Job informierst", lachte Kat und füllte das Glas wieder auf, obwohl sie wusste, dass das erste wohl schon genug war, sodass Envy nicht mehr geradeaus laufen konnte. Das Getränk hatte eine weitere Nebenwirkung. Sie wusste nicht wieso, aber an den meisten Frauen wirkte es aphrodisierend. Darum hatte sie es Heat genannt.

„Man könnte sagen, es ist eine Medizin für eine schlechte Nacht." Sie nickte in Richtung des Getränks um zu zeigen, dass Envy es trinken sollte.

Envy goss die heiße Mischung hinunter während sie schon merkte, wie die Wirkung des ersten Glases sie übermannte. Sie stellte das Glas sanft wieder zurück auf die Bar und legte dann schnell ihre Hand auf die Öffnung.

„Ich denke, das genügt." Sie seufzte dankbar als sich ihre angespannten Muskeln zu entspannen begannen. „Was ist da drinnen?"

Die Barfrau zeigte ihr die violette Flasche. „Es ist schon fertig gemischt und es ist ein Geheimrezept, das sich meine Großmutter ausgedacht hat, also kann ich es dir nicht sagen." Sie lachte als Envy einen Schmollmund machte. „Wenigstens ist es einfach zu machen, wenn jemand es bestellt."

Kat sah sich an der Bar um, um sicher zu gehen, dass die anderen Kunden durch die Angestellten versorgt wurden, dann stütze sie sich auf die gläserne Theke. „Wieso erzählst du mir nicht von dem knackigen Blonden, mit dem du gekommen bist?"

Envys Augen leuchteten. „Du findest meinen Bruder heiß?"

Kat zuckte die Schultern, wissend, dass es viel zu lange her war, dass sie selbst Spaß gehabt hatte, und dass sie wohl darum in letzter Zeit so oft an Quinn dachte. Sie brauchte einen Grund, ihn wieder zu vergessen. „Nun, ja! Ich will wissen, was er nachts so treibt, damit ich weiß, wo ich ihn finde", antwortete sie mit einem verschwörerischen Augenzwinkern.

Der Gedanke an Chad, wie er in letzter Zeit gelangweilt und frustriert in der Wohnung umher streunte, blitzte in Envys Erinnerung auf und beruhigte sie. Es war nur zu seinem Besten. „Nun, er geht gerne klettern, manchmal macht er den Kaffee so stark, dass er von selbst gehen kann, glaub mir, ich habe es gesehen, und er arbeitet meistens bis spät. Aber er weiß, wie man eine Frau zu behandeln hat." Envy zwinkerte ihr zu.

Kat runzelte die Stirn und richtete sich wieder auf: „Nicht so wie der Surfer, der gerade auf dich zukommt."

Sie starrte Trevor böse an, roch die Wut, die noch an ihm festhing. Anfangs hatte sie den Typen nicht gemocht, weil er in ihrem Club war, um herumzuschnüffeln. Aber jetzt mochte sie ihn noch weniger, denn Chad mochte ihn nicht... und aus irgendeinem Grund vertraute sie Chads Urteil, denn er liebte seine Schwester offensichtlich.

Envy zuckte zusammen und sah hoch als eine schwere Hand auf ihrer Schulter landete. Verdammt, gerade wenn sie begann, sich zu entspannen, und nicht mehr daran zu denken, was sie getan hatte, musste es sich von hinten anschleichen und sie wie ein Schlag ins Gesicht treffen. Zuerst starrte sie ihn einfach nur an, wusste nicht, ob sie sich schämen oder noch immer wütend sein sollte. Vor allem fühlte sie sich einfach nur leer, als sie den Mann betrachtete, den sie so oft geküsst hatte.

„Wir müssen reden", begann Trevor so ruhig, wie er nur konnte. „Jetzt!" Okay, er war doch nicht so ruhig, wie er gehofft hatte... verdammt.

Envy schob ihn von sich weg, als er versuchte, ihre Hand zu nehmen und sie von der Bar wegzuziehen. „Ich glaube, wir haben schon genug geredet... meinst du nicht? Und ich denke, ich sollte dich warnen, dass ich immer noch den Elektroschocker habe." Sie schenkte ihm einen vielsagenden Blick, bevor sie ihren Blick zwischen seine Beine senkte.

Trevor bewegte seinen Arm so, dass seine Hand vor dieser Region hing und machte einen Schritt zurück. „Hey, ich wollte nur mit dir reden, Envy."

„Nun, ich glaube nicht, dass ich mit dir reden will." Envy seufzte als würde alleine der Gedanke daran sie schon langweilen. „Ich rede nicht so gerne mit Lügnern, die fremdgehen."

Trevor grinste. „Darüber solltest du einmal mit Chad reden. Er hat..." Sie war schnell, aber Trevor war schneller, fing ihre Hand wenige Zentimeter vor seiner

Wange auf und hielt sie fest. „Ich glaube, der Elektroschock hat genügt."

Envy starrte ihn böse an während sie versuchte, ihre Hand loszureißen, aber er hielt sie fest wie ein Schraubstock. „Lass meinen Bruder hier raus. Er ist nicht derjenige, mit dem ich ausging, und den ich dann dabei erwische, wie er auf der Tanzfläche seine Eier am Hintern eines Mädchens reibt, während eine andere hinter ihm ist, und versucht dorthin zu gelangen."

Trevor zog den Kopf zwischen die Schultern und ließ ihre Hand los. Er konnte ihre Sichtweise schon verstehen, wenn sie es so ausdrückte. Dann blieb aber immer noch die Tatsache, dass Jason wohl derjenige gewesen war, der dafür gesorgt hatte, dass es noch schlimmer erschien, als es war, und dass Chad mitgeholfen hatte, was einfach unfair war. Er hatte ihr nicht gesagt, dass er heute Nacht hierherkommen wollte, weil er sie nirgendwo in der Nähe dieses Clubs wissen wollte.

Die Wahrheit war noch viel tiefgründiger, als irgendjemand wusste… sogar Chad. Chad dachte, dass er nur ein verdeckter Ermittler war, aber das war er nicht. Er arbeitete in der CIA als Teil des Teams für Ermittlungen über Paranormales… TEP. Er war aufgrund von all den Personen, die jede Woche als vermisst gemeldet wurden, auf diesen Fall angesetzt worden… das kam noch zu den Morden hinzu.

Es schien, dass die Spuren der meisten von denen, die vermisst wurden, sich immer nach einer Nacht in den Clubs verloren. Nicht nur in diesem Club. Aber einige seiner besten Hinweise zeigten auf den Moon Dance. Und jetzt erreichte die Opferzahl schwindelerregende Höhen.

Die Polizei und das FBI hatten die Morde selbst untersucht, ehe der Fall an seine Abteilung weitergereicht wurde. Trevor war immer noch ein wenig sauer darüber, dass sie immer darauf warten mussten, dass alle anderen alle weiteren Optionen ausschlossen, ehe ein Fall sich durch die ganzen weiteren Abteilungen durcharbeitete und schlussendlich auf den Schreibtischen der Paranormalen Abteilung landete.

Er war mittlerweile schon so lange beim TEP, dass er, ebenso wie seine Kollegen, einen Fall wie diesen schon von einem Kilometer Entfernung erkennen konnten. Er wollte nicht, dass Envy so endete, wie all die anderen Leute, die vermisst wurden, und darum hatte er sich wie der Teufel bemüht, seine beiden Leben separat zu halten.

„Ich weiß, dass es alles meine Schuld ist, also bitte komm einfach mit raus und rede mit mir, bevor du mich in den Straßengraben wirfst. Kannst du mir wenigstens das zugestehen, nach dem Elektroschock? Du hast deine Rache schon gehabt." Trevor kam wieder näher. Er würde Nein nicht als eine Antwort gelten lassen, und er hoffte, dass Envy ihn gut genug kannte, um das zu wissen, und nachzugeben.

Kat tat als würde sie mit ihrem Ohrring spielen, während sie einen Schritt zurückmachte, aber in Wirklichkeit drückte sie den Knopf in dem Funkgerät. „Envy, ist alles in Ordnung?", fragte sie, wissend, dass Devon nicht mehr zu hören brauchte.

Devon zog gerade sein Hemd an, als der Funk ein paarmal klickte. „Schieß los", murmelte er und hörte dann Kats Stimme, die Envy fragte, ob sie in Ordnung war. Devons Blick schoss hoch zu dem Bildschirm der die Bar zeigte, wo Kat arbeitete. Devon fluchte als er denselben Mann sah, den Envy vorhin geschockt hatte, der zurückgekommen war, um noch mehr Ärger zu suchen.

„Idiot!" Er knöpfte schnell die restlichen Knöpfe seines Hemds zu und steckte es in seine Hose, bevor er das Büro verließ.

Envy schielte mit einem zögernden Nicken hinüber zu Kat. „Ich komme morgen um sieben. Danke für die Getränke."

Kat sah besorgt aus: „Bist du sicher, dass du klar kommst?", fragte sie leise. Sie hoffte, dass Devon sich beeilte, denn nach zwei großen Shots Heat war es vielleicht keine gute Idee, wenn Envy mit ihrem Ex-Freund wegging, um sich wieder mit ihm zu versöhnen.

Envy nickte noch einmal, dieses Mal mit einem breiten Lächeln. „Bei mir ist alles bestens. Ich kann dasselbe nur nicht für Trevor behaupten."

Trevor griff nach ihrer Hand als sie von ihrem Barhocker rutschte, aber Envy wich ihm aus und ging zur Tür, ließ ihn einfach stehen. Trevor warf Kat einen bösen Blick zu, ehe er Envy nach draußen folgte.

Devon bahnte sich mühsam einen Weg zwischen den sich erotisch bewegenden Körpern, dann rannte er die Treppe zwei Stufen auf einmal nehmend nach oben zur Bar, wo Kat auf ihn wartete. „Wo ist sie?", fragte er barsch während sein Blick die Gegend um sie absuchte.

„Sie sind gerade zur Tür hinaus." Sie ergriff schnell seinen Arm, als er sich zur Tür begeben wollte, und fügte schnell hinzu: „Sie hat zwei Shots Heat getrunken, bevor er gekommen ist." Sie zog eine Grimasse als Devon sie anknurrte. „Hey, ich dachte, dass ich dir einen Gefallen tue, nicht ihm. Jetzt geh, und hol sie dir, und komm nicht mit leeren Händen zurück."

Kat zog den Kopf ein, als Devon sich kraftvoll von der Theke abstieß und Richtung Tür davonstürmte. Mit ihrem außergewöhnlichen Gehör konnte sie hören, wie er sie verfluchte, bis die Tür sich hinter ihm krachend schloss.

„Trevor läuft ziemlich gut für jemanden, der gerade einen Elektroschock dort erhalten hat, wo kein Mann jemals geschockt werden will."

Nicks Stimme, die hinter Kat erklang, ließ sie zusammenfahren. Sie konnte das Lächeln nicht unterdrücken, das an ihren Lippen zog. „Du machst Scherze. Sie hat nicht... nicht dort... ernsthaft?" Als Nick nickte, hatte Kat plötzlich einen ganz anderen Respekt vor der neuen Barfrau. „Ich glaube, ich werde sie mögen."

„Ich glaube, Devon mag sie jetzt schon", bemerkte Nick und ging wieder weg.

Niemand bemerkte es, als Kane durch den Haupteingang hinaus auf den Parkplatz spazierte. Er grinste innerlich, wissend, dass er mehrmals direkt an Nick vorbeigegangen war, und der Jaguar hatte nicht einmal mit dem Finger gezuckt. „Ich liebe Magie", murmelte Kane, während er sich in die Nacht einwickelte.

*****

Tabatha öffnete ihre Augen und winselte, als sie sah, wie spät es war. Sie hatte den Großteil der Nacht und des Vormittags gearbeitet, aber sie wusste, dass es zu spät war, um das noch als eine Ausrede zu verwenden, um nicht aufzustehen. Sie drehte sich um, zog die Decke über ihren Kopf und machte sich auf den Weg zurück ins Land der Träume. Leider war das Land der Träume nur eine Einbildung.

Die Tür ihres Schlafzimmers ging auf und Tabatha schielte unter der Decke hervor. Ihr Mitbewohner und bester Freund, Kriss, grinste wie ein Verrückter auf sie hinunter. „Worüber, zum Teufel, freust du dich so?", fragte sie. „Weißt du nicht, dass es gegen die Gesetze der menschlichen Natur verstößt, so guter Laune zu sein, wenn man jemanden so spät nachts aufweckt?"

Kriss hielt ihre riesige Tinkerbell Tasse gefüllt mit Kaffee hoch. „Ich komme mit Gaben und der Aussicht auf Essen." Er schenkte ihr ein sexy Grinsen. Er hätte Geld darauf gewettet, dass sie in den letzten vierundzwanzig Stunden nichts gegessen hatte, und er wollte dieses Versehen beheben.

Tabatha warf die Decke von sich, als der Geruch von Kaffee durch ihre Abwehrstellung brach. „Kochst du, oder warst du wieder beim Drive-In?"

„Ich habe gekocht, danke schön", rief Kriss mit gespieltem Schmerz in seiner Stimme und streckte ihr dann die Zunge entgegen.

„Gib das Ding weg, ich weiß nicht, wo es sonst überall war", lästerte sie und nahm ihm dann die Tasse aus der Hand. Sie kannte Kriss seit fast fünf Jahren und war vor zwei Jahren, nachdem sie ihre Ranger-Ausbildung abgeschlossen hatte, mit ihm zusammengezogen. Er war Tänzer in einem der heißesten Männer-Stripclubs in LA und sie hatten einander kennengelernt, als ihre Freundin Envy, und Envys Bruder Chad, sie an ihrem einundzwanzigsten Geburtstag dorthin ausgeführt hatten.

Tabatha kicherte immer noch darüber, wie oft Chad an jenem Abend angebaggert worden war, aber der Polizist hatte es einfach weggesteckt. Nachdem es ein Männer-Stripclub war, war er in erster Linie voll mit betrunkenen, erregten Frauen und schwulen Männern. Er hatte sogar noch mehr Aufmerksamkeit bekommen, als man herausgefunden hatte, dass er ein Polizist war, und Handschellen waren erwähnt worden.

Aber das war nicht der Höhepunkt der Nacht gewesen. Sie schloss ihre Augen, sah es alles noch einmal vor ihrem inneren Auge, als wäre es gestern geschehen.

Kriss war eine Weile zu ihnen an den Tisch gekommen, um zu trinken, und hatte sich schlussendlich besagte Handschellen für seine nächste Show ausgeborgt. Er war schnell Tabathas liebster Tänzer geworden, als er ihre Hand ergriffen und sie auf die Bühne geführt hatte. Er war die Augenweide zwischen all den Tänzern, und in jeder Hinsicht perfekt.

Er hatte einen muskulösen Körper, nicht zu aufgeblasen, aber gerade genug trainiert um zu zeigen, dass man sich mit ihm besser nicht körperlich anlegen sollte. Sein Körper war schlank und fit nach so vielen Jahren Tanzen und sein hellblondes Haar war immer ekstatisch unordentlich, als wäre er in einen Sturm gekommen, und hätte Haarspray darauf gesprüht, bevor es sich wieder legen konnte. Seine warmen, braunen Augen hypnotisierten sie durch ihre Leuchtkraft. Der Mann konnte mit diesen Augen den Verkehr aufhalten. Sie hatte es gesehen.

Er hatte ihr die wahre Bedeutung eines verführerischen Tanzes gezeigt und hatte dann den Tanz beendet, indem er sie zurück zu ihrem Tisch geführt und sie und Envy mit den Handschellen aneinander gefesselt hatte. Er hatte Chad zugezwinkert, als würde er ihm einen flotten Dreier schenken. Sie hatten alle über das Spektakel gelacht.

Sie hatte sich so amüsiert, dass sie Chad und Envy gesagt hatte, dass sie gehen konnten, wenn sie wollten, und dass sie später mit einem Taxi nach Hause fahren würde. Um etwa ein Uhr früh, waren sie dann auch gegangen.

Nachdem sie weg waren, war Tabatha nach draußen gegangen, um der einen sündhaften Versuchung nachzugeben, die sie vor ihren Freunden versteckte. Sie machte es hauptsächlich wenn sie nervös oder betrunken war. Sie ging weg von dem Licht der Eingangstüren und fand einen dunkleren Teil des Parkplatzes, lehnte sich gegen die Ziegelmauer und zündete ihre Zigarette an. Sie blies den weißen Rauch hinaus in die kühle Nachtluft.

Sie erinnerte sich daran, wie sie ihn deutlich am anderen Ende des Parkplatzes gesehen hatte, wie er sie finster anstarrte. Er war ebenso perfekt, wie der Tänzer, den sie im Club getroffen hatte... sie hätten sich um den Titel streiten können. Sie blinzelte und plötzlich war er nur wenige Zentimeter von ihr entfernt, eine Handfläche gegen die Mauer neben ihrem Kopf gedrückt, mit der er ihr Haar festhielt, sodass sie sich nicht bewegen konnte.

Seine merkwürdigen Augen leuchteten mit silbernen Flammen und Tabatha war wie angewurzelt, nicht weil er sie festhielt, sondern weil der Mann kein Mensch war. Er hatte gerade zwei Dinge getan, die das bewiesen... entweder das, oder jemand hatte etwas in ihr Getränk gegeben, während sie nicht aufgepasst hatte. Und um es noch schlimmer zu machen: aus der Nähe sah er aus wie die Definition von sexueller Gefahr. Er lehnte sich langsam nach vor und atmete tief ein.

Kriss hatte Dean in der Nähe gefühlt und hatte die Bühne mitten in der Show verlassen, als er die fast gewalttätigen Absichten des Mannes fühlte. Er nahm sich nicht einmal die Zeit, sich anzuziehen und verließ durch eine Seitentür, nahe dort wo Dean Tabatha an der Wand festhielt, das Lokal. Innerhalb eines Augenblickes hatte er einen Arm um Deans Taille und den anderen fest um seine Kehle während er den dunkelhaarigen Mann langsam von seiner neuen Freundin zurückzog.

Tabatha fragte sich, ob sie jedes Mal, wenn sie blinzelte, Zeit verlor. Sie hatte Kriss nicht einmal kommen sehen.

Dean lehnte sich zurück an Kriss, als würde er die Umarmung genießen, aber sein Gesichtsausdruck war bei Weitem nicht freundlich, als er sagte: „Dein Geruch ist überall auf ihr."

Kriss versuchte, das silberne Feuer zu verstecken, das in seine Augen springen wollte, als er seinen Griff um Dean verstärkte aber zu Tabatha sah und befahl: „Es ist in Ordnung, Tabatha. Geh wieder hinein."

Der Klang von Kriss' Stimme riss sie endlich aus ihrer Starre. Tabatha ging Richtung Eingang, aber bevor sie dort ankam, drehte sie wieder um und versteckte sich hinter ein paar Autos am Parkplatz, wollte Kriss nicht alleine mit Herrn Gefährlich lassen.

Nichts hatte sie darauf vorbereitete, was sie in jener Nacht beobachtete. An den Schatten der Männer, die die Lichter des Parkplatzes an die Ziegelmauer des

Gebäudes warfen, sah sie die dunklen Schatten von Flügeln, die sich aus ihren Rücken ausbreiteten während sie miteinander kämpften. Sie konnte die Flügel in Wirklichkeit nicht sehen, aber sie wusste, dass sie da waren, denn ihre Schatten folgten genau ihren Bewegungen.

Sie hörte ihre barschen Stimmen, wie sie miteinander stritten, aber es war eine Sprache, die sie nie zuvor gehört hatte. Kriss konnte schließlich den anderen Mann mit dem Gesicht voraus in die Ziegelmauer drücken und hielt ihn dort einen Augenblick lang fest, während er ihm etwas ins Ohr flüsterte.

Dean drückte sich nach hinten ab und gewann schnell die Oberhand, riss sie beide herum und quetschte Kriss gegen die Wand, dieses Mal so, dass sie einander ansahen. Tabatha stand hinter dem Auto, wo sie sich versteckt hatte, auf, bereit, Kriss zu Hilfe zu eilen. Sie blieb vor Verwirrung stehen, als Deans Hand hinter Kriss' Hals glitt und seinen Hinterkopf umschloss, während sein Körper sich an ihn drückte, um ihn ruhig zu halten.

Der Kuss, der folgte, war bei Weitem nicht einseitig. Es war während jenem Kuss gewesen, dass Kriss seine leuchtend silbernen Augen geöffnet und sie dort stehen gesehen hatte, wie eine kranke Spannerin.

Tabatha hatte sich sofort umgedreht und war wieder in das Lokal gerannt. Es war fast eine Stunde später gewesen, dass Kriss sich auf einen Barhocker neben sie gesetzt hatte… diesmal normal bekleidet. Sie hatte ihr Getränk genommen und in einem Zug geleert, ehe sie ihm den Kopf zuwandte, und in seine weichen, braunen Augen blickte.

„Das war das Erotischste, was ich je gesehen habe... bitte lösche nicht mein Gedächtnis."

Kriss hatte ihren Blick so lange gefangen gehalten, dass sie schon Angst gehabt hatte, dass er tatsächlich jeden Teil davon löschte... aber dann hatte er gelacht. Sie hatte später herausgefunden, dass er in ihre Seele geschaut hatte, um herauszufinden, ob er ihr vertrauen konnte. Er hatte entschieden, dass er das konnte, und ihr ihren Wunsch erfüllt.

Über die Wochen, die darauf folgten, waren sie beste Freunde geworden, und er hatte ihr das erzählt, wovon er meinte, dass sie es über ihn wissen sollte. Auch beste Freunde hatten Geheimnisse.

Tabatha brachte sich selbst wieder zurück in die Gegenwart, musterte Kriss einen Moment lang und musste zugeben, dass es wirklich schade war, dass er schwul war. Aber die Gefallenen Engel konnten nur andere Gefallene Engel lieben und alle davon waren, ironischer Weise, männlich. Wenn sie versuchen würden, mit einem Menschen Sex zu haben, würde der Mensch sterben. Tabatha wollte gar nicht wissen, wie sie diese kleine Sache herausgefunden hatten.

Was es noch schlimmer machte, war, dass es nur wenige seiner Art auf der Erde gab und er kannte nur zwei. Der, den sie getroffen hatte, war Dean. Obwohl sie ihn seit jener Nacht ab und zu gesehen hatte, erzeugte er immer noch eine Gänsehaut bei ihr. Es war die Art, wie er sie ansah... als wüsste er ein Geheimnis. Sie nahm an, dass Kriss' Liebesleben ihre Vorstellungskraft ein wenig überstieg, also versuchte sie, keine Fragen zu stellen.

Seine Boxershorts saßen an diesem Morgen ein wenig tief und zeigten das kleine Tattoo, das aussah wie indianische Kunst, tief in seinem Rücken. Sie wusste, dass es nicht wirklich indianische Kunst war, es sei denn, man zählte die Gefallenen Engel als einen Indianerstamm.

Als er sich mit ihrem Teller in der Hand umdrehte, hätte sie beinahe ihren Kaffee ausgespuckt, als sie sah, dass er ihre Lieblingsschürze trug. Sie war schwarz mit einem Spinnennetz-Gitter und neonpinker Aufschrift, die stolz verkündete 'Küss den Koch hier' mit einem Pfeil, der in den Schritt zeigte.

„Wo, zum Teufel, hast du die gefunden?", brachte Tabatha schließlich heraus. „Ich dachte, ich habe sie vor dir versteckt."

Kriss grinste. „Das hast du… ich habe sie gefunden."

„Du hast in meiner Unterwäsche herumgestöbert?", fragte Tabatha böse.

Kriss' Grinsen verwandelte sich in ein Stirnrunzeln. „Du trägst Unterwäsche?"

Eine seiner Lieblingsbeschäftigungen war es, Tabatha in den Wahnsinn zu treiben. Sie hatte keine Ahnung, wie süß sie aussah, wenn sie sich ärgerte. Tabatha war sogar an einem schlechten Tag einfach zum Vernaschen. Ihre makellose, weiche Haut hatte einen wunderbaren goldenen Teint. Ihr Haar war eine Mischung aus natürlich hellblond und Platin-Seide und ihr Körper war das, wovon die meisten Männer nachts träumten. Er musste es wissen… sie war mehr als nur einmal in seine Träume eingedrungen.

Er liebte Tabatha aber er wusste, dass er sie nie haben konnte, und das war in Ordnung. Er würde sie auch nicht verlieren. Als er an jener ersten Nacht in ihre Seele gesehen hatte, hatte er gewusst, dass in ihrer

Zukunft Dämonen lagen. Sie würde ihn brauchen, und wenn er Dean dazu kriegen konnte, nicht so eifersüchtig auf sie zu sein, dann hätte sie den doppelten Schutz.

Tabatha nahm ihm den Teller aus der Hand, grinste über seinen absurden Sinn für Humor und begann zu essen. Das war das Einzige, was sie machen konnte, um das Bild von ihm, wie er in einem ihrer Tangas herumstolzierte, davon abzuhalten, wie eine aufdringliche Werbung in ihrem Kopf zu spielen. Sie begann zu kichern und weigerte sich, ihm zu sagen wieso, als er fragte.

Das Telefon klingelte und Kriss nahm es, bevor sie ihre Hand danach ausstrecken konnte. „Iss", befahl er und zeigte auf ihren Teller.

„Tabathas Anrufbeantworter", sagte er grinsend als er am Display sah, wer anrief.

„Sag Tabby, dass wir sie unten beim Night Light brauchen. Jemand hat angerufen, und will dort einen Puma gesehen haben", berichtete Jason.

„Sie fährt hin, sobald sie ihren Teller leergeputzt hat." Kriss legte auf, bevor Jason etwas Dummes sagen konnte wie 'Sag ihr, sie soll sich beeilen'.

Tabatha hob eine Augenbraue, dann begann sie zu essen, als sie erkannte, dass Kriss ihr nicht sagen würde, wo sie hinfahren musste, ehe ihr Teller leer war.

KAPITEL 4

Envy war schon halb über den Parkplatz gelaufen, als ihr klar wurde, dass sie kein Auto hatte, auf das sie zurennen konnte. Nachdem sowohl Jason als auch Chad weg waren, würde sie ein Taxi rufen müssen, oder Trevor sie nach Hause bringen lassen. Als sie sein Auto dort am anderen Ende stehen sah, tat sie so, als hätte sie schon von Anfang an darauf zu gesteuert.

Sie wusste nicht, ob es durch all die Adrenalinstöße, die sie in dieser Nacht bekommen hatte, kam, oder sonst etwas, aber sie war einfach nicht mehr sauer. Nicht, dass sie sich wieder mit ihm versöhnen wollte. Bestimmt nicht. Als sie sah, wie er um sie herum hinüber zur Fahrertür ging, grinste sie trotzig und beschloss, sich stattdessen auf die Motorhaube zu setzen.

Trevor hätte beinahe die Augen verdreht, aber er ließ den Türgriff wieder los. Mit Schwung setzte er sich neben sie und sah sich am Parkplatz um, um zu sehen, ob sie alleine waren, und zum Glück war alles still und leer. Das war gut. Er brauchte wirklich keine Zuhörer für das, was er ihr sagen würde. Er wusste nicht, wo er anfangen sollte. Er konnte ja auch schlecht einfach herausplatzen: 'Ich habe dich belogen, seit wir uns kennen.'

Devon hielt sich außerhalb ihres Blickfeldes auf, während er einen Bogen um sie machte, und schließlich an einer Baumreihe hinter Trevors Auto endete. Seine Schwester sollte doch wirklich wissen, dass sie dieses Getränk, worauf sie so stolz war, Menschen nicht zutrauen sollte. Verdammt, das Zeug war für Formwandler kaum verträglich und Kat hatte es zur Lieblingsdroge der Ortsansässigen gemacht.

Sie hatte das Rezept in den Sachen ihrer Großmutter gefunden, nachdem diese gestorben war. Ihre Großmutter war eine Medizinfrau für die Jaguare gewesen, und dieser Saft wurde hauptsächlich Weibchen in ihrer Hochzeitsnacht verabreicht, wenn sie Angst vor ihrer ersten Paarung hatten. Zusätzlich zu dem Effekt des Alkohols produzierte es einen großen Schub an weiblichen Pheromonen.

Er hatte Envys Pheromone schon vorher gerochen, und sie brauchten keinen zusätzlichen Schub… sie war schon verdammt geil gewesen. Er hatte vor, ihr da Abhilfe zu verschaffen, sobald er diesen Möchtegern-Freund loswurde.

„Ich bin nicht sauer", erklärte Envy ihm, als wäre es ihr nicht die Mühe wert, um darüber noch weiter zu streiten.

„Bist du nicht?", fragte Trevor und drehte seinen Kopf, um sie neugierig anzusehen. Er wusste, dass sie getrunken hatte, denn er konnte es riechen. Aber er dachte nicht, dass er sie lange genug alleine gelassen hatte, um betrunken zu werden.

„Nein, und mir ist heute Nacht etwas klar geworden." Sie lehnte sich zurück, stützte sich auf ihre Ellbogen und starrte hinauf in den Himmel, bemerkte zum ersten Mal seit Langem wie hübsch er in der Nacht war. „Unsere Beziehung bestand nur aus Sex." Sie nickte, als würde das alles erklären. „Es war gut, aber wir waren nicht wirklich ein echtes Paar."

„Was?" Trevors Stimme war verärgert, als er sich über sie beugte und sie am Auto gefangenhielt, indem er eine Hand neben jede ihrer Schultern stützte. Mit einem bösen Blick auf sie hinunter, schüttelte er langsam seinen Kopf. „Versteh mich nicht falsch, Envy, ich würde nichts lieber wollen, als gleich hier und jetzt mit dir zu schlafen, aber das ist nicht alles, was zwischen uns ist, und das weißt du."

Einen Augenblick lang nahmen Devons Augen das surreale Leuchten eines Tieres an, das von Autoscheinwerfern angeleuchtet wurde. Durch eine große Willensanstrengung verhinderte er, dass er zu dem gefährlichen Raubtier wurde, das in seinen Adern pulsierte.

Envy sah hoch in Trevors Gesicht, als sein Haar über seine Schulter rutschte, und einen Vorhang um sein perfektes Gesicht erzeugte. „Du wirst keinen Tag brauchen, um eine neue Freundin zu finden."

Trevor schüttelte den Kopf. „Nein, du bist meine Freundin."

Envy fühlte, wie Hitze sich in ihrem Bauch und über ihre Oberschenkel ausbreitete, als sie sich daran erinnerte, wie sie einander in derselben Position geliebt hatten. Verdammt, es wurde heiß hier draußen. Sie schob ihn grob weg, sie wollte im Moment keine erotischen Gefühle für ihn empfinden. Sie setzte sich auf und rückte mit übermäßiger Sorgfalt ihr Top wieder zurecht.

„Wir können nicht mehr zusammen sein, denn ich will keinen Freund. Ich will mit einer Menge Jungs ausgehen, und nicht nur einem. Das habe ich nicht gemacht, seit ich in der Schule war, und ich erinnere mich daran, dass es richtig toll war." Es war offensichtlich die Nacht der Lügen. „Dann macht es nichts aus, wenn ich einen dabei erwische, wie er mit einer anderen Frau rummacht."

Trevors Hoffnung blühte wieder auf, als sie das sagte. Es bedeutete, dass es eine Chance gab, alles wieder in Ordnung zu bringen. Wenn er sie dazu bringen konnte, dass er einer dieser Jungs zu sein durfte, dann konnte er die anderen Konkurrenten schneller vertreiben, als sie nachkommen konnten.

„Envy, warte." Trevor rutschte von der Motorhaube, stellte sich neben sie und seufzte während er mit einer Hand durch sein sandblondes Haar fuhr. „Du hast recht. Ich habe dich angelogen... aber nicht bezüglich der anderen Frauen."

Envy warf ihm einen bösen Blick zu. „Es ist ein wenig spät, um mir zu sagen, dass du schwul bist." Dann hatte sie einen lustigen Einfall: „Obwohl, ich wette, Kriss Reed würde liebend gern mal mit dir ins Bett. Ich glaube, Tabby hat mir erzählt, dass sie ihn mehrmals dabei ertappt hat, wie er auf deinen Hintern starrte." Sie log, nur um seinen Gesichtsausdruck sehen zu dürfen.

Trevor erschauderte bei der Vorstellung. Kriss war in Ordnung als Freund, aber er war einfach nicht so gestrickt.

„Verdammt, Envy, ich bin CIA-Agent und ich bin als verdeckter Ermittler in diese Stadt gekommen!" Als sie weggehen wollte, packte er ihren Arm und wirbelte sie wieder herum, sodass sie ihn ansah. Trevor erkannte an ihrem Gesichtsausdruck, dass er ungefähr zehn Sekunden hatte, um ihr alles zu erklären.

„Ich weiß, ich hätte es dir von Anfang an sagen sollen, aber ich darf es eigentlich niemandem sagen... nicht einmal meiner Freundin. Ich war aus gutem Grund immer in den Clubs unterwegs. Ich war heute Nacht dienstlich hier. Ich habe dich nicht gefragt, ob wir uns hier treffen wollen, denn dieser Ort ist viel gefährlicher, als du denkst. Ich will nicht, dass du dich in dieser Gegend aufhältst. Ich will nicht, dass du genauso endest, wie all die anderen Leute, die hier verschwunden, oder als Leichen aufgetaucht sind!" Da, er hatte es endlich gesagt.

Envy holte tief Luft als sie endlich die Flamme des Zorns wieder brennen fühlte. Sie kam einen Schritt auf ihn zu und sah herausfordernd in seine lügenden, blauen Augen. Sie stieß ihm fest den Finger in die Brust. „Also hast du mich die ganze Zeit nur benutzt? Mich belogen? Mit mir geschlafen, nur damit du..."

Trevor schnitt ihr das Wort ab, indem er die Hände nach ihr ausstreckte und sie fest an sich quetschte. „Ich habe dich getroffen, nachdem ich in den Clubs zu arbeiten begonnen habe, und ich fühlte mich zu dir hingezogen, mit oder ohne dem verdammten Job." Er drückte seine Lippen fest auf ihre, um der Aussage noch mehr Nachdruck zu verleihen.

Envy atmete vor Schreck ein, aber das ermöglichte es Trevor nur, seinen fordernden Kuss noch zu vertiefen. Als sie fühlte, wie die Hitze sich als Folge seiner Dominanz zwischen ihren Beinen ansammelte, stöhnte sie und erwiderte seinen Kuss ebenso wild.

Devon machte einen Schritt vorwärts, um dem Mann den Kopf abzureißen, aber bevor er sein Vorhaben in die Tat umsetzen konnte, erklang ein summendes Geräusch und Trevor zuckte wieder wie jemand, der einen epileptischen Anfall erlitt.

Trevor sank auf seine Knie und Envy ging ein paar Schritte weg, wissend, dass er sie immer noch deutlich hören konnte. „Wir sind seit drei Monaten miteinander ausgegangen... haben miteinander geschlafen, und du hast mich die ganze Zeit belogen! Das beweist nur, dass ich keinen verdammten Freund brauche."

Sie senkte ihre Stimme zu einem wütenden Zischen: „Du warst mir lieber, als ich dachte, dass du nur fremdgegangen bist. Ach, keine Sorge, ich werde niemandem erzählen, wer du wirklich bist, denn ich werde deinen Namen nie wieder erwähnen."

Als es schien, dass Trevor wieder ein wenig Gefühl in seine Gliedmaßen zurückbekam, und aufstehen wollte, zeigte ihm Envy warnend die Elektroschockpistole etwa einen halben Meter vor seinem Gesicht. „Und bezüglich dessen, dass dieser Ort hier so gefährlich ist, dass du nicht willst, dass ich hier bin, dass du deshalb lieber mit anderen Frauen rummachst, nun, rate mal!"

Sie beugte sich näher zu ihm und starrte ihm fest in die Augen: „Ich beginne morgen hier zu arbeiten. Aber für jetzt werde ich, denke ich, wieder reingehen, den ersten Typen nehmen, den ich sehe, und ihm das Gehirn aus dem Kopf vögeln! Und du... du solltest besser nicht in meine Nähe kommen, sonst werde ich diesen verdammten Elektroschocker nicht brauchen, weil ich dir mit dem größten Vergnügen selbst einen Arschtritt verpasse!"

Devon fühlte, wie sich etwas in seiner Hose regte. Ihr feuriges Temperament zu sehen, brachte seine dominante Natur zum Vorschein. Er fühlte die Hitze, die durch seine Adern schoss und knurrte beinahe. Er wollte nichts lieber, als dieses Feuer zu zügeln und sie dazu zu bringen, sich ihm zu unterwerfen... unter ihm, während er so fest in sie stieß, dass sie sich nie mehr an Trevor erinnern konnte.

„Nun, da wir deine geheime Identität gelüftet haben, wieso gehst du nicht zurück in deinen Bat Cave und suchst dir eine neue Verkleidung, denn diese hier funktioniert nicht." Envy wirbelte herum und machte sich auf den Weg zurück in den Club.

„Verdammt!", knurrte Trevor und drückte sich vom Boden hoch um ihr nachzulaufen.

Devon richtete seinen Blick auf den sogenannten CIA-Agenten. Der elektrische Schlag der Pistole hätte ihn länger bewegungsunfähig machen sollen. Er näherte sich dem nichts ahnenden Mann lautlos von hinten, streckte seine Hand aus und drückte den Nerv in Trevors Hals, dann fing er ihn auf, ehe er zu Boden stürzte.

Devon zog seinen Ärmel über seine Finger, sodass er keine Fingerabdrücke hinterlassen würde, öffnete Trevors Autotür und warf den Mann hinein, dann schloss er die Tür leise bevor er den Club wieder durch den Seiteneingang betrat. Er war nicht wütend auf Trevor. Er wollte ihm dafür danken, dass er es so bewundernswert vermasselt hatte und Envy dadurch in seiner Reichweite ließ. Ein Raubtier-Lächeln erschien auf seinen Lippen, als er in das Lokal kam.

Das Schild an der Vorderseite des Gebäudes erzeugte ein gespenstisches Licht über dem Parkplatz. Am Dach des Moon Dance stand eine einzelne Gestalt und beobachtete alles sehr vergnügt. Sein langer Mantel bewegte sich sanft in dem leichten Wind während er nachlässig an seiner Zigarette zog.

„Oh, oh, Devon, alter Knabe", säuselte Kane. „Ich glaube, du bist verliebt. Ich frage mich, was geschehen würde, wenn ich mich entscheiden sollte, auch in sie verliebt zu sein."

Er ließ sich geradewegs von der Dachkante fallen und landete in der Hocke nahe dem Auto des Menschen. Die Schatten wickelten sich wie ein langer Mantel um ihn, sodass er nicht von Nick gesehen wurde, der immer noch am Haupteingang zugegen war.

Er öffnete die Autotür gerade lange genug um seinen Fingernagel über den Hals des Mannes streichen zu lassen, dann schloss er sie wieder, hob seinen Finger auf und kostete den Blutstopfen. Er hob eine goldene Augenbraue als er das Blut ausspuckte.

„Oh Gott, gibt es immer noch welche von eurer Sorte?", knurrte er, wissend, was die anderen nicht wissen konnten, und zog sich dann schnell wieder in die Schatten zurück. Seine Augen wurden schmal, als er einen weiteren Vampir roch, aber dieser Geruch war ihm sehr bekannt. Er atmete ein, sehnte sich nach der Wärme von Freundschaft, ehe er sich wieder auf das Dach begab.

Nick lehnte sich gegen die Mauer neben den Eingangstüren und beobachtete den Parkplatz, wobei er jedes Wort hörte, das Envy mit Trevor wechselte. Als sein Bruder den anderen Mann in das Auto stopfte, grinste Nick, bis er den leisen Geruch nach Vampir wahrnahm. Wie zum Teufel war dieser Mistkerl an ihm vorbeigekommen?

Nick knurrte, wusste, dass es wohl Michael war, denn der Geruch war reiner Vampir. Anstatt wie ein Grab zu riechen, war Michaels Geruch nicht so anders als der von Formwandlern, wie Holz und frische Erde.

Nicht viele Vampire hatten einen reinen Geruch, aber sein Bruder Warren war seit jeher mit Michael befreundet, und Michael hatte immer denselben Geruch gehabt... nicht so, wie die anderen Vampire, die ihm über den Weg gelaufen waren. Er entspannte sich, lehnte sich wieder an die Mauer und beobachtete Envy, als sie an ihm vorbeiging, ohne ihn zu bemerken.

Nick flüsterte in die Funkverbindung: „Ich fahre unseren Freund an einen anderen Ort und schlitze sein Reifen auf, bevor er wieder aufwacht. Es scheint, dass es einigen Leuten gefällt, Elektroschocks zu bekommen... Menschen sind schon eine masochistische Rasse."

Er erwartete nicht, dass Devon antworten würde, aber er genoss das Kichern, das von Kat kam. Er machte es auch nicht nur für Devon. Er wollte das Auto und die Brieftasche des Mannes durchsuchen, um zu sehen, woran er war.

Nick ging über den Parkplatz, stieg ins Auto und begann, Trevors Taschen nach den Schlüsseln abzusuchen. Nachdem er seine Hand nicht in die enge Hosentasche stecken wollte, zerriss Nick einfach den Stoff, wo er den Autoschlüssel fühlte, und steckte ihn ins Zündschloss.

Nachdem er Trevors Brieftasche aus seiner Gesäßtasche genommen hatte, öffnete Nick sie um sie zu durchsuchen. Er fand den CIA-Ausweis und mehrere

Kreditkarten. Die Karten ignorierend sah Nick in das Hauptfach und erkannte dort einen ganzen Stapel Geldscheine. Ohne die geringsten Schuldgefühle nahm er das Geld und steckte es in seine eigene Tasche.

Die Geldtasche landete auf dem Boden als Nick zum Handschuhfach griff und es öffnete. Drinnen war eine Beretta 9mm mit zwei Trommeln, ein silberner Dolch, ein kleines Fläschchen Heiligen Wassers und, war das Rosenöl? Nick seufzte und schloss das Handschuhfach. Das war ein wenig zu viel.

Er drehte sich in seinem Sitz herum und begann, die Sachen am Rücksitz zu durchstöbern um herauszufinden, ob der Typ echt war, oder ob der Ausweis in seiner Geldtasche gefälscht war. Er fragte sich, was schlimmer wäre. Wenn er eine Fälschung war, dann war er ein Freak.

„Was für ein böser, böser Junge, kleiner Nicky", flüsterte Kane und schnippte seine Zigarette über die Dachkante. „Hat dir deine Mutter nie gesagt, dass es nicht nett ist, in den Sachen eines anderen herumzuschnüffeln?"

Unter ihm stolperte eine Frau um die Ecke, mehr als nur ein wenig betrunken. Sie schwankte gefährlich auf ihren hohen Absätzen und fiel gegen die Wand. Sie murmelte unzusammenhängend als sie ihre Handtasche öffnete und nach etwas suchte. Sie kicherte als sie einen Autoschlüssel hervorzog und auf ihr Auto zu torkelte.

„Ach, ach, was haben wir denn da?", flüsterte Kane als er beobachtete, wie Raven aus der Dunkelheit trat. „Der verlorene Sohn kehrt zurück."

„Sieh mich an, Kleine", flüsterte Raven in den leichten Wind.

Die Frau blieb stehen und sah sich mit großen Augen um.

„Sieh mich an", sagte er noch einmal.

Die Frau schaute auf der anderen Seite ihres Autos nach und fuhr vor Schreck zusammen und ließ ihre Schlüssel fallen, als sie einen Gothic aussehenden Mann sah, der sie anstarrte.

„Du hast mich erschreckt", rief sie kichernd und bückte sich, um ihren Schlüssel zu suchen. „Ich muss nach Hause."

Raven stand plötzlich neben ihr, den Schlüssel in der Hand. „Ich habe eine viel bessere Idee. Wieso lässt du mich nicht, dich zu diesem schönen, ruhigen Plätzchen fahren, und was trinken?", fragte er. Seine Augen leuchteten, als sie seiner Macht verfiel.

„Okay", flüsterte sie verträumt und überließ ihm den Schlüssel.

Raven half ihr auf den Beifahrersitz und setzte sich dann ans Steuer. Die junge Frau war plötzlich über ihm, küsste ihn hitzig. Raven spielte mit, bewegte seine Hände über den Rücken ihres T-Shirts und wartete darauf, dass Nick wegfuhr. Seine Geduld wurde wenig später belohnt, als Nick den Motor startete und langsam den Parkplatz verließ. Raven setzte die Frau sanft zurück in ihren Sitz und startete das Auto.

„Wir werden uns noch mehr vergnügen dort, wo wir hinfahren", sagte er kryptisch und folgte Nick.

Kane trat aus der Dunkelheit und fragte sich, was sein kleiner Soldat nun vorhatte. Er schielte zurück zu dem Club, wissend, dass er es sehr bald herausfinden würde. Im Moment war er noch nicht fertig mit dem Sightseeing. Er zeigte dem Türsteher den Stempel auf seinem Handgelenk als er zum dritten Mal in dieser Nacht ins Moon Dance trat.

*****

Kat sah zu, wie Envy wieder in den Club zurück marschierte, als hätte sie einen Auftrag. Ihr Blick senkte sich zu der Hand der anderen Frau und sie sah die Elektroschockpistole, die von ihren Fingern umklammert wurde. Ihre Augenbrauen hoben sich ein wenig, als Envy sie zurück in ihre Tasche stopfte, und sich auf den Weg zur Treppe und hinunter zur Tanzfläche machte.

Als sie sah, wie Devon zur Seitentür hereinkam, und ihr über die Treppe hinunter folgte, ging Kat langsam zum Geländer und blickte hinunter.

Zu sagen, dass Envy wütend war, wäre eine Untertreibung. Sie drängte sich an mehreren Gruppen von Tänzern vorbei um sich einen Weg zur Mitte des Gewühls zu bahnen. Als sie schließlich meinte, dass sie tief genug in der Grube war, schloss sie ihre Augen und begann, sich zu der Musik zu bewegen, die ihre Sinne erregte.

Die Musik, die sie hier spielten, erinnerte sie an heißen Sex. Wenn sie es sich genauer überlegte, dann erinnerte sie heute Nacht eigentlich so ziemlich alles an Sex… sogar Trevor.

Er war ein leidenschaftlicher Liebhaber gewesen, nicht langsam und weich. Wenn er sie angefasst hatte, dann nicht mit Angst, dass sie zerbrechen könnte, und Envy hatte das genossen. Sie hatte in der Vergangenheit viele Männer geküsst, und fast alle berührten ihre Lippen kaum mit einer flüsternden Sanftheit. Sie hatte das gehasst, und hatte schon nach dem ersten Kuss gewusst, dass sie nicht weiter mit ihnen ausgehen sollte.

Trevor war der beste Küsser gewesen, den sie bisher gefunden hatte, aber trotzdem: auch er hatte sich zurückgehalten. Sie wollte jemanden, der nichts zurückhielt. Heute Nacht wollte sie jemanden, der sie nicht kannte, und dem es egal war, wenn sie brach.

Sie fühlte wieder Finger, die einladend über ihre Haut strichen... Körper streiften an ihrem. Envy ließ ihre Augen geschlossen, wartete auf die Berührung, die sie über die anderen fühlen könnte.

Da... große Hände schlangen sich von hinten um sie, zogen sie rückwärts in einen harten Körper. Sie lehnte sich zurück und beugte ihren Kopf zur Seite, als er sein Gesicht zu ihrer Schulter senkte. Eine Hand glitt nach oben und legte sich um die Unterseite ihrer Brust, während die andere nach unten wanderte... über ihren flachen Bauch, ehe sie sich zu dem gefährlich tief gelegenen Bund ihres Lederrocks senkte.

Envy erzitterte als sein Oberkörper sich gegen den ihren drückte, sodass er sie zwang, sich weit genug nach vorne zu beugen, dass die Oberkante ihres Rocks weniger eng anlag und seine Hand unter das Leder gleiten konnte.

Ihre Augen öffneten sich ruckartig, als seine Hand sie mit einem festen, besitzergreifenden Griff zwischen den Beinen festhielt. Wild um sich sehend, erkannte sie, dass in der Dunkelheit sie niemand beobachtete... sie waren alle beschäftigt damit, miteinander herum zu machen.

Als sie seinen langen Mittelfinger fühlte, der ihre feuchte Unterhose massierte und sich zwischen ihre Schamlippen drückte, stöhnte sie und lehnte sich zurück, hielt die Hand gefangen, dort wo sie war... dort wo sie sie brauchte. Sie presste ihre Augenlider aufeinander, wollte sich nur auf die Hand konzentrieren.

Als er versuchte, sie wieder nach vorne zu beugen, stieß sie gegen seine Hand und drückte nach hinten, versuchte das kleine Spielchen darüber, wer die Kontrolle hatte, zu gewinnen.

Sie war schon die ganze Nacht so geil und wütend gewesen, dass sie nicht wusste, ob sie Streit wollte, oder ein Vorspiel, also entschied sie, dass sie beides wollte. Sie ergriff seinen Arm, als wollte sie ihn dort festhalten und kippte ihre Hüfte vor, fühlte seinen Finger nach oben gegen ihre Öffnung drücken, dann sackte sie ruckartig in die Knie sodass die Hand aus ihrem Rock glitt.

Sie schoss nach vorne und erreichte gerade einmal die Wand, ehe er sie wieder hatte. Sie versuchte, sich umzudrehen, aber er drückte sie gegen die Wand. Er fing ihre Hände auf und drückte sie über ihrem Kopf, gerade außerhalb der Reichweite des schwarzen Lichts hoch über ihnen, gegen die kühlen, bemalten Betonziegel.

Devon ging so weit in die Knie, dass er seine dicke, harte Erektion an ihrem runden Po reiben konnte. Als sie stöhnte und sich gegen die Wand drückte, sodass sie rückwärts in seine eisenharte Männlichkeit stoßen konnte, knurrte er.

Dieses Mal griff er vor sie und mit einer Hand an der Innenseite ihres Oberschenkels zog er ihre Beine auseinander. Als er seine Handfläche schnell nach oben wandern ließ, hatte er wieder, was er wollte.

Die feuchte Baumwolle zur Seite schiebend, erkannte er, dass sie unbehaart war und knurrte zustimmend. Er senkte seine Finger zwischen ihre Schamlippen in die heiße Feuchtigkeit, die ihn dort erwartete. Nachdem er seine Fingerspitzen ihre Köstlichkeiten erkunden lassen hatte, legte er sie auf ihren G-Punkt und folterte das kleine Nervenbündel, das schon vor Lust anschwoll.

„Oh Gott", stöhnte Envy während sie sich beide rhythmisch aneinander bewegten. Wer brauchte Sex, wenn sie das hier haben konnte?

Devon wurde plötzlich wütend auf sie. Die ganze Zeit, die er sie angefasst hatte, wusste er, dass sie keine Möglichkeit gehabt hatte, zu sehen, dass er es war… und doch war sie da, in ihrem Kopf war er ein völlig Fremder. Wenn er nicht dagewesen wäre, würde sie sich unter einem anderen winden?"

Seine Gedanken verdüsterten sich, als er daran dachte, was er tun musste, um diese wilde, kleine Höllenkatze zu zähmen. Sie gehörte ihm.

Während er mit den Lippen über die Seite ihres Halses streifte, schob Devon ihr langes Haar aus dem Weg, bis er Zugang zu der Stelle zwischen der Seite ihres Halses und ihrem Nacken hatte. Er zog ein wenig Haut in seinen Mund und lutschte daran als sein Finger tief in sie glitt und sein Daumen seinen Zauber an ihrem G-Punkt vollbrachte, der sie dazu brachte, für ihn zu erbeben.

Envys Knie gaben beinahe nach, als sie fühlte, wie sie in heißen, pulsierenden Wellen um seinen Finger kam. Die Art, wie er an ihrem Hals saugte, verstärkte das Gefühl nur noch, als er ihr einen Orgasmus besorgte.

Mit einem Schnipsen seines Fingers über das Bündel übersensibler Nerven, kam sie noch einmal und dieses Mal fühlte sie, wie seine Zähne auf die Haut bissen, die er in seinen Mund gesaugt hatte. Der Gedanke hätte ihr Angst machen sollen, aber sie war viel zu verloren in den berauschenden Gefühlen von zwei Höhepunkten gleich hintereinander.

Devon ließ die Haut, die er gerade markiert hatte, schnell wieder frei und atmete einen Teil der Wut, die gerade durch ihn getobt war, ein. Sein Blick senkte sich langsam auf die Paarungsmarke, die er ihr gerade vermacht hatte, und er knurrte besitzergreifend bei dem Anblick. Er hatte noch nie den Drang verspürt, jemanden zu markieren, aber jetzt, wo er sie als sein gekennzeichnet hatte, fühlte er, wie seine Wut verflog.

Envy fühlte, wie sein Finger sich langsam von ihr zurückzog. Sie lehnte sich still gegen die Wand und sah hinunter, dann folgte sie mit dem Blick der Hand, als sie sich von unter ihrem Rock hob. Sie drehte sich um und sah fasziniert zu, wie er ihren Saft von seinem Finger schleckte.

Ihre Augen wurden groß als sie Devons Gesicht sah, das durch das schwarze Licht über ihm beleuchtet wurde, wobei die Reflexion des Lichts in seinen merkwürdigen Augen dafür sorgte, dass es aussah, als würden sie mit einem inneren Feuer glühen.

„Devon", flüsterte sie, als eine eigenartige Angst über ihren Rücken nach oben kletterte. Ihre Knie gaben schon wieder nach, als sie kleine Orgasmen noch immer zwischen ihren Beinen hämmern fühlte. Sie fühlte, wie sie ein paar Zentimeter tiefer sank, aber nahm sich zusammen und richtete sich wieder auf. Jetzt wo seine Arme sich gelockert hatten, drehte sie sich ganz um, um ihn anzusehen, während eine Million Gedanken gleichzeitig durch ihren Kopf schossen.

Jeder einzelne Gedanke wurde abgeschnitten, als sein Arm sich um ihren Rücken legte und sie begierig an ihn zog.

„Lass uns zu Ende bringen, was wir angefangen haben", flüsterte Devon barsch, gerade als seine Lippen sich in einem wilden Kuss auf die ihren senkten.

Er konnte ihre Angst riechen, aber der Geruch ihrer Leidenschaft war stärker. Er hatte die ängstliche Aufregung in ihren Augen leuchten gesehen, aber die Dunkelheit, die sie umgab, bedeutete nichts für ihn. Er war ein Formwandler, ein Jaguar, und er konnte in der Dunkelheit ebenso gut sehen wie im Licht.

*****

Kane spielte abwesend mit dem Ohrring in seinem Ohr, während er über die Tanzfläche des Clubs blickte. Er betrachtete die Masse sich windender Körper, die für normale Augen kaum erkennbar waren. Die Versuchung, sich zu ihnen zu gesellen, war groß. Es war eine der besten Eigenschaften dieses Zeitalters, die Musik und das Tanzen.

Er wusste, dass Michael noch irgendwo im Gebäude über ihm war, und er sah langsam nach oben. Michael nicht zu sehen nagte schwer an seiner Seele und er fragte sich still wie lange er noch durchhalten konnte, ehe er seiner Begierde nachgeben musste.

Aber Kane war nicht gekommen, um sich zu vergnügen, er war hier, um seine Beute zu finden, und zu sehen, ob er durch Beobachtung irgendwelche Informationen über sie herausfinden konnte. Sein Blick wanderte schnell über das Untergeschoss und er betrachtete einzelne Menschen, wurde belohnt, als er Devon mit der süßen Rothaarigen sah, die draußen einen solchen Aufruhr verursacht hatte.

Er beobachtete, wie die beiden sich auf der Tanzfläche fast obszön aneinander rieben und hob eine Augenbraue. Ein Grinsen erschien langsam in seinem attraktiven Gesicht, als er Devons Gesichtsausdruck sah.

„Also hat das Kätzchen endlich eine Partnerin gefunden", flüsterte Kane. „Genieße sie, während du noch kannst."

Kane drehte der Szene den Rücken zu und näherte sich der Bar. Devon mit seiner potentiellen Partnerin zu sehen, machte ihn wütend. Es war Devons Vater gewesen, der ihn in der Erde eingeschlossen hatte, wo er nur die Stimme des Kindes hören hatte können… eine angsterfüllte Stimme, denn sie war verletzt gewesen. Er hatte nicht die Möglichkeit gehabt, sie zu berühren… sie zu lieben. So wie Kane das sah: wenn er seine Seelenfreundin nicht haben konnte… dann sollten die Jaguare ihre auch nicht haben.

Zufrieden mit seiner logischen Schlussfolgerung hob er seinen Arm, um der Barfrau ein Zeichen zu geben. Nachdem er ein Glas Rotwein bestellt hatte, zündete er eine Zigarette an und atmete langsam aus, weigerte sich, sie auszulöschen, als die Barkeeperin ihn böse anstarrte. Er hatte vor zehn Jahren aufgehört, sich an die Regeln zu halten.

KAPITEL 5

Envy konnte sich selbst an Devons Lippen schmecken, und das schoss nur noch mehr Hitze durch ihren ohnehin schon überwältigten Körper. Im Moment war es ihr egal, dass er ihr neuer Chef war. Wenn sie wollte, dann würde sie morgen einfach nicht zur Arbeit kommen. Sie hatte andere Jobs. In dieser Nacht war alles, was sie wollte, noch mehr von dem, was er ihr gab... ein paar ungezähmte Momente, um alles zu vergessen, außer dieser tierischen Begierde, die durch sie strömte.

„Du bringst mich um", murmelte sie gegen seine Lippen, dann erwiderte sie den rauen Kuss, wobei ein Hauch ihrer eigenen Leidenschaft mit der seinen kollidierte. Einen Augenblick lang kämpften sie darum, wer den Kuss dominieren würde, aber er gewann in dieser Runde mühelos.

„Das ist es nicht, was ich mit dir tun werde", hauchte Devon heiser, kämpfte gegen den Drang an, sie gleich hier am Rande der Tanzfläche zu nehmen. „Aber ich weiß, was ich mit dir machen werde."

Sie fühlte, wie seine Hand nach unten kroch, ihre Oberschenkel umschloss und sie aufhob. Sie zögerte nicht. Envy hob ihre zitternden Beine und schlang sie um seine Hüfte während sie sich an seinen Schultern festhielt. In dieser Position rieb sie sich auf seiner harten Männlichkeit. Verdammt, er war riesig unter ihr und der Druck jagte ihr köstliche Schauer durch ihren ganzen Körper.

„Was wirst du machen?", winselte sie in den Kuss.

„Alles", Devon bohrte seine Zunge hinein, leckte die Innenseite ihres Mundes, bevor er sie wieder herauszog und mit einem Stöhnen an ihrer Unterlippe saugte. „Ich werde mich tief in dir vergraben."

Er drehte sich um und trug sie zur Tür seines Büros. Nach wenigen Sekunden war die Tür hinter ihnen fest verschlossen, aber er blieb nicht stehen. Er ging hinüber zum Lift und lehnte sie gegen die Wand, hob ein Knie, um sie zu stützen, während er mit der Hand den Code in den Ziffernblock drückte. Er zog sie wieder zurück an sich, als sich die Lifttüren öffneten.

Er hatte eben einen neuen Respekt für seinen privaten Lift entwickelt. Er ging nur von seinem Büro im Untergeschoss zu seinem Schlafzimmer im zweiten Stock. Es gab keine weiteren Ausgänge, wo er zwischen den beiden Stockwerken stehenbleiben hätte können. Als er hörte, wie die Lifttüren sich hinter ihm öffneten, trat er in sein Schlafzimmer und blieb nicht stehen, ehe er neben seinem riesigen Bett stand.

Nachdem er auf die Matratze gekrabbelt war, löste Devon sich aus der Umklammerung ihrer Beine und drückte gegen ihr Brustbein, sodass sie sich nicht bewegte, während er seinen Angriff auf ihre Lippen beendete. Er kniete sich neben sie und mit einem schnellen Griff riss er alle Knöpfe seines Hemds ab und warf es auf den Boden.

Envy lächelte verführerisch als sie Laserlichter erkannte, die sich an seiner Haut reflektierten. Sein Zimmer war schwarz ausgemalt mit hunderten von Laserlichtern, die über das ganze Zimmer verteilt waren, als wäre es eine Projektion des Universums... es hatte sogar einen wolkigen, neonblauen Nebel, der an der Decke über seiner Schulter schwebte.

Sie hatte einmal eine Sternenmaschine wie diese gesehen, und insgeheim hatte sie sie gewollt, aber sie hatte er Versuchung nicht nachgegeben. Jetzt, wo sie die Effekte sah, wusste sie, sie würde sich doch eine besorgen müssen. Es war schwindelerregend, begleitet von dem fernen Klang der sexy Musik die von der Disko nach oben schallte.

Envy, die immer noch spielen wollte, tat, als wollte sie aus dem Bett aufstehen, aber Devon ergriff sie und warf sie zurück in die Weichheit der Decke, beugte sich drohend über sie. Ihre Lippen öffneten sich leicht, als sie das merkwürdige, goldene Licht in seinen Augen sah und sie hielt einen Augenblick lang inne, fühlte wieder dasselbe Gefühl der Angst, das über ihren Rücken krabbelte.

Devon schüttelte seinen Kopf, aber sagte kein Wort. Es war zu spät, um jetzt noch weglaufen zu wollen. Er ergriff die Unterkante ihres Rocks und zog ihn über ihre Beine hinunter, wodurch die dürftige, schwarze Unterhose zum Vorschein kam, die er vorhin nur gefühlt hatte. Er schob seine Hand hinter ihren Kopf und hob sie in eine sitzende Position hoch, zog ihr Top über ihren Kopf und gab somit den Blick auf einen schwarzen BH frei, der zu ihrer Unterhose passte.

Envy wusste nicht, wie sie den feurigen Blick in seinen Augen und die Sanftheit seiner Hände gleichzeitig verdauen sollte. Als er einfach nur wie ein tobender Sturm, auf sie herunter starrte, als wollte er sie gleich auffressen, machte sie nervös ihren BH auf und warf ihn zu Boden. Ein Instinkt sagte ihr, dass er es nicht überleben würde, wenn sie ihn anbehielt. Die Vermutung wurde bestätigt, als ihre Unterhose zerriss und zu Boden geworfen wurde.

Alle Instinkte sagten ihr, dass sie weglaufen sollte, und plötzlich hörte sie sehr genau zu. Sie drehte sich um und versuchte noch einmal abzuhauen, aber Devon ergriff sie an der Hüfte und drückte sie fest an sich. Die Berührung ihrer nackten Brust mit seiner, setzte Schmetterlinge in ihrem Bauch in Bewegung, die sie nicht mehr gefühlt hatte, seit sie eine nichtsahnende Jungfrau war. Neue Begierde durchfuhr sie und ihre Brustwarzen verhärteten sich.

Devon ließ sie diesmal nicht los. Stattdessen drückte er sie zurück und senkte seinen Kopf in ihre Halsbeuge, küsste die weiche Haut, bevor er mit seinen Zähnen an ihr knabberte. Als sie erzitterte, hinterließ er eine Spur von Küssen über ihrem Schlüsselbein und senkte dann seinen Kopf und schleckte über eine ihrer Brustwarzen, während seine Hände sie fest unter den Armen hielten.

Er hob sie hoch, als hätte sie kein Gewicht und brachte ihre Brust auf die Höhe seines Gesichts, saugte eine ihrer pinken Brustwarzen tief in seinen Mund und summte dagegen.

Envy konnte ihren Ausruf nicht unterdrücken, als sie fühlte, wie ihre Brust vor Begierde anschwoll. Er bewegte sich gegen sie, saugte und zog, als wäre er am

Verhungern, dann ließ er seine Zähne über die Haut kratzen, während er sie langsam von sich weg drückte und sie dann wieder nach vorne riss, um ihre andere Brust zu schmecken. Seine langsamen, berauschten Bewegungen, gefolgt von so schnellen, dominierenden, führten dazu, dass sich in ihrem Kopf alles angenehm drehte.

Ihre Beine entspannten sich, und eine seiner Hände legte sich in ihren Unterrücken um sie nach vorne zu ziehen, bis sie in Reiterstellung auf ihm saß. Er zog weiter, bis sie auf dem Hügel saß, der nach oben drückte und drohte, seine Hosen zu sprengen. Envy winselte und rollte ihre Hüften vor und zurück, wiegte sich auf ihm und versuchte damit, die Sehnsucht zwischen ihren eigenen Beinen zu beruhigen, aber es wurde dadurch nur noch schlimmer.

„Oh Gott, Devon, bitte." Sie begann laut zu werden, also biss sie auf ihre Unterlippe und sah zur Decke hoch, wusste, dass sie seine Hosen feucht machte. Sie hob sich hob und wollte wieder nach unten drücken, aber schrie auf, als seine Hand plötzlich unter ihr war und sie rieb, umklammerte und in sie eindrang. Sich fest an seiner Hand reibend schrie sie frustriert auf.

Devon ließ ihre Brust aus dem Gefängnis seines Mundes entkommen und flüsterte: „Komm für mich", an ihren Lippen, als sie kam. Er konnte fühlen, wie sie zuckte und ihr Griff um seinen Finger sich anspannte. Sie war so heiß und feucht... und er war so durstig. Er wollte sie noch einmal schreien hören. Er drückte sie wieder in die Matratze und krabbelte dann rückwärts bis seine Füße am Boden waren.

Devon richtete sich zu seiner vollen Größe auf, als er auf ihren geröteten, sich windenden Körper hinuntersah, ließ seine Hose zu Boden gleiten und kickte sie zur Seite. Auf allen Vieren kam er wieder auf die Matratze und zwischen ihre Beine, legte seine Hände unter ihre Hüften.

„Mach deine Augen zu", forderte Devon.

Envy presste ihre Augenlider aufeinander, dann schrie sie auf, als er sie hoch hob und sein Gesicht zwischen ihren Beinen vergrub. Sie umklammerte die Decke mit ihrer kleinen Faust und schrie auf als er sie lange und hart leckte, zwischen ihren Schamlippen lutschte, in ihre Öffnung tauchte, nur um dann darüber hinweg zu streichen und dasselbe Nervenbündel wieder in Angriff zu nehmen, dass sie heute Nacht schon so oft zum Höhepunkt getrieben hatte.

Sie zuckte unter ihm, versuchte, sich von ihm wegzudrehen und gleichzeitig näher zu kommen, während er fest an ihr saugte und dann wieder leckte und sie küsste und ihr umwerfenden Genuss besorgte. Sie fühlte die knisternden Wellen von Hitze, die wieder durch sie schossen, als sie kam während sie seinen Namen stöhnte.

Devon knurrte als sein Name über ihre Lippen kam. Ihr Geruch umhüllte ihn nun und er wollte nur davon naschen, ihn einatmen und all die heiße Sahne von ihr lecken, bevor er sie mit seiner eigenen füllte. Als sie zu winseln begann und sein Haar und seine Schultern umklammerte, senkte er sie wieder zurück auf das Bett und krabbelte den Rest des Weges über ihren Körper bis die Hitze seiner pochenden Erektion an ihre gut geküsste Öffnung gedrückt war.

Ihre Hände in die seinen nehmend, hielt Devon sie hinunter in die weiche Matratze während er in ihre, von der Leidenschaft vernebelten, Augen starrte. Als sie ihre Hüfte unter ihm kippte sodass er gerade weit genug in sie eindrang, um ihre Muskeln zu fühlen, die sich um ihn drückten, hielt er ein paar Sekunden inne, dann spießte er sie auf, als er nach vor stieß, aber es nur halb hinein schaffte.

Beiden blieb der Atem weg, als sie seine Männlichkeit so fest umklammerte, dass er meinte, er müsste aus der Haut fahren.

Er knurrte, als sie noch einmal ihre Hüften hob. Er versuchte, sanft vorzugehen, aber sie ließ ihn nicht. Er zog sich ein paar Zentimeter zurück und stieß dann kraftvoll in sie, gab ihr, worum sie so schamlos fragte… sein plötzliches Eindringen in sie, bis zum Anschlag.

Envy hielt still, nie zuvor hatte sie sich so vervollständigt gefühlt… mehr noch als vollständig. Er war so tief in ihr, dass er etwas berührte, was eine Mischung aus prickelndem Schmerz und Lust durch sie schickte, und er bewegte sich noch nicht einmal. Sie versuchte, ihre Hände loszureißen, weil sie sein Haar ergreifen und ihn nach unten ziehen wollte, sodass sie diese perfekten Lippen küssen konnte.

Devon hielt sie nur noch fester, wollte dass sie einen Augenblick lang stillhielt, während er sich daran erinnern musste, zu atmen, aber als sie ihren Kopf hob und versuchte, ihn zu erreichen, senkte er seinen und fiel über ihren Mund her, stöhnte, als sie ein Bein um seine Hüfte schlang und sich an seinen Hoden rieb.

Als er erkannte, dass sie alles wollte, beschloss er, dass er sich nicht zurückhalten würde. Er ließ eine ihrer Hände los und griff unter ihr Bein, hielt es in seiner Armbeuge. Er zog sich langsam zurück, dann stieß er wieder gewaltvoll nach vor.

Envy vergrub ihren Kopf rückwärts in der Matratze als sie das Gefühl bekam, dass sie entzwei geteilt wurde, und es voll und ganz genoss. Sie umklammerte seine Schulter und kratzte mit ihren Nägeln über seinen Arm, während sie seine Lippen ebenso wild attackierte, wie er ihre. Als er ihr zweites Bein ergriff und es auf dieselbe Art festhielt, dachte sie, dass sie sterben würde, als sie erzitterte, feuchte Hitze pulsierte um ihn und es gab keinen Ausweg.

Devon fühlte, wie sie um ihn pulsierte, ihre Beine an den Knien gebeugt, hingen über seinen Armen. Er erhob sich auf seine Knie und zog sich langsam fast vollständig aus ihr heraus. Als sie sich anspannte, in der Erwartung eines harten Stoßes, gab er ihr langsam jeden Zentimeter von ihm, in tödlicher Geschwindigkeit.

Sie war in ihrer Leidenschaft so eine kleine Wildkatze, dass Devon wusste, dass dies die süßeste Folter war. Gerade als sie genug bekam, und rote Kratzer an seinen Armen hinterließ, beschleunigte er und schenkte ihr den Rhythmus, nach dem sie sich sehnte.

Er starrte hinunter, dorthin, wo ihre Körper sich vereinigt hatten und sah, wie er an ihren rasierten Schamlippen hinein und heraus glitt. Er stöhnte heiser, hatte das Gefühl als würde er sie schlagen, als seine Haut gegen die ihre klatschte, als er ihren Po fest umklammerte.

Er konnte sie schon lesen. Es gefiel ihr, ihre Klauen zu zeigen. Aber was sie noch mehr mochte, war, dominiert zu werden. Das konnte er ihr geben, und noch mehr. Er löste seine Arme von ihren Beinen, ergriff sie an den Rippen und hob sie hoch, sodass sie wieder auf ihm saß.

„Oh Gott", keuchte Envy durch die neue Tiefe und hob sich sofort hoch und ließ sich auf ihn herunter fallen… nicht so fest, wie er es getan hatte, aber sie umklammerte wieder seine Schultern. Sie fand schnell ihren Rhythmus und zog sich aus dem Kuss zurück. Sobald sie das tat, schoss er nach vor und fing ihre Brust mit seinen Lippen ein, saugte fest daran.

Envy warf ihren Kopf zurück und sah eine Sternschnuppe, die über den Himmel flog, im gleichen Moment, als sie wieder kam.

Als sie befreit aufschrie, drückte Devon sie hinunter, hart auf ihn während er seine Hüften nach oben gegen sie drückte und seine Zunge ihre andere Brustwarze umkreiste. Als der Rausch in ihr wieder weg ebbte, lehnte er sie zurück, ließ ihre Brust gehen und griff mit seiner Hand zwischen sie beide, fand das kleine Nervenbündel, dass so geschwollen und sensibel war, dass sie sofort zusammenzuckte, als er es berührte.

Mit einem Arm hinter ihr, um sie zu stützen, folterte er sie mit seinen Fingern während er seine Hüften zu kleinen, schnellen Stößen beugte, was sie sofort wieder auf den Höhepunkt brachte, von dem sie sich gerade erst erholte. Seine Augen leuchteten erfreut auf, als sie sich zurück beugte, seine Schultern losließ, um die Matratze hinter ihr zu umklammern und ihm seinen Willen ließ.

„Ja, oh Gott, Devon, ja!", rief Envy, die zwischen einem lustvollen Stöhnen und Tränen gefangen war. Sie war nie in ihrem Leben so oft gekommen.

Devons Augen verdunkelten sich attraktiv und seine Lippen hoben sich zu einem sinnlichen Lächeln.

Egal wie sehr sie versuchte, dagegen anzukämpfen, er würde sicherstellen, dass sie nie wieder einen anderen als Liebhaber ansehen würde. Wissend, dass auch er seine Grenzen erreichte, als er zusah, wie sie kam, zog er seinen Arm an und drückte sie wieder fest an sich. Er zog ihre Beine um seine Hüften und rutschte dann mit ihr vom Bett und drückte sie gegen die Wand.

Er ergriff ihre Oberschenkel um sie festzuhalten als er sich aus ihr zurückzog und dann wieder kraftvoll in sie hineinstieß, wobei er zwischen den Stößen nicht mehr innehielt, wie er es vorhin getan hatte. Als ihre Fingernägel sich in seine Haut bohrten, trieb ihn das nur weiter an, als er einen unbarmherzigen Rhythmus vorgab.

Die kalte Wand in ihrem Rücken und sein erhitzter Körper vor ihr, der gnadenlos in ihren engen Eingang hämmerte, ließen ihre Sinne überkochen. Sie konnte unmöglich mit diesem Mann mithalten. Er war immer noch so hart und dick in ihr, berührte immer noch Stellen, von denen sie nicht gewusst hatte, dass sie so überwältigende Gefühle hervorriefen. Sie schlang ihre Arme um ihn, drückte ihr Gesicht an seinen Hals und hielt sich wie eine Ertrinkende an ihm fest während er weiter in sie fuhr.

Devon fühlte, dass er beinahe explodierte, als er ihr zitterndes Atmen so nahe an seinem Ohr hörte, als ihr Atem über seine nackte Haut strich und sie erstickte, stöhnende Geräusche hören ließ, während eine ihrer kleinen Hände sich fest um sein Haar klammerte. Er drehte sie beide von der Wand weg und brachte sie zurück zum Bett, wo er sie ganz von ihm ablöste.

Als sie durch das neue Gefühl, wie er aus ihr glitt, aufschrie, flüsterte er in ihr Ohr: „Pssst."

Er legte sie auf das Bett und drehte sie auf ihren Bauch, während er heiße Küsse über ihren Rücken verteilte. Sie war so erschöpft, dass sie fast schlaff war, als er unter sie griff und sie auf ihre Knie aufsetzte. Er zog ihren Rücken an seine Brust und fuhr mit der Hand über ihren Oberschenkel, öffnete ihre Beine.

Seine Finger glitten zwischen ihre Schamlippen und drückten nach oben, wo er das Nervenbündel zwischen zwei Fingern ergriff, während seine Erektion dort pochte, wo sie fest gegen ihren runden Po drückte. Seine zweite Hand wanderte hoch und ergriff eine ihrer Brüste, dann beugte er sie nach vorne, bis ihre Handflächen die Matratze berührten.

Er massierte sie mit seinen Fingern und ließ seine steinharte Männlichkeit über ihren Hintern nach unten gleiten, bis er wieder den Eingang fand. Während er sie sicher festhielt stieß er nach vorne, musste sich wieder mit Gewalt seinen Weg hineinbohren. Als sie versuchte, vom Bett zu fliehen, hielt er sie gefangen und beobachtete, wie ihr Haar nach vorne fiel und die Markierung, die er ihr unten gegeben hatte, sichtbar machte.

Mit einem Rhythmus, der sie seinen Namen ausrufen ließ, saugte Devon mit seinen Lippen an ihrer Haut, zog sie zu ihm zurück und stieß fest in sie, nur um seinen Griff zu lockern, als er sich zurück zog, dann drückte er sie wieder an sich, sodass sie wieder aufeinander trafen. Er biss zu, gerade als ihre Krämpfe ihn einschlossen und er seinen heißen Samen tief in sie schoss, während er sie an der Stelle festhielt und versuchte, noch tiefer in sie hinein zu kommen.

Devon ließ mit den Zähnen los, wissend, dass er dieses Mal durch die Haut gebissen hatte. Er leckte die kleinen Bluttropfen weg und hielt sie, während sein Samen noch mehrmals in ihren tiefsten Kern schoss, wodurch auch sie noch weiterhin kam und um ihn pulsierte, jeden Tropfen aus ihm heraus molk.

Dann schlang er seine Arme ganz um sie, legte sie beide zurück auf die Matratze und rollte mit ihr auf die Seite, während er noch in ihr blieb. Er schloss seinen Körper fest um den ihren, hielt sie an sich fest, während ihr beider schwerer Atem den Raum erfüllte. Noch ehe ihr Atem sich wieder ganz beruhigt hatte, schlief sie glücklich in seinen Armen.

Devon lag noch einige Minuten still, bewegte sich nicht. Er fühlte sich immer noch berauscht und er wollte sich noch nicht aus ihr herausziehen. Wenn es irgendein anderes Mädchen gewesen wäre, wäre sie jetzt schon halb angezogen und am Weg zur Tür, aber er wollte nicht, dass Envy ging.

Er beobachtete die Neon-Sterne, die durch das Zimmer wanderten, dann schielte er wieder zurück zu der Markierung, die er auf ihr hinterlassen hatte. Er wusste, was sie bedeutete. Es war seine Paarungsmarke. Er war kein Mensch und seine besitzergreifenden, tierischen Instinkte hatten ihre Partnerin gewählt, als er sie markiert hatte.

Ob sie es wusste, oder nicht… sie gehörte jetzt ihm. In ihr Haar seufzend, zog er die Decke um sie beide hoch, umarmte sie liebevoll als er seine Gedanken beiseiteschob und seine Partnerin in den Schlaf begleitete.

*****

Trevor wachte stöhnend auf und rieb sich seinen Hinterkopf. Er fühlte sich, als wäre er gerade die ganze Nacht vor dem Haus eines Verrückten im Einsatz gewesen. Als er seine Augen öffnete, saß er hinter dem Steuer seines Autos auf einem anderen Parkplatz. Er sah verwirrt all die anderen Autos um ihn herum und runzelte die Stirn. Wo zum Teufel war er?

Als er Stimmen in der Nähe hörte, sah er durch das Fenster hinaus und bemerkte eine Gruppe Gothic gekleideter Leute, die das Gebäude verließen. Sein Blick wanderte hoch zu dem Schild über ihnen. Love Bites... er stand vor einem verdammten Vampir-Club... der am anderen Ende der Stadt.

„Oh, ha ha", sagte er gedehnt. „Das findet ihr lustig?" Er knurrte und sah sich nach seinen Schlüsseln um. Als er sie am Beifahrersitz fand, schob er sie wütend ins Zündschloss und startete das Auto geräuschvoll. „Wer auch immer du bist, ich verpasse dir ein neues Arschloch", fügte er hinzu, nicht einmal sicher, wer das getan hatte.

Das Kichern einer Frau erregte seine Aufmerksamkeit und er sah einen Mann, der ein Mädchen an ein Auto drückte und sich über sie her machte. Der Mann sah aus, als hätte er die Bedeutung der Worte Gothic Psychopath festgeschrieben.

Die Frau unter ihm war fast nackt und hatte ihre Arme um seinen Hals geschlungen, während er ihren Nacken küsste. Trevor schluckte, als der Mann aufsah und seinen Blick festhielt, als würde er es absichtlich tun.

Trevor schaute schnell weg und tat so, als würde er das unmenschliche Licht in den Augen des Mannes nicht bemerken... er sah einen Vampir an.

Tief durchatmend, legte er einen Gang ein und fuhr los, nur um das allzu bekannte Geräusch von platten Reifen zu hören, die auf den Asphalt klatschten. Trevor schlug mit der Faust auf das Lenkrad hinunter und stellte den Motor wieder ab.

'Verdammter Hurensohn!', hätte er beinahe geschrien.

Der Wecker seiner Uhr ging los und er sah auf die Uhrzeit. Mit Zähneknirschen erkannte er, dass es vier Uhr früh war. Er stieg aus dem Auto und drehte eine Runde, um die Reifen zu inspizieren. Alle vier waren platter als Pfannkuchen. Eine weitere Reihe von Flüchen, die einen Segler stolz gemacht hätten, wenn er ihn seinen Sohn nennen hätte können, brach von seinen Lippen aus.

Schließlich lehnte er sich einfach gegen die Kühlerhaube und verschränkte seine Arme vor der Brust. Es blieb ihm nur noch eine Möglichkeit. Er hasste es, das zu tun, und er machte es normalerweise nicht, auch wenn die Versuchung manchmal überwältigend war. Aber er vertraute niemandem genug, um anzurufen, außer Envy, und mit ihr musste er sich erst wieder versöhnen. Sie sollte mittlerweile zu Hause sein, und ihre Wohnung war näher als seine.

Mit einem letzten Blick in seine Umgebung, verwandelte sich sein Körper und er rannte die Straße hinunter in die Richtung von Envys Wohnung. Er hoffte nur, dass der örtliche Hundejäger ihn nicht aufhalten würde.

Raven sah noch einmal von seiner Eroberung hoch, als der Mensch sich in einen Golden Retriever verwandelte und davonrannte. Verwundert über den Geruch der Kreatur senkte er seine Lippen wieder zum

Hals des Mädchens und biss zu. Andere Vampire kamen näher, als die Frau begann, sich zu wehren, schrie und sinnlos auf seinen Rücken hämmerte. Langsam wurden ihre Befreiungsversuche schwächer und sie fiel schlaff auf das Auto.

„Du kriegst immer die jungen, frischen, Raven", sagte eines der Weibchen schmollend.

„Weil ich hart dafür arbeite", stellte Raven fest, ein Hauch von Ungeduld in seiner Stimme. „Und jetzt hau ab."

Die anderen Vampire liefen schnell weg und Raven starrte hinunter auf das süße Mädchen, dessen panischer Gesichtsausdruck für immer eingefroren war. Er zog ein Taschenmesser aus seiner Jackentasche und öffnete es, um ihren Hals durch die Wunden, die seine Fangzähne hinterlassen hatten, aufzuschneiden, um den Vampirbiss zu überdecken, so wie Kane es ihm gelehrt hatte.

Er hatte das Messer vor ein paar Wochen vom Moon Dance gestohlen... direkt aus Nick Santos' Auto, genau genommen. Es war zu einfach gewesen.

Keiner dieser großspurigen Jaguare hatte ihn auch nur auf ihrem prächtigen Parkplatz gesehen, wo er sich Nacht für Nacht herumtrieb. Er hatte Vampire zum Eingang des Clubs geschickt, nur um eine Reaktion von den Formwandlern zu bekommen... um ihnen einen Hinweis darauf zu geben, dass er hinter ihnen her war.

Er zog die Augenbrauen zusammen, als er an die Jaguare dachte, dann hob Raven das Mädchen hoch und schien zu verschwinden, als er die Dunkelheit um sich wickelte. Wenig später tauchte er in einer Seitengasse nahe des Moon Dance wieder auf. Er legte sie auf den Boden und legte ihre Hand über ihr Herz, sodass der

Stempel des Moon Dance auf ihrem Handrücken wie eine Visitenkarte zu sehen war.

Als er sich aufrichtete um das Ergebnis seiner Arbeit zu bewundern, nahm Raven sein Handy aus der Tasche und wählte eine dreistellige Nummer.

„Polizeinotruf, was ist geschehen?", antwortete eine weibliche Stimme.

„Ja, ich möchte melden, dass da eine tote Frau in einer Seitenstraße in der Nähe des Clubs liegt, aus dem ich gerade komme."

*****

Quinn stand oben an der kurzen Treppe, die in das Night Light führte, den Club, dessen Eigentümer und Manager er und seine Geschwister waren. Seit Nathaniel, ihr Vater, vor zehn Jahren gestorben war, gehörte er ihnen. Tatsächlich waren sie zu jung für eine solche Verantwortung gewesen und hatten den Club geschlossen, bis zumindest einer von ihnen alt genug war, um laut Gesetz Alkohol trinken zu dürfen.

Dann hatte Quinn, als der älteste, die Zügel übernommen und sich dazu gezwungen, das ABC von Tanzlokal-Betrieben zu erlernen. Unter seiner und der Führung seiner Geschwister, war er aufgeblüht.

Als sie noch jung gewesen waren, war ihre Familie mit der Santos-Familie eng befreundet gewesen. Die Jaguare standen den Pumas nahe, und ihre Väter, Nathaniel und Malachi, hatten den Club gemeinsam eröffnet. Sie hatten all ihr Geld zusammengelegt und damit ein sehr gewinnbringendes Unternehmen gegründet.

Das war bevor Nathaniel und Malachi einender mitten im Nationalforst von LA umgebracht hatten. Zum Glück war der Wald viel zu groß, als dass die Gesetzeshüter jemals ihre Leichen finden könnten… dasselbe galt für das Grab. Bis zum heutigen Tag wusste niemand so genau, wer das kleine Mädchen gewesen war, das Zeuge des Kampfes geworden war.

Quinn schüttelte seinen Kopf um wieder klar denken zu können und überblickte die Menschenschlange, die sich vom Eingang des Clubs bis um die Straßenecke zog. Er arbeitete normal nicht an der Tür, denn er zog es vor, die Gäste über die Überwachungskameras vom Inneren seines Büros aus zu beobachten. Aber Steven hatte ihm mitgeteilt, dass er schon zwei Vampire wegschicken hatte müssen, seit die Türen ein paar Stunden zuvor geöffnet worden waren. Bis vor Kurzem hatte es keine Probleme mit Vampiren gegeben, die in ihr Gebiet eindringen wollten.

Mit all den Morden und dem Verschwinden von Menschen, die die Stadt heimsuchten, und dem plötzlichen Anstieg in der Anzahl der Vampire, dachte Quinn, dass es kein Genie brauchte, um zwei und zwei zusammenzuzählen… außer für Menschen.

Was Quinn nicht verstand, war, wieso einige verfluchte Vampire versuchten, ein paar ausgewählte Clubs in Verdacht zu bringen. Es machte keinen Sinn, aber es funktionierte. Sein Club und Moon Dance, der Club, der den Jaguaren gehörte, wurden nun von den Gesetzeshütern genau beobachtet. Es war beinahe so, als kenne die Polizei ihre Geheimnisse und belästigte sie deswegen.

Quinn rieb seine Schläfen, dann lenkte er die Bewegung so ab, dass seine Hand durch sein weiches, braunes Haar fuhr. Die Bullen in ihrem Nacken zu haben, war das Allerletzte, was die Formwandler brauchen konnten, wenn sie sich doch so sehr bemüht hatten, sich an die normale Gesellschaft anzupassen.

Dies und anderes hatten ihn dazu gebracht, nun an der Tür Stellung zu beziehen. Es ging nicht so sehr darum, Vampire draußen zu halten. Nein... er wollte, dass ein weiterer auftauchte. Wenn der Vampir weggeschickt wurde, dann hatte er vor, ihm zu folgen, und selbst einige Erkundungen anzustellen.

„Bist du sicher, dass das eine gute Idee ist", erklang Stevens Stimme von hinter Quinn. Er war es gewöhnt, dass Quinn ein Hitzkopf war, aber meistens stand er hinter seinen Taten. „Selbst zu zweit bin ich mir nicht sicher, dass wir einen Vampir besiegen können."

Quinn machte sich nicht einmal die Mühe, seinen Kopf zu seinem Bruder umzudrehen, als er antwortete: „Willst du lieber, dass ich Dean anrufe, damit er mir hilft?" Seine Mundwinkel deuteten ein Grinsen an, denn er wusste, dass Dean Steven kalte Schauer über den Rücken sandte.

„Da sind wir mit den Vampiren noch besser dran", antwortete Steven ernst. „Wenn du schon jemanden anrufst, dann wäre mir Tully lieber."

Quinn grinste, während Dean Steven einfach gegen den Strich ging, verwandelte Frau Tully ihn in ein süßes Kätzchen. Auf die eine oder andere Art, hatten letztendlich alle von ihnen an ihrer Hintertür gekratzt, um hinein gelassen zu werden, sodass sie sich wieder in ihre normale Gestalt verwandeln und neue Kleider anziehen konnten. Fast jedes Mal hatte sie darauf bestanden, dass sie eine Weile blieben und sie zum Abendessen eingeladen. Quinn liebte Frau Tullys Kochkünste, ihr Schweinebraten war so gut, dass er ihn zum Schnurren brachte.

Auf der anderen Seite war Dean. Dean arbeitet Teilzeit in dem Club, seit er geöffnet hatte. Er wurde nie eingeteilt, kam und ging einfach, wann er wollte. Quinn wusste, dass Dean Steven unsäglich auf die Nerven ging, und das war einer der Gründe, weshalb er Dean in der Nähe behielt. Zuzusehen, wie Stevens Gesicht errötete, war immer sehr amüsant. Zum Glück war heute Nacht keine der Nächte, wo Dean sich mit jemandem anlegte.

Dean war ein Türsteher, und wenn man ihn ansah, würde man nicht glauben, dass unter diesen schmalen Muskeln und dem jugendlichen, hübschen Aussehen einer der gefährlichsten Leute steckte, die Steven je getroffen hatte. Dean war kein Mensch... er war einer der Gefallenen Engel. Die Gerüchte besagten, dass sie in einem Kampf unbesiegbar und unsterblich waren. Das wäre nicht so schlimm, wenn Dean nicht scheinbar alle hasste.

Wie um alles in der Welt Quinn sich mit dem Typen angefreundet hatte, überstieg Stevens Vorstellungskraft. Jedes Mal, wenn Dean arbeitete, war der Gefallene Engel in Quinns Nähe, oft in seinem Büro eingeschlossen, wo sie Geheimnisse darüber austauschten, wie man die Welt regieren konnte... oder was auch immer sie da machten.

„Nicht alle Vampire sind böse, Steven", erinnerte Quinn, der nicht wollte, dass sich die Vergangenheit wiederholte.

„Ja, ja, ich weiß", murmelte Steven und hob dann seine Stimme zu einem leisen Nörgeln. „Nicht alle Vampire sind böse, Steven; sie leben nur anders und schlafen mit ihren Meistern."

Trotz dem Witz in der Aussage, wurde Quinn langsam langweilig in seiner momentanen Berufung zum Türsteher. Also ließ er seine Gedanken zu dem Tagebuch wandern, das er im Tresor in seinem Schlafzimmer versteckt hatte.

Er hatte das Buch nach dem Tod seines Vaters gefunden, und sich die Zeit genommen, es zu lesen. Die Worte, die auf dem Papier geschrieben worden waren, hatten ihn wütend gemacht und er verstand die Ansichten seines Vaters überhaupt nicht… außer man nahm die Sicht eines Gangsters an. Er hatte das Tagebuch niemand anders gezeigt, denn er wollte den kurzen Krieg, der stattgefunden hatte, nicht wiederbeleben.

Quinn runzelte die Stirn. Es war nicht wirklich ein Krieg gewesen, aber die Einträge waren mit diesem Hintergedanken geschrieben worden. Er hatte einfach keinen Sinn dahinter gesehen, alles aufzudecken und den vorläufigen Frieden, den sie nun mit den Jaguaren geschlossen hatten, zu zerstören.

Nathaniel Wilder war in vielerlei Hinsicht nicht der liebenswürdige Mann gewesen, wie sie gedacht hatten, und dass er Vampire hasste, war nur ein Grund dafür. Er hatte Vampire so sehr gehasst, dass er einen lebendig begraben hatte, als er nicht bekommen hatte, was er wollte. Kane war der Name des Vampirs gewesen, und er war einer der ältesten, die bekannt waren. Er war auch nicht so wie die Vampire, die in der Stadt herumschwirrten, und Menschen töteten. Kane war auf der Seite der Engel gewesen.

Das Tagebuch schien sich in den früheren Abschnitten allerdings selbst zu widersprechen. Wenn das, was Nathaniel geschrieben hatte, als wahr angesehen wurde, dann waren er und Kane sowie Malachi enge Freunde gewesen.

Es waren Nathaniels unbekannte Sünden gewesen, die Quinn dazu veranlasst hatten, Warren dazu zu überreden, die beiden Familien zu trennen und alle Verbindungen zu kappen. Warren hatte seine eigenen Gründe gehabt, um der Trennung zuzustimmen. Sie alle waren überfürsorglich zu den einzigen beiden Frauen in der Gruppe gewesen: Warrens Schwester Kat und Quinns Schwester Alicia. Aber irgendwie waren Kat und er sich einander zu nahe gekommen für Warrens Geschmack.

Zurückblickend musste Quinn Warren recht geben. Dass er älter war als Kat und insgeheim von ihr besessen war, war ein großes Problem gewesen, als sie gemeinsam aufgewachsen waren. Außerdem, nachdem er der einzige war, der wusste, was in dem Tagebuch versteckt war, das er vor zehn Jahren gefunden hatte, war es plötzlich schwierig geworden, einem von ihnen in die Augen zu sehen. Ein weiterer Grund für seine Entscheidung war, dass er nicht wollte, dass Kat eines Tages herausfand, welche Kette von Ereignissen zum Tod ihrer beiden Väter geführt hatte.

Wie es sein konnte, dass das Buch nicht schon früher gefunden worden war, konnte sich Quinn absolut nicht erklären. Die gesamte Familie war täglich daran vorbei spaziert, und hatte es nie bemerkt.

„Ich sehe immer noch nicht ein, wieso wir nicht einfach Warren anrufen, und unsere Kräfte vereinen", sagte Steven enttäuscht und unterbrach damit Quinns Gedankenstrom. „Schließlich zielen die Vampire auf beide Clubs ab und Micah ist noch immer verschwunden."

„Du wirst eines Tages eine gute Ehefrau sein", grinste Quinn, versuchte, ihn von seiner Logik abzulenken. Er wollte heute Nacht nicht über das Verschwinden ihres Bruders nachdenken.

„Was?" schnaubte Steven, wissend, dass sein Bruder wohl der einzige Mann war, der mutig genug war, um so etwas zu ihm zu sagen... nun Quinn und sein bester Freund, Nick. Steven war geheimnisvoll und gefährlich, genauso wie sein anderes Ich, und normalerweise hatten Leute schon Angst vor ihm, wenn er sie nur ruhig ansah.

„All das Nörgeln", lachte Quinn, aber sein Humor verschwand sofort wieder, als er den Geruch von altem Blut wahrnahm, der über die Treppe hoch zu ihnen strömte. Was war nur los mit den Vampiren in der Stadt? Es schien, als ob plötzlich alle Vampire, die ihnen über den Weg liefen, nach Verwesung rochen, und das war einfach falsch.

Wenn ein Mensch in einen Vampir verwandelt wurde, dann hörte damit der Alterungsprozess auf und es gab keine Verwesung, außer, der Vampir wurde getötet... dann verwesten sie sehr schnell, als würden ihre Körper die Zeit ihres eigentlichen Todes wieder aufholen wollen. Er würde fast Geld darauf verwetten, dass diese Vampire auf irgendeine Art krank waren: das Rezept für einen Zombie, wenn Quinn je einen gesehen oder gehört hatte.

Warren durchsuchte mit seinem Blick die Schlange wartender Menschen und erkannte den Vampir, als die Lichter des Eingangs über dunkle Augen streiften und sie für eine kurze Sekunde in leuchtende Pfützen flüssigen Feuers verwandelten. Der Mann konnte nicht älter als zwanzig gewesen sein, als er verwandelt worden war, und so zerknittert wie seine Kleider aussahen, schien es, als hätte er irgendwo in der Kanalisation geschlafen.

Er sah aus, als hätte er sich Wissen angelesen, wie er wie ein perfekter, beängstigender Gothic-Anhänger auszusehen hatte. Alles, von seiner blassen Haut über sein dunkles Haar, gemeinsam mit dem schwarzen Lippenstift und viel zu viel Eyeliner zusammen ergaben einen kompletten Look. All die Vampire, die sie in den letzten Monaten getroffen hatten, schienen alle demselben 'Beste Gothic Verkleidungen'-Club anzugehören. Es war fast so, als hätte, wer auch immer sie verwandelte, sich schon vorher mit dieser Art Menschen umgeben.

Quinn hatte kein Problem mit Gothic-Anhängern. Tatsächlich kamen recht viele in den Club und bereicherten damit die Auswahl an faszinierenden Modetrends, die immer auf der Tanzfläche zu bewundern waren. Damit sie sich wohl fühlten, und mehr von ihnen kommen würden, hatte Quinn die Musik angepasst und ein paar der dunklen, mysteriösen Melodien hinzugefügt.

Sowohl er als auch Steven gingen die Treppen hinunter und gingen auf den Vampir zu, aber anstatt auf sie zu warten, rannte der Vampir über den Parkplatz davon als wären zwei Pumas hinter ihm her.

„Schlauer, kleiner Vampir", grinste Steven, als er in dieselbe Richtung lief.

Quinn schüttelte den Kopf als er Steven nachsah, wissend, dass er seine liebe Mühe haben würde, mit dem Vampir Schritt zu halten. Steven war der schnellste von ihnen. Er konnte beinahe ein Rennen mit einem Wer-Geparden gewinnen, die viel schneller waren, als ihre normalen, katzenartigen Verwandten… aber der Vampir, den sie verfolgten, schien noch schneller zu sein.

Er rannte durch Seitenstraßen und Gassen und behielt Steven immer im Auge. Sie waren schon mehrere Straßen weit weg, als er Steven sah, wie er die schwere Eingangstür der riesigen Kirche aufbrach. Quinn rannte schneller, wissend, dass sie getrennt werden würden, wenn er sich nicht beeilte, und dann waren sie einfacher zu schnappen. Zu seiner Erleichterung stand Steven direkt hinter dem Eingang, als er ihn einholte.

„Hitzkopf", zischte Quinn, „du wirst deinen Kopf auf einem Tablett serviert bekommen, wenn du ihn alleine stellst."

„Ich kann nichts dafür, dass du so langsam bist", grinste Steven, wissend, dass Quinn dafür stärker war. „Außerdem ist diese Kirche so groß, dass wir uns sowieso trennen müssen. Du siehst dich hier um und ich oben."

Bevor Quinn widersprechen konnte, war Steven weg.

„Verdammter Idiot", murmelte Quinn, aber drehte sich um und begann seine Suche. Außerdem war Steven schlau genug, um um Hilfe zu rufen, wenn er in Schwierigkeiten geriet. Er lief den Korridor entlang und fand sich in der Haupthalle wieder. Alte Kirchenbänke standen zu beiden Seiten des Mittelgangs, es war wie ein sehr gruseliger Film, der Wirklichkeit geworden war.

'Nur wahre Monster leben hier', dachte Quinn innerlich, als seine Sinne sich schärften, als er auf Gefahren lauschte.

Ein leises Geräusch veranlasste ihn dazu, gerade rechtzeitig hochzublicken, um den Blutsauger so schnell auf ihn zu rennen zu sehen, dass Quinn den Treffer nicht vermeiden konnte. Dem Schlag folgte ein weiterer und noch einer, bis Quinn nur noch Sterne sah. Der Puma fiel zu Boden und knurrte tief in seiner Brust. Er war nicht jemand, der sich so leicht unterkriegen ließ, aber es schien, dass da jetzt mehr waren, als nur einer.

Als er von seiner zusammengesunkenen Position am Boden hochsah, sah er sechs Vampire mit gefletschten Zähnen um sich stehen. Dies war nicht nur ein einzelner Vampir… sie waren über ein ganzes Nest davon gestolpert.

„Dein Blut schmeckt göttlich… Schmusekatze", rief der erste Vampir, der, den sie verfolgt hatten, leise. „Ich werde dich zum Abendessern genießen."

Quinn hob seinen Kopf und blinzelte verwundert als er Dean tatsächlich auf dem Kreuz sitzen sah, das über der Kanzel von der Decke hing. Der Gefallene Engel grinste und Quinn konnte seinen Schatten an der Wand hinter dem Kreuz sehen. Riesige Flügel waren als Schatten zu sehen, die schlugen als wären sie frustriert.

„Brauchst du Hilfe, Quinn?", fragte Dean.

Die Vampire drehten ihre Köpfe und zischten über den Neuankömmling. Sie hatten ihn nicht gehört oder gerochen, als er hereingekommen war. Vier der sechs rannten den Gang hinunter auf ihn zu, gleichzeitig sprang Dean vom Kreuz und landete hart am Boden darunter.

„Ein Blutsauger, zwei Blutsauger, drei Blutsauger, vier, wer wird der erste, der klopfet an der Höllentür?", sang Dean.

Quinn konnte nicht widerstehen, seine Augen zu verdrehen. Es gab Momente, wo Dean einfach richtig merkwürdig war, vielleicht sogar ein wenig hirnlos. Sein Gegenstück, Kriss, war überhaupt nicht so, aber war ebenso gewalttätig. Dean hatte einem Vampir den Kopf schon abgerissen, dann brüllte er, als ein weiterer auf seinen Rücken sprang und in seinen Hals biss.

Quinn stand auf, ging auf den Vampir, der ihm am nächsten stand, los und konnte ihn zu Boden zwingen. Eine Klauen besetzte Hand verkrallte sich in seinem Haar und zog ruckartig.

„Aber, aber, Kätzchen", rief der erste Vampir. „Lass erst meine Brüder ihr Festmahl genießen, dann kommst du an die Reihe."

Quinns Hand rutschte weit genug zur Seite, dass Krallen aus seinen Fingerspitzen wachsen konnten, eher er sie in den Vampir unter ihm stieß und sein Herz herausriss.

„Klar doch", grunzte Quinn und klatschte dem anderen Vampir das Herz ins Gesicht.

Sein Haar wurde losgelassen, und als Quinn sich herumdrehte, war die Kreatur weg. Ein unmenschliches Heulen erklang von der Kanzel her und Quinn rannte darauf zu, weil er aus irgendeinem Grund dachte, dass es Dean war. Das war allerdings nicht der Fall. Der Vampir, der Dean gebissen hatte, krümmte sich vor Schmerz am Boden, während Dean systematisch die anderen drei in Stücke riss.

Quinn konnte sich nicht zurückhalten, und die überraschende Seite seiner Persönlichkeit zeigte sich, als kleine Stichwunden auf dem Körper des Vampirs erschienen. Leuchtend weißes Licht schoss aus ihnen heraus, als sie größer wurden. Sie wuchsen weiter an, bis der Vampir nichts mehr war, als eine zuckende Masse aus Licht. Plötzlich hörte er auf, sich zu bewegen und als das Licht erlosch war nichts mehr übrig als eine Asche-Skulptur.

Quinn zog sich zurück und setzte sich mit dem Rücken zur Mauer, atmete tief durch. Dean gesellte sich wenig später zu ihm, besudelt mit kaltem Blut und grinsend.

„Ein weiterer Tag im Büro", bemerkte Dean.

Quinn grinste. „Das kannst auch nur du sagen."

Dean griff in seine Jeansjacke und zog eine Flasche heraus. Nachdem er selbst einen Schluck genommen hatte, hielt er sie Quinn vor die Nase.

„Ich dachte nicht, dass Gefallene Engel trinken", stellte Quinn fest, als er die Flasche nahm.

Dean zuckte die Schultern und grinste: „Naja, wir sollten eigentlich auch nicht sündigen, und doch tun wir es."

Quinn nahm einen Schluck und fragte sich, wie es Steven mit seiner Suche ging.

KAPITEL 6

Steven war oben und öffnete jede Tür, die ihm begegnete, auf der Suche nach dem Vampir, der in ihren Club kommen hatte wollen. Die letzte Tür im Flur war verschlossen also rammte Steven seine Schulter geegen das Holz. Die Tür fiel nach innen und er wurde sofort mit Wasser übergossen.

„Zurück, Dämon, hau ab!", brüllte eine gealterte Stimme ihn an.

Steven schüttelte den Kopf und starrte böse auf den Priester, der aussah, als wäre er gerade aus einem schlechten Vampir-Film gekommen. „Was zum Teufel?"

Der Priester senkte langsam sein Kreuz, während er seine andere Hand über sein Herz legte, als würde er gegen eine Panikattacke ankämpfen. „Sie sind keiner von ihnen?"

Steven knurrte: „Das letzte Mal, wo ich nachgesehen habe, waren meine Zähne normal." Er schüttelte seinen Kopf in dem Versuch, ein paar Wassertropfen abzuwerfen. 'Normal für einen Puma zumindest', fügte er in Gedanken hinzu. Er hob eine Augenbraue, kannte die Antwort schon, ehe er fragte: „Haben Sie heute Nacht irgendwelche Vampire gesehen?"

Der Priester nickte energisch: „Ja, ich bin schon seit Stunden praktisch ein Gefangener in dieser Kirche. Die Apokalypse hat begonnen und die Dämonen sind auferstanden!"

Steven seufzte, wissend, dass dieser Mann eine Gefahr für sich selbst darstellen konnte, wenn er tatsächlich einem Vampir begegnete, bewaffnet mit Wasser und einem Kreuz. Er sprang plötzlich hinter den Geistlichen und schlug ihn zu seinem eigenen Schutz K.O. Er hob den bewusstlosen Mann vorsichtig hoch und trug ihn hinüber zu einem Schrank, wo er ihn sicher aufbewahrte.

„Tut mir leid, Vater, aber Ihre Dämonen könnten Sie noch heimsuchen." Er zog einen weißen Kittel von einem Kleiderhaken im Schrank, legte ihn fürsorglich über den Priester und hoffte, dass der Mann keine zu großen Kopfschmerzen haben würde, wenn er aufwachte.

Steven schloss die Tür und stellte sicher, dass sie verschlossen war, bevor er sich umdrehte. Er erstarrte, als er eine Frau mit einem leeren Gesichtsausdruck hinter ihm stehen sah. Sie hatte die hübschesten Augen, die er je gesehen hatte. Sie waren von weichem, golden glänzendem, blondem Haar umrahmt. Sein Kopf kippte in katzenartiger Haltung zur Seite, als er sich fragte, was sie hierher trieb. Die Frau hob plötzlich einen Baseball-Schläger und traf ihn damit an der Schläfe.

Der Mann fiel und Jewel stand einen Augenblick lang perplex mit dem Schläger in der Hand da, ehe sie ihn fallen ließ. Sie biss sich auf die Unterlippe, als ihr klar wurde, dass sie etwas sehr Böses getan hatte. Als er sich umgedreht hatte, hatte sie schon ausgeholt gehabt, ehe ihr dämmerte, dass er nicht wie ein wandelnder Toter aussah... in Wirklichkeit sah er eher aus, als wäre er aus einem 'Gottes-Geschenk-an-Frauen'-Magazin gekommen.

„Was denkst du eigentlich?" Sie blies ein paar Haarsträhnen aus ihrem Gesicht, während sie sich selbst leise schalt. Sie war hierhergekommen, um den Priester dazu zu überreden, ihr zu helfen, eine sichere Möglichkeit zu finden, wie sie ihre Hochzeit umgehen konnte, und nun war sie hier und sabberte einem anderen Typen nach. Es war schon schlimm genug, dass sie in die Kirche geschlichen war, nur um sich dann inmitten einer ausgeflippten Horrorshow wiederzufinden. Sie war es gewöhnt, in Gefahr zu sein, aber wenigstens hatten die Männer, an die sie gewöhnt war, keine Fangzähne.

Jewel blinzelte hinunter auf Herrn Köstlich bis sie sah, wie seine Brust sich regelmäßig hob und senkte. „Danke Gott, für die kleinen Gefälligkeiten", flüsterte sie, froh, dass sie ihn nicht umgebracht hatte... aber was jetzt? Er war nicht einer der Vampire, und um ehrlich zu sein hatte sie keine Ahnung, was sie mit ihm anfangen sollte. Panik ergriff sie, als sie die Geräusche eines Kampfes unten in der Haupthalle hörte.

„Komm schon", flüsterte Jewel sich selbst aufmunternd zu. „Wir müssen ihn an einen sicheren Ort bringen. Wieso, zum Teufel, ist er hier, wenn er nicht einer von ihnen ist? Idiot!"

Sie ergriff den Mann am Handgelenk, um ihn zum Schrank hinüber zu ziehen. Sie kreischte, als die Hand plötzlich ihren Arm umklammerte und sie zu sich hinunter zog.

„Was, zur Hölle, meinst du, was du hier tust?", fragte Steven.

Jewel sah zu ihm hoch und fühlte, wie Angst durch sie schoss, als er ihren Blick festhielt. Steven grunzte, als sie von ihm herunter krabbelte, um ihren Schläger wieder zu holen, wobei ihr Knie ihn dort traf, wo es zählte.

„Verdammt", zischte er. Er hatte keine Zeit, seinen verletzten Stolz zu beachten, als zwei Blutsauger im Türrahmen erschienen. „Ohje, du hast noch einen Freund mitgebracht, damit ich mit ihm spielen darf", rief Steven, als er sich wieder aufrichtete, und die Frau mit dem Schläger unsanft hinter sich riss.

Die Vampire griffen gleichzeitig an, wodurch Steven doppelt hart arbeiten musste, um nicht nur das Mädchen zu beschützen, sondern auch sich selbst am Leben zu erhalten. Er erinnerte sich schnell daran, wieso es keine gute Idee für ein Wertier war, alleine gegen einen Vampir zu kämpfen… und erst recht gegen zwei. Ein brennendes Gefühl entstand in seiner Seite und er sah hinunter, wo die Finger des anderen Vampirs sich gerade unterhalb seiner Rippen in seine Haut gebohrt hatten. Er wurde hoch gehoben und durch den Raum geschleudert, wo er mit einem markerschütternden Krachen auf die Wand traf.

Jewel schwang ihren Schläger mit aller Kraft, als einer der Vampire auf sie losging und zuckte dann zusammen, als sie die Vibration des Aufpralls durch ihre Schulter schießen fühlte. Der Kopf des Vampirs wurde zur Seite gestoßen und sie konnte Knochen knacken hören, als er ihn langsam wieder zurück drehte, um sie mit blutroten Augen wütend anzustarren.

„Das wird morgen wegtun", murmelte Steven durch einen Schleier aus Schmerz und drehte dann seinen Blick, als etwas Glänzendes seine Aufmerksamkeit erregte.

Er grinste hämisch, als er einen Stab mit einem riesigen Kreuz daran, nur wenige Zentimeter von sich entfernt gegen die Wand gelehnt sah. Steven ergriff es und rammte es in die Brust des Vampirs, der sich näherte, um ihn endgültig fertig zu machen. Er bewegte sich vorwärts, stieß das Unterende des Stabes in die Wand und ließ den Vampir dort hängen.

„Ich schätze es ist doch was Wahres an dem Spruch: 'Tod am Kreuz'." Er stützte sich auf den Pfahl, während er versuchte, wieder zu Atem zu kommen. Atmen war keine schöne Sache, wenn man gebrochene Rippen und ein Loch in der Seite hatte.

Da er nichts riskieren wollte, streckte Steven seine Hände nach dem Kopf des Vampirs aus, und verdrehte ihm das Genick. Als er ein lautes Krachen und dann einen Schrei hörte, sah er über seine Schulter und erkannte, dass der andere Vampir das Mädchen an die Wand drängte. Als sie ihr Gesicht von dem Vampir wegdrehte, sah er die weiche Haut an ihrem Hals und wusste, dass der Vampir auf dieselbe Stelle starrte.

Er war kein guter Schutz in dem Zustand, in dem er sich befand, und zweimal hintereinander Glück zu haben, kam wohl nicht in Frage. Als er die Angst der Frau roch, traf er schnell eine Entscheidung, als seine Wut hochkochte. Steven verließ seine menschliche Form und ließ die Bestie los, landete auf allen Vieren und knurrte.

Der Vampir grinste wie von Sinnen als er seinen Körper gegen sein köstlich duftendes Abendessen drückte, als er ein sehr lautes Knurren hinter sich hörte. Als er seinen Kopf drehte, starrte er in die goldenen Augen eines Pumas. Es war, als würde er sehen, wie Feuer wild in Eis brannte. Ehe er reagieren konnte, sprang der Puma los und warf ihn zu Boden, wodurch er so hart durch den Raum schlitterte, dass seine Fangzähne klapperten. Als er wieder aufstand, war der Puma weg, ebenso wie das Mädchen.

Jewel hatte zu viel Angst um auch nur zu blinzeln, als sie versuchte, zu verstehen, was, um alles in der Welt, gerade geschehen war. Der Puma hatte den Vampir angegriffen, ihn zu Boden geschleudert. Dann war das Tier auf sie zu gesprungen. Sie wusste, dass sie nicht geblinzelt hatte… also wie zur Hölle kam es, dass sie nun von einem Mann so schnell durch die Kirche getragen wurde, dass die Aussicht sich mit hundert Stundenkilometern veränderte? Anstelle von Zähnen und Klauen fand sie sich selbst in starken Armen wieder.

Sie waren in Sicherheit auf der anderen Seite der Kirche, als er schließlich langsamer wurde, sodass sie sich wehren konnte. Mit einem schnellen Tritt rutschte sie zu Boden, landete auf ihren Knien vor ihm… ihm zugewandt… und dieses Mal trug er keinen Zentimeter Stoff.

Steven ging hinüber zur Wand und lehnte sich dagegen. Das Loch in seiner Seite hatte schon begonnen, zu verheilen, aber er hatte viel Blut in kurzer Zeit verloren. Es war schwer, das Tier in ihm gefangen zu halten, wenn er sich immer noch gefährdet fühlte. Er rutschte entlang der Wand zu Boden und hielt seine

Hand über seine Verletzung, während er sie mürrisch anstarrte. Das Blut von der Kopfwunde, die sie ihm verpasst hatte, lief über seine Stirn in sein Auge.

„Ich weiß nicht, wer gefährlicher ist, du oder die verdammten Vampire."

Die Frau sah ihn einen Augenblick lang verständnislos an, ehe sie aufstand und vor ihm weglief.

„Warte!", rief Steven und schnaubte dann verächtlich. Wieso, zum Teufel, sollte er sich um sie sorgen? Sie war bisher offensichtlich gut ohne ihn klar gekommen.

„Und hängst du oft nackt in Kirchen herum?"

Steven wandte seinen bösen Blick hoch zu Dean und zeigte ihm den Mittelfinger.

„Oh, das kleine Kätzchen will nicht gehänselt werden", neckte Dean, dann beugte er sich hinunter und zog Steven an seinem Arm hoch. „Komm, ich bin sicher, einer der Chorknaben hat ein Kleid, das dir passen könnte."

„Du bist einfach krank, weißt du das?", fragte Steven, fühlte sich wie berauscht.

Dean schnaubte belustigt. „Das muss ich wohl sein, sonst wäre ich nicht hier."

Steven ließ sich von Dean in das untere Geschoss der Kirche führen, wo Quinn wartete, während er Rauchringe in die Luft blies.

„Du solltest besser eine gute Erklärung dafür haben, wieso du keine Kleider trägst, außer du bist hier, um dich selbst zu reinigen", sagte Quinn um den Schock zu überdecken, den er fühlte, als er sah, dass sein kleiner Bruder verletzt war.

Steven zuckte die Schultern: „Ich dachte, ich jage dem alten Priester oben einen kleinen Schrecken ein, indem ich nackt durch die Gänge flitze."

„Er wurde von einem anderen Vampir ertappt, als er die Hosen herunterließ", übersetzte Dean grinsend.

„Fahr zur Hölle", knurrte Steven.

„War dort, hab's gesehen, das T-Shirt gekauft und verbrannt", sagte Dean mit ernstem Gesichtsausdruck.

„Hast du ihn erwischt?", fragte Quinn mit einem gefährlichen Unterton in seiner Stimme. Er wollte, dass der Vampir, der Steven verletzt hatte, jetzt durch seinen Hals atmete.

Steven schüttelte den Kopf: „Nein, ich war zu sehr damit beschäftigt, irgendeine dumme Frau davor zu retten, von einem dieser Freaks ausgeblutet zu werden."

Dean runzelte die Stirn. „Eine Frau?"

„Ja", antwortete Steven. „Sie rannte weg, gerade als du kamst." Er drückte seine Hand gegen seine Stirn, um den Schmerz zu unterdrücken, aber das hielt den Raum nicht davon ab, sich um ihn zu drehen. Seine Augen wurden groß. „Der Vampir, der versucht hatte, sie zu töten, ist entkommen!" Er drehte sich um, um zurückzulaufen, aber Quinn ergriff ihn an der Schulter.

„Ich denke, du hast genug getan", knurrte er, wissend, dass sein Bruder schwerer verletzt war, als er erst angenommen hatte, denn es ergab alles wenig Sinn.

Dean seufzte tief und warf Quinn ein weißes Kleid zu. „Zieh ihm das an. Wenn, was Steven sagt, wahr ist, dann könnte sie in Gefahr sein. Ich gehe nachsehen."

Quinn nickte und half Steven in den Kittel, während Dean die Treppen hinaufrannte. Wenige Minuten später fiel der kopflose Körper eines Vampirs wie ein Stein über das Geländer oben an der Treppe.

Steven fühlte sich noch schwächer, als Dean wieder auftauchte, ohne das Mädchen. „Wo ist sie?"

Dean zuckte die Schultern. „Ich fand den Vampir, als er versuchte, durch ein Fenster zu entkommen. Ich schätze, er wollte sie verfolgen." Er lächelte. „Zum Glück habe ich ihn aufgehalten."

Als die Erleichterung über Steven hereinbrach, kam auch die Schwärze.

Dean grinste, als Quinn Steven auffing und ihn in seine Arme hochhob. „Und der wilde Löwe wurde wieder zum Opferlamm." Er schielte von dem blutigen Jungen in dem weißen Kittel hinüber zu dem riesigen Bild von Jesus am Kreuz und wusste, dass er Steven beschützen würde müssen, damit die Vision nicht wahr wurde.

*****

Envy hob ihre Hand um sich im Nacken zu kratzen. Etwas, das sich wie kleine Haarbüschel anfühlte, kitzelte sie da... es sandte Flutwellen von Gänsehaut über ihre Schultern.

Ihre Augen öffneten sich ruckartig und sie blinzelte mehrmals in Richtung der Laser-Sterne, die das Bett umgaben. Erinnerungen... und was für Erinnerungen, bombardierten ihr erwachendes Gehirn und sie weigerte sich, sich umzudrehen, wissend, dass es Devon Santos war, der sich an ihren Rücken gekuschelt hatte.

Sie runzelte die Stirn darüber, wie still es im Zimmer war. Das einzige, was fehlte, war die Musik, die sie gehört hatte, bevor sie eingeschlafen war. Wieso hatte die Musik aufgehört? Wie lange hatte sie geschlafen? Hatte der Club geschlossen und nun war sie hier mit dem Sex-Guru gefangen? Ihre Lippen zuckten bei dem Gedanken.

Sie wusste, dass sie aufstehen musste, aber das bedeutete nicht, dass sie wollte. Ihre Augen fielen wieder zu und sie genoss die Wärme, die sie umgab… und die Wärme, die zwischen ihren Beinen ruhte.

Ihre Augenlider schossen wieder auseinander und sie dachte einen Augenblick lang sehr scharf daran, was sie fühlte. Ihr Gesicht lief knallrot an, als sie erkannte, dass Devon eingeschlafen war, während er noch in ihr war, und so wie es sich anfühlte, war er noch nicht ganz weich.

Sie war noch nie eingeschlafen, während sie mit einem Mann verbunden war. Sie wusste, dass sie sich irgendwie befreien musste, und fragte sich, ob sie es schaffte, ohne ihn aufzuwecken. Sie hob beide Arme und hielt sich am Kopfbrett des Bettes fest während sie sich langsam, Zentimeter für Zentimeter hoch zog.

Envy stöhnte beinahe, als jeder Zentimeter von ihm aus ihr glitt und genug Reibung erzeugte, dass sie gleich wieder erregt wurde. Sie rutschte am Bett von ihm weg, versuchte, dass es so schien, als würde sie sich im Schlaf umdrehen. Als Devon sich auf den Bauch rollte und im Schlaf seine Arme nach ihr ausstreckte, sprang sie so schnell vom Bett, dass er ihre Bewegungen zwischen den seinen gar nicht fühlte.

Sie stand einen Augenblick lang einfach nur da und schaute ihn bewundernd an. Die Decke war halb von ihm gerutscht und ließ seine ganze linke Seite unbedeckt. Er war schön in jeder Hinsicht.

Lange, kräftige Beine waren mit dem härtesten Hintern verbunden, den sie je gesehen hatte. Seine Haut war makellos und die Sternenmaschine schien durch den Spiegel und warf mehrere halbe Konstellationen auf ihn. Er sah himmlisch aus... irgendwie wie ein gefallener Engel, mit seinem Haar über das Kissen ausgebreitet und verlockend in seinem Nacken liegend.

Sie runzelte die Stirn als sie sich fragte, ob er oft Frauen hier nach oben brachte. Es störte sie, zu denken, dass andere die Perfektion gesehen haben könnten, auf die sie nun herabblickte. Eifersucht war ein Gefühl, das Envy kaum kannte, und es nervte sie, zu denken, dass sie in den letzten vierundzwanzig Stunden zweimal eifersüchtig gewesen war.

Sie überlegte, ob dies kein Fehler gewesen war, obwohl sie ihn schwerlich bedauern konnte. Vielleicht war sie nicht für One-Night-Stands geeignet... drei Monate vielleicht... und sogar davon zuckte sie zusammen.

'Was, zum Teufel, mache ich hier?', fragte sie sich selbst im Stillen.

Wie sauer sie auch auf Trevor gewesen war, sie hatte seit der elften Klasse immer eine feste Beziehung gehabt. Trevor war in Wirklichkeit ihre kürzeste Beziehung gewesen, mit nur drei Monaten... alle ihre anderen Freunde hatten es mindestens sechs Monate oder länger durchgehalten. Und das sagte viel, wenn man bedachte, dass sie Trevor von allen am meisten gemocht hatte.

Ungeachtet dessen, was sie vorhin zu Chad gesagt hatte, über die vielen Freunde, sie hatte nur mit zwei davon Sex gehabt. Mit einem war sie zehn Monate lang zusammen gewesen... und dann natürlich Trevor. Die Quintessenz war: dies war ihr erster One-Night-Stand, obwohl sie dieses kleine Geheimnis mit niemandem teilen würde.

Als sie an Trevor dachte, runzelte sie die Stirn. Sie wandte ihren Blick von dem Sex-Gott, der Devon hieß, ab und suchte panisch nach ihren Kleidern auf dem dunklen Boden.

Nachdem sie zuerst ihre Unterhose fand, hob sie das hoch, was davon übrig war, und musste plötzlich daran denken, wie sie zerstört worden war. Schon die Erinnerung daran... das Geräusch, wie der Stoff riss, das Schnappen, als der Gummi riss, führte dazu, dass sich ihre Oberschenkel angenehm zusammenzogen. Oh Gott, das war toll gewesen.

Mit einem Blick hinüber zu Devon entschied sie, dass er eine sehr, sehr gefährliche Bürde für ihre Selbsterhaltungspläne war. Sie würde ihm nicht die Möglichkeit geben, ihr das Herz zu brechen... denn er könnte es sehr einfach tun, wenn sie ihn ließ. Nein, sie würde diesmal dabei bleiben und mehr als nur einen Freund auf einmal haben... ihnen nicht vertrauen... sich nicht verlieben.

Trevor war der Letzte gewesen, dem sie vertraut hatte, und wohin hatte das geführt... sie war belogen worden, benutzt und nun war sie single.

Sie nickte entschlossen und als sie ihre gedankliche Hasstirade beendet hatte, hatte sie auch alle ihre Kleidungsstücke wiedergefunden und sie angezogen... außer der Unterhose. Zum Glück war sie klein genug, um neben der Elektroschockpistole in die kleine Tasche in ihrem Rock zu passen.

Sie drehte sich einmal im Kreis um sicher zu gehen, dass sie alles hatte, und stand dann vor dem nächsten Dilemma. Sie wusste nicht, ob sie durch die Schlafzimmertür gehen oder den Lift zurück zu seinem Büro nehmen sollte. Nachdem die Musik nicht mehr zu hören war, standen die Chancen gut, dass sie im Club eingesperrt war, auch wenn sie es bis zur Eingangstür schaffte.

Nachdem sie nicht wusste, was auf der anderen Seite der Tür war, hob sie ihre Stiefel auf und schlich zum Lift, hielt aber dann mitten im Schritt inne, als sie den Nummernblock statt einem Liftknopf sah.

Sie wollte mit dem Fuß am Boden aufstampfen. Wie sollte sie den Code für den Lift kennen? Vielleicht war es die Anzahl von Frauen, die er in seinem Schlafzimmer eingeschlossen hatte.

'Gut', hauchte sie still, wissend, dass es mehr ihre eigene Schuld war, als seine… sie hätte nein sagen können.

'Also die Tür der Schande.' Vorsichtig öffnete sie die Tür, trat rückwärts hinaus auf den Gang, ihre Stiefel noch immer in der Hand, und bückte sich dann, um ihre Füße in die Stiefel zu stecken, nachdem sie die Tür leise geschlossen hatte.

Michael öffnete die Tür von Warrens Büro und sie beide traten hinaus in den Korridor und erstarrten. Beide Männer starrten auf das Mädchen vor Devons Tür. Michael lehnte sich an die Wand und beobachtete sie mit einem amüsierten Glänzen in seinen Augen, während sich Warren gemütlich in den Türstock lehnte.

Nach der Ernsthaftigkeit der Unterhaltung, die sie gerade geführt hatten, war das genau die Ablenkung, die sie brauchten. Michael sah hinüber zu Warren und stieß ihn leicht an.

Warren konnte ein Grinsen nicht unterdrücken, als das Mädchen so fest an ihrem Stiefel zog, dass sie ein paar Schritte rückwärts stolperte. Nach ihrem gemurmelten Fluch verriet Michael beinahe ihre

Position. Als die Frau sich nach vorne beugte, um den gemeinen Stiefel richtig anzuziehen, fiel ihr Haar über ihre Schulter und gab den Blick auf ihren Hals frei.

Warrens Stirn zog tiefe Falten, als er deutlich Devons Paarungsmarke auf der Haut des Mädchens sah.

Envy jubelte innerlich auf und stampfte mit dem Fuß auf den Boden. In der Meinung, dass sie es tatsächlich nach draußen schaffen würde, ohne entdeckt zu werden, richtete sie sich auf.

Sie zuckte zusammen und ein peinliches Quieken entfuhr ihr, als sie zwei Männer in einer Tür weiter den Gang hinunter stehen sah, die sie beobachteten. Sie biss einen Moment lang auf ihre Unterlippe, dann hob sie herausfordernd ihr Kinn und ging geradewegs auf sie zu. Ernsthaft, was konnten sie ihr schon antun? Sie hinauswerfen?

„Könnt ihr mir sagen, wo die Treppe ist? Ich muss nach Hause und ein wenig schlafen", fragte sie, und schenkte ihnen einen Blick, sodass sie es hoffentlich nicht wagen würden, etwas darüber zu sagen, dass sie in ihrem heiligen zweiten Stock herumschlich.

„Weiß Devon, dass du gehst?", fragte Warren neugierig, während Michael sie sehr verführerisch ansah. Der Geruch von frischem Sex war etwas, das ihn erregte, und dieses Mädchen roch stark danach.

„Okay, alles erle... digt... wieso ist sie noch hier?", wollte Nick von hinter Warren und Michael wissen. Er bemerkte Michaels Blick und knurrte. Verdammte Vampire. Er erblasste, als Michael dreist genug war, sich umzudrehen und ihm zuzuzwinkern.

„Äh, entschuldigt... Weg hinaus... heute", rief Envy, die begann, ein wenig unruhig zu werden.

Jeder einzelne dieser Männer könnte ein Modell für Calvin Klein sein, aber die Erotik, die sie ausstrahlten, wurde begleitet von einer gefährlichen Aura. Zum Glück ging die Tür am Ende des Korridors auf und Envy schielte über ihre Schulter und seufzte erleichtert, als sie Kat aus dem Treppenhaus kommen sah.

„Envy?", fragte Kat und sah an der Versammlung der Männer vorbei. „Was machst du noch hier? Ist alles in Ordnung?"

Envy versuchte ruhig zu bleiben, während sie drei männliche Augenpaare auf sich fühlte und zwang sich, einfach auf Kat zuzugehen anstatt zu rennen. „Wie spät ist es?"

Kat lächelte wissend. „Es ist vier Uhr früh, wir haben gerade geschlossen", antwortete sie und jubelte innerlich darüber, dass ihr Plan, Envy und Devon zusammen zu bringen, doch funktioniert hatte.

'Danke Gott für die kleinen Dinge', dachte Envy insgeheim und fragte dann: „Kann ich das Telefon an der Bar benutzen, um ein Taxi zu rufen?"

Kat nickte: „Klar, ich bringe dich runter. Wenn du willst, kann ich dir die Fünf-Sekunden-Tour geben." Kat hielt ihr die Tür auf und warf ihren Brüdern und dem Vampir einen bösen Blick zu, dafür, dass sie Envy verängstigt hatten.

„Wer ist sie?", fragte Michael, der wusste, dass Devon nie Frauen in sein Schlafzimmer mitnahm.

Nick grinste. „Sie ist die neue Barfrau, und so wie es aussieht, ist sie vergeben."

Warren kicherte. „Ich kann es nicht erwarten, dass Devon aufwacht und herausfindet, dass seine Braut weg ist."

Michael machte einen Schmollmund. „Sie ist Devons Partnerin… ewig schade." Plötzlich hellte sich sein Blick wieder auf. „Es könnte sein, dass sie nicht weiß, dass er sie genommen hat."

„Und?", fragte Warren und hob eine Augenbraue.

„Also kann ich mit ihr flirten, nur um ihn zu ärgern", erklärte Michael.

Warren schnaubte. „Ja, erinnerst du dich daran, was letztes Mal passierte, als du versucht hast, mit seiner Freundin zu flirten? Er hätte beinahe deine Männlichkeit wie ein Würstchen verspeist."

„Es würde nachwachsen", meinte Michael schulterzuckend.

„Ihr beide seid krank", bemerkte Nick, ging in sein Zimmer und schlug die Tür hinter sich zu.

Warren und Michael sahen einander einen Augenblick lang an, ehe sie ihre Hände hoben und gegenseitig einschlugen.

„Der war gut", lobte Warren. Eines der besten Dinge an seinem besten Freund war sein absurder Sinn für Humor.

Michaels Grinsen wurde breiter. „Ich lebe schon seit ein paar hundert Jahren hier… ich weiß, wie man einige Leute anwidern kann."

„Nächstes Mal, oute dich und sag ihm, dass du bisexuell bist… das wird ihn anmachen", schlug Warren vor, es war ein alter Scherz zwischen den beiden und eine große Lüge.

Er hatte seit Jahren Michael damit aufgezogen, dass er scheinbar Männer ebenso sehr anzog wie Frauen. Und die Tatsache, dass er sowohl Männer wie auch Frauen immer abservierte, schien es noch schlimmer zu machen.

Michael legte eine Hand auf sein Herz und seine Augen wurden sehr groß. „Warren, wie kannst du mir unterstellen, dass ich so grausam bin, und deinem homophoben Bruder noch mehr Grund geben will, mich zu hassen? Er muss es schon selbst herausfinden."

„Er meint schon, dass wir miteinander schlafen", stellte Warren fest.

„Äh, nicht beleidigt sein, aber igitt!", rief Michael und Warren lachte.

„Ich kann euch Blödmänner noch hören!", rief Nick durch die Tür. Seine Lippen schmerzten, weil er sich so sehr bemühte, nicht zu grinsen, also tat er es doch, jetzt, wo ihn niemand mehr sehen konnte. Er musste zugeben, dass Michael ganz in Ordnung war, für einen Vampir... obwohl er das dem Blutsauger nie im Leben gestehen würde. Außerdem, wenn das, was er in Malachis Tagebuch gelesen hatte, stimmte, dann war Michael bei Weitem kein normaler Vampir.

Michael kicherte und klopfte Warren auf die Schulter. „Wir sehen uns heute Nacht."

„Jetzt klingst du wie ein Vampir", neckte Warren, wissend dass die Sonne Michael nichts ausmachte, weil er einen Blutstein trug.

Es gab nur drei Dinge auf der Welt, die einen Vampir immun gegen Sonnenlicht machten: Michaels Halskette und Kanes Ohrring, beide mit einem Blutstein geschmückt. Damon hatte den anderen Blutstein, aber Warren wusste nicht genau, in welcher Form dieser war, denn er hatte ihn nie getroffen und Michael weigerte sich, über ihn zu sprechen.

„Das passiert, wenn du mich die ganze Nacht wach hältst", beschwerte sich Michael.

Warren konnte nur nicken und winken, als Michael lautlos den Gang entlang zum Treppenhaus ging. Er konnte nicht verstehen, wie Michael seinen guten Sinn für Humor behalten konnte, nicht wenn er bedachte, in welchem Schlamassel die Vampire im Moment steckten. Irgendjemand in der Stadt züchtete seelenlose Vampire.

Anders als die Jaguare und Pumas funktionierten die Vampire normalerweise nicht in Gruppen, zumindest nicht, wenn sie einmal ein gewisses Alter erreicht hatten, und genug über ihre Art gelernt hatten, um skeptisch zu sein. Sie vertrauten einander überhaupt nicht, daher wandten sie sich nie an die anderen, wenn sie Hilfe brauchten. Vampire waren eher Einzelgänger, und die meisten hatten keine Hemmungen einander in den Rücken zu fallen.

Die meisten Vampire waren finstere, verdorbene Kreaturen. Sie waren ebenso stark wie Formwandler, aber sie hatten auch Kräfte, die Formwandler nicht hatten. Es wunderte ihn nicht, dass Michael sich an ihn wandte, wenn er wirklich Hilfe brauchte, was nicht oft vorkam. Aber Warren wusste, dass ihm der Gefallen sofort zurückbezahlt werden würde, wenn es nötig war.

Es war schade, dass Michael und sein Bruder eine brüderliche Fehde begonnen hatten, etwa zu derselben Zeit, wie Kane verschwunden war. In Zeiten wie diesen könnte Michael durchaus die Unterstützung eines Vampirs gebrauchen, dem er vertraute.

*****

Kat saß auf einem Barhocker neben Envy, als diese telefonierte.

„Hey Kriss, ist Tabatha zu Hause?", fragte Envy und runzelte dann enttäuscht die Stirn. „Verdammt", hauchte sie leise. „Ausgerechnet heute muss sie arbeiten. Nein, nichts, keine Sorge. Ich bin hier im Moon Dance und habe kein Auto. Ich rufe einfach ein Taxi. Keine große Sache."

Sie war einen Augenblick lang still und lächelte dann. „Wirklich? Du würdest den ganzen Weg hierherkommen? Ich schulde dir was!" Sie lachte. „Danke Kriss, bis gleich."

Envy legte auf und lächelte Kat an. „Mein Freund Kriss kommt. Er wird gleich hier sein. Es wird nicht lange dauern, also ich kann auch draußen warten, wenn du willst. Du brauchst nicht mit mir zu warten." Sie schenkte Kat ein freundliches Lächeln: „Ich weiß, es war eine lange Nacht."

„Du kommst heute Abend wieder, nicht wahr?", fragte Kat und ignorierte die Verabschiedung völlig. Sie wollte alles wissen, was sie über diese Frau herausfinden konnte. Sie hatte den Verdacht, wenn Devon etwas dabei zu sagen hatte, dann würde Envy von nun an häufiger hier sein. Außerdem war sie ihr einfach sehr sympathisch.

Envy grinste und nickte. „Natürlich. Dieser Job scheint schon mit Trinkgeld alleine eine Goldquelle zu sein."

„Gut, ich würde nur ungern unsere neue Barfrau verlieren", stellte Kat fest und stützte ihren Ellbogen auf die Theke. „Also, sag, wer ist Kriss?" Mit ihrem ausgezeichneten Gehör hatte sie die männliche Stimme am anderen Ende der Leitung gehört, und fragte sich, ob Devon noch weitere Rivalen um Envys Zuneigung hatte. Nicht, dass es etwas ausmachte, denn sie wusste, wie dickköpfig ihr Bruder sein konnte.

„Er ist der Mitbewohner meiner besten Freundin. Ich kenne ihn schon seit Jahren und er kann manchmal ein bisschen überfürsorglich sein, wenn es um mich und meine Freundin Tabatha geht. Mein Glück, denn damit habe ich jetzt ein Taxi nach Hause", grinste Envy.

„Er ist unsterblich in Tabatha verliebt und alle wissen das, aber sie haben keine Beziehung, weil er schwul ist. Der letzte Typ, der Tabatha verletzt hat, ist im Krankenhaus gelandet, mit einem Riss in seiner Leber." Ihre Augen wurden einen Moment lang ernst, als sie daran dachte, wissend, dass Kriss sie durch seinen halben Bauch geboxt hatte. Gut, also Kriss war nicht der einzige, der sich um Tabatha sorgte.

„Er klingt gefährlich", stellte Kat mit besorgtem Gesichtsausdruck fest. Ein Riss in der Leber war nichts im Vergleich zu dem, was Devon dem Typen antun würde, sollte jemand Envy verletzen.

Envy schüttelte ihren Kopf. „Kriss kann sich verteidigen, aber er ist nicht der Typ, der rumgeht und Streit sucht. Er arbeitet in dem Männer-Stripclub Silk Stalkings."

Kat nickte. „Klassisch."

Envy zuckte die Schultern. „Er ist sehr wählerisch wenn es darum geht, wo er arbeiten will, und Silk Stalkings scheint sein Lokal zu sein. Er ist der beste Tänzer, den ich je gesehen habe, hat ausgezeichnete Manieren... so, dass ich mir wünschte, er wäre nicht schwul."

Kat musste lachen: „Liebes, wir wünschen uns immer, dass die Schwulen hetero wären."

Das Summen der Klingel klang laut durch den stillen Raum und sie beide zuckten zusammen. Envy lächelte und rutschte von ihrem Stuhl, ging hinter Kat her, die die Tür aufsperren musste.

Als Kat die Tür aufdrückte, konnte sie nicht verhindern, dass sie mit großen Augen auf den griechischen Gott starrte, der dahinter stand. Heilige Scheiße, Envy hatte keinen Spaß gemacht, als sie meinte, sie wünschte sich, dass er nicht schwul wäre. Als sich ihre Blicke trafen, wurden ihre Knie weich.

„Hi, ich bin Kriss." Als die hübsche Brünette ihn einfach nur anstarrte, als wäre sie in eine Trance verfallen, probierte er es noch einmal: „Ich bin hier, um Envy abzuholen."

Kats Mund öffnete sich, als sie zusah, wie Kriss eine perfekte Augenbraue hob. „Äh... oh ja... äh... Envy, dein Taxi ist hier." Sie drehte sich nicht einmal um, um es zu sagen. Die ganze Zeit verfluchte sie innerlich die Tatsache, dass er schwul war.

Sie drehte den Kopf zu Envy, sodass Kriss ihren Mund nicht sehen konnte. 'Was für eine Verschwendung', formte sie lautlos mit ihren Lippen.

Envy lachte, als sie zur Tür ging. „Danke, dass du mich abholst, Kriss." Sie stellte sich auf die Zehenspitzen und küsste ihn kurz auf die Wange, dann kicherte sie, als Kat sich schwer gegen die Tür lehnte.

„Kein Problem", sagte Kriss und fuhr mit einer Hand durch sein blondes Haar. „Aber wir müssen los. Ich bin schon seit fast vierundzwanzig Stunden wach und ich beginne, mich ein wenig betrunken zu fühlen, obwohl ich schwöre, dass ich die ganze Nacht keinen Tropfen angerührt habe."

„Ist gut", sagte Envy und lächelte zurück zu Kat. „Wir sehen uns heute Abend."

Kat nickte und erwiderte Envys Lächeln. „Gut, Punkt sieben... komm nicht zu spät."

Envy schüttelte ihren Kopf. „Werde ich nicht", sagte sie und beugte sich dann zu Kat hinüber. „Keine Sorge, Kriss hat diese Wirkung auf jede Frau, die er trifft", flüsterte sie.

Kat stand an der Tür und wartete, bis Envy draußen war, dann schloss sie die Tür hinter ihnen. Sie legte ihren Kopf zur Seite als sie beobachtete, wie Kriss ging. „Welche Verschwendung", sagte sie schließlich laut, jetzt wo Kriss sie nicht mehr hören konnte.

„Kat, meine Liebe", sagte Michael hinter ihr, „darf ich fragen, wer das war?"

„Das war Envy Sexton, unsere neue Barkeeperin", antwortete Kat, ohne auch nur zu zucken. Sie hatte sich über die Jahre daran gewöhnt, dass Michael sich hinter ihr anschlich und es erschreckte sie nicht mehr.

Michael schüttelte den Kopf als er die Erregung der Katze fühlte. Er verstaute den Namen in seinem Gedächtnis, denn er hatte die Paarungsmarke auf Envy gesehen, als sie sich hinuntergebückt hatte, um ihren Schuh anzuziehen. Es überraschte ihn, dass Devon sie überhaupt gehen hatte lassen. Jaguare waren sehr besitzergreifende Geister, obwohl keiner dieser vier Geschwister je einen Partner gewählt hatte... bis jetzt.

Grinsend über die Art, wie Kat noch immer das Auto beobachtete, als es den Parkplatz verließ, beschloss Michael, noch ein wenig mehr Spaß zu haben, bevor er verschwand. „Nein, meine Liebe, ich sprach über den Gott in dem Ruderleibchen und den

Jeans, die so eng sind, dass ein Ziegel an seinem Hintern abprallen würde."

Kat verdrehte die Augen und schielte dann zu ihm hinüber. „Du hast das schon einmal versucht, erinnerst du dich? Du bist nicht schwul."

Michael seufzte. „Ich kann dich nicht mehr aufziehen. Du verdirbst mir den ganzen Spaß."

„Das ist mein Beruf… Getränke ausschenken, und dir den Spaß verderben", sagte Kat und blies ihm einen Kuss zu, als sie wieder nach oben ging.

Michael betrachtete ihre kleine Verkupplerin bis sie um die Ecke bog. Er griff unter die Theke, zog eine Flasche Heat hervor und schenkte sich selbst ein Glas ein. Dann ging er zurück zur Tür und fragte sich, wer genau dieser Mann war, der gekommen war, um Devons Partnerin abzuholen, denn er war eindeutig nicht genießbar… und auch nicht menschlich.

Das Glas erstarrte und senkte sich dann wieder, als er fühlte, wie jemand in beobachtete… er konnte es in jeder Zelle seines Körpers fühlen und er fragte sich, ob es sein Bruder Damon war. Die Bewegung eines Schattens am Dach des Gebäudes auf der anderen Straßenseite erregte seine Aufmerksamkeit, aber bevor er seinen Blick darauf fixieren konnte, verschwand der Schatten.

KAPITEL 7

Envy seufzte erleichtert, als sie sah, wie ihre Haustür in Sicht kam. Es war eine lange Nacht gewesen, und sie konnte es nicht erwarten, sich in ihrem Bett zusammenzurollen. Sie zog ihren Schlüssel heraus, der zum Glück nicht im Club verloren gegangen war. Eine andere Sache, wofür sie extrem dankbar war, war, dass Kriss keine Fragen gestellt hatte. Sie hatte das Gefühl, dass er wusste, dass etwas nicht in Ordnung war, aber nicht nachbohren wollte.

Als er gefragt hatte, wie es ihr mit Trevor ging, hatte sie ihm die Ein-Wort-Antwort 'Gut' gegeben und es dabei belassen.

Kriss fuhr bis vor ihre Haustür und stellte den Motor ab. „Hier sind wird, gnädiges Fräulein, Home sweet Home."

Envy grinste. „Du bist so ein Gentleman", sagte sie und seufzte: „Wieso musst du schwul sein?"

Kriss kicherte. „Tabatha fragt mich das ungefähr zweimal pro Woche, und ich sage ihr dasselbe, was ich dir sagen werde."

„Und das ist?", fragte Envy, die die Antwort wirklich wissen wollte.

„Ich weiß es nicht", meinte Kriss schulterzuckend, als hätte auch er absolut keine Ahnung wieso.

Envy lachte und versetzte ihm einen spielerischen Klaps auf den Arm. „Du bist unmöglich."

„Deshalb lieben mich die Frauen", prahlte Kriss. „Ich bin ihr Vertrauensmann, ihr bester Freund und ihr Taxi nach Hause, wenn sie in einem Club landen und kein Geld für ein Taxi ausgeben wollen." Er hielt einen Moment inne und dachte nach. „Das wäre ein großartiges Geschäftskonzept... was meinst du?"

„Ich glaube, du solltest dein Gehirn untersuchen lassen", antwortete Envy.

„Welches?", fragte Kriss und hob eine Augenbraue.

Envys Unterkiefer sackte nach unten, bevor sie es wieder nach oben riss. „Du bist schrecklich", sagte sie und schüttelte den Kopf. „Sag Tabatha, dass ich sie später anrufe."

Kriss schielte hinüber zur Eingangstür und sah Trevor dort, der mit dem Schwanz wedelte. Er hatte Mühe, ein Grinsen zu unterdrücken. Er hatte schon begriffen, dass sie und Trevor nicht mehr zusammen waren, sonst würde Envy jetzt nicht nach Jaguar riechen. Armer Trevor, er hatte den Formwandler wirklich gemocht.

Envy umarmte ihn kurz und stieg dann aus dem Auto. Sie wartete, bis die Rücklichter von Kriss' Auto um die Ecke unten an der Straße verschwanden, ehe sie zum Haus ging. Als sie sich näherte, ging das Licht durch den Bewegungsmelder, den Chad draußen installiert hatte, an und Envy erschrak gehörig, als sie einen großen Golden Retriever vor der Tür sitzen sah.

„Ach, bist du ein hübscher Junge", sagte Envy schmeichelnd und bückte sich hinunter, um das Fell am Hals des Hundes zu streicheln. „Kein Halsband", flüsterte sie ein wenig traurig und kicherte dann, als er begann, ihr Gesicht abzulecken. „Und so brav. Hast du Hunger?"

Der Hund bellte und setzte sich auf seine Hinterpfoten mit den Vorderpfoten in der Luft. Er starrte sie flehentlich an.

Envy stemmte ihre Fäuste in ihre Seiten. „Versuchst du, mich um den Finger zu wickeln? Nun, es funktioniert", gab sie zu.

Trevor stand neben Envy, als sie die Tür aufschloss. Er war als Formwandler geboren worden und konnte jegliche Gestalt annehmen, die er wollte. Das war einer der Hauptgründe, weshalb er einer der besten Agenten im TEP, dem Team für Ermittlungen über Paranormales, war. Seine Art Formwandler war sehr selten. Es gab nur noch etwa zehn auf der ganzen Welt.

Er konnte es mit jeder Art von Formwandler aufnehmen, und sich außerdem so vollständig verwandeln, dass sogar sein Geruch sich änderte. Wenn er sich verwandelte, war es, als würde er von einer Gestalt in eine andere treten, und nicht einmal er selbst wusste genau wie oder warum.

Die meisten paranormalen Wesen hatten vergessen, dass seine Art überhaupt existierte und diejenigen, die sich noch daran erinnerten, waren so mächtig, dass es ihnen völlig egal war. Glücklicher Weise konnten die meisten nicht erkennen, dass er mehr war, als ein normaler Mensch, oder das Tier, das er gerade verkörperte.

Er drückte sich an Envys Beine und schaute zu ihr hoch, sein Schwanz wedelte, als sie zu ihm hinunter blickte. Er hatte gewusst, dass es keine gute Idee gewesen wäre, in seiner menschlichen Gestalt bei ihrem Haus aufzutauchen... er hätte es nicht durch die Tür geschafft. Außerdem hatte er die Elektroschocks langsam satt. Wenn er ein Mensch gewesen wäre, hätten sie ihn richtig fertig gemacht, und es war schwer so zu tun, als würde es länger wehtun, als nur so lange wie sie auf den Knopf drückte.

„Du musst wirklich hungrig sein", sagte Envy. „Vielleicht erlaubt Chad, dass wir dich behalten. Aber ich muss dich warnen, ich werde dich so sehr verwöhnen, dass du bleiben wollen wirst."

Trevor bellte noch einmal und wedelte schneller mit dem Schwanz, aber er roch Jaguar überall auf ihr und das verärgerte ihn ernsthaft. War sie wirklich sauer genug auf ihn, um das zu meinen, was sie am Parkplatz gesagt hatte? Er wusste, dass sie nicht die Art Schlampe war, die einfach mit jedem ins Bett ging, also wieso, zum Teufel, roch sie wie Devon Santos?

Envy öffnete endlich die Tür und er sprang vor ihr ins Haus, schnüffelte an jeder Ecke der Wohnung, ehe er entschied, dass sie sicher war. Er kannte den Weg zum Essen und spazierte in die Küche.

Envy lächelte und schloss die Tür. Sie ging zu Chads Schlafzimmer, öffnete die Tür einen Spalt und schielte hinein. Das Bett war noch gemacht, was zeigte, dass er noch nicht einmal zu Hause gewesen war. Sie ging in die Küche und grinste über den Golden

Retriever, der mitten am Boden saß, als würde er darauf warten, dass sie ihr Versprechen hielt.

„Fühl dich wie zu Hause!", sagte sie lachend. Als der Hund wieder bellte, ging sie zum Kühlschrank und fand einige Würstchen. Sie nahm sie heraus und öffnete die Packung. Sie schnitt sie in Stückchen, gab sie in eine Schale und stellte sie auf den Boden.

„Hier hast du", sagte Envy leise und ging in die Hocke, ihre Arme vor der Brust verschränkt und beobachtete ihn beim Essen. „Du bist so ein hübscher Junge." Sie stand wieder auf, zog die Elektroschockpistole aus ihrer Tasche und legte sie auf den Tisch, sodass Chad sie später finden konnte. Der Hund sah sie an und winselte, zog sich vor ihr und der Waffe zurück.

Envy beobachtete ihn mit einem merkwürdigen Schuldgefühl. Der arme Hund benahm sich, als wüsste er genau, was die Elektroschockpistole war, und sie fragte sich, ob er in der Vergangenheit misshandelt worden war. In dem Versuch, ihn zu beruhigen, lächelte sie liebevoll und tätschelte seinen Kopf. „Keine Sorge, die ist nur für böse Freunde, nicht für süße Hunde."

Trevor seufzte innerlich und aß dann die Würstchen auf und schleckte über seine Lefzen. Sie waren zwar kalt, aber sie hatten ausgezeichnet geschmeckt. Er hätte noch ein paar Packungen davon vertragen können. Seine Gestalt zu verwandeln machte ihn hungrig, andererseits war Trevor einfach immer hungrig.

Sein Vater hatte ihm einmal gesagt, dass sie viel essen mussten, wegen all der Kraft, die sie in ihren Körpern trugen. Er hatte später herausgefunden, dass das stimmte. Egal welche Gestalt er annahm, er war immer viel stärker als ein normales Tier… auch in seiner menschlichen Gestalt. Es hatte jahrelanges Training und Aggressionsbewältigung gebraucht, um zu lernen, wie er seine Kraft bei Menschen nicht verwenden durfte.

Er ging ins Wohnzimmer und setzte sich auf den Boden um Envy zuzusehen, wie sie ihre Stiefel auszog. Sie stöhnte, als ihre Füße wieder frei waren und massierte sie einige Minuten, bevor sie wieder aufstand und in ihr Schlafzimmer ging.

Trevor konnte seinen Blick nicht von ihr losreißen als sie ihr Oberteil auszog und es halbherzig Richtung Wäschekorb warf, als sie ging. Der Rock kam als nächstes dran, aber sie ließ ihn nach unten rutschen und Trevor hätte beinahe geknurrt, als er sah, wie ihre Unterhose aus der Tasche fiel. Sie war auseinander gerissen!

Als sie ins Badezimmer ging, folgte Trevor ihr und blieb in der offenen Tür sitzen. Er suchte nach irgendeinem Zeichen dafür, dass sie heute Nacht Streit gehabt hatte, aber konnte nichts dergleichen sehen. Er konnte nicht verhindern, dass er leise winselte, als sie sich nach vorne beugte, um das Wasser in der Dusche aufzudrehen. Verdammt, sie hatte einen tollen Hintern! Er fragte sich, was sie tun würde, wenn er sich gleich dort verwandelte und sich zu ihr in die Dusche stellte.

Sein Blick hing fest an ihrem Körper, als sie in die Dusche stieg und begann, ihr Haar zu waschen. Sie summte leise und Trevor wusste, dass er gehen musste, sonst würde er seine Identität verraten. Jetzt, wo er wusste, dass sie sicher zu Hause angekommen war, sollte auch er nach Hause gehen und schlafen, sodass er abends wieder fit war. Der lange Weg, den er an diesem Morgen gelaufen war, hatte ihn sehr müde gemacht.

Er wandte sich um und ging durch das Haus, aber hielt inne, als er erkannte, dass er noch nicht nach Hause gehen konnte. Er würde erst wieder seine Gestalt ändern müssen, ehe er dort ankam, und das würde bedeuten, dass er dann völlig nackt war… der größte Nachteil des Verwandelns an öffentlichen Plätzen. Er ging in Chads Schlafzimmer und fand ein Paar Jeans, die tief genug in dem offenen Schrank hingen, und zog sie mit seinen Zähnen herunter.

Er wollte gerade das Zimmer verlassen, als er sich daran erinnerte, wieso Envy mit ihm Schluss gemacht hatte. Jason hatte angerufen, um ihr zu sagen, dass er sie betrog und Chad hatte sich nicht die Mühe gemacht, ihn zu verteidigen. Er knurrte leise genug, sodass Envy ihn in der Dusche nicht hören konnte. Er würde nicht vergessen, dass es Chads Elektroschocker gewesen war, den er zweimal in derselben Nacht gefühlt hatte. Der Bulle hatte das selbst zu verantworten.

Die Hosen fielen zu Boden, als er auf Chads Bett sprang und die großen, flauschigen Kissen beäugte. Schließlich konnte er sich nicht mehr zurückhalten und griff sie an. Er nahm einen zwischen seine Zähne und hielt ihn mit seinen Vorderpfoten fest während er ihn zerriss. Er warf seinen Kopf von einer Seite zur anderen und ließ die Federn in alle Richtungen fliegen bis keine Füllung mehr übrig war.

Das zweite Kissen schaffte es nicht, dem Gemetzel zu entkommen und endete in ungefähr demselben Zustand. Als er sich im Zimmer umsah, grunzte Trevor ziemlich hündisch, zufrieden über sein Werk. Er hob mit seinen Zähnen die Jeans wieder auf, ging zur

Haustür und begann gerade, sich zu verwandeln, als die Tür sich von selbst öffnete.

Zusammengekauert wartete Trevor bis die Tür weit genug auf war, dann rannte er los.

Chad wischte mit seiner Hand über sein Gesicht als er eintrat. Er war gerufen worden, um am örtlichen Leichenhaus Wache zu halten, und war nicht gerade erfreut darüber. Was er jetzt brauchte, war eine Dusche, vielleicht ein Frühstück und ein paar Stunden Tiefschlaf. Er war nicht darauf vorbereitet, von einem riesigen Hund beinahe über den Haufen gerannt zu werden, als er in seine haustierlose Wohnung trat.

Chad lag am Boden und schaute einen Moment lang in den Himmel, als er eine Bewegung neben sich sah. Als er seinen Kopf drehte, um den Hund anzusehen, wurden seine Augen groß, als er seine Hundert-Dollar-Jeans aus dessen Schnauze hängen sah. Er hätte schwören wollen, dass ihn der Hund angrinste.

„He, gib mir meine Hose zurück!", rief er und kam mühsam wieder auf die Beine.

Trevor platzte beinahe vor verhaltenem Lachen über den Ausdruck auf Chads Gesicht. Als dieser aufstand, rannte Trevor weg. Oh, er wusste genau, welche Jeans er genommen hatte, um es ihm heimzuzahlen.

Chad begann, hinter dem Hund her zu rennen, als dieser floh. Er hatte nichts gegen Hunde, mochte sie sogar sehr gerne, aber als der Hund mit seiner besten Hose abhaute, war das wirklich ein sehr guter Grund, ihm den Krieg zu erklären. Er verfolgte dem Retriever um zwei Häuserblocks bis er schließlich aufgeben musste. Chad stand mitten in einer leeren Straße, seine

Hände auf die Knie gestützt und versuchte, wieder zu Atem zu kommen.

„Ich kann nicht glauben, dass ich soeben von einem verdammten Köter beraubt wurde", rief er und ging wieder nach Hause. Als er in die Wohnung kam, stand Envy noch immer unter der Dusche, also beschloss er, die Freude einer Schimpftirade zu verschieben und einfach ins Bett zu gehen.

„Hi, Schwesterchen, ich bin zu Hause. Oh, und ich habe den Hund raus gelassen", rief er sarkastisch, als er am Badezimmer vorbei kam.

„Ist alles in Ordnung?", fragte Envy aus der Dusche.

„Ja, ich gehe einfach schlafen. Wir reden später." Er gähnte.

„Gut, schlaf gut. Bis später." sie beeilte sich, denn auch sie wollte schlafen, solange sie noch konnte.

Chad seufzte und ging zu seinem Zimmer. Als er die Tür öffnete, konnte er nur schockiert das Desaster anstarren. Sein Schlafzimmer war das reinste Chaos. Federn und Überreste seiner Kissen waren überall verteilt.

Als er einen Schatten sah, der sich bewegte, sah er hoch zum Ventilator an der Decke. Er blinzelte zweimal, als er einen der Kissenüberzüge davon herunterhängen sah.

„Ich werde diesen Köter kriegen", flüsterte er, ehe er zum Schrank ging und ein anderes Kissen hervorholte. Er machte sich nicht die Mühe, einen Überzug zu suchen, oder die Federn aufzusaugen, bevor er mit dem Gesicht nach unten auf die Matratze fiel und innerhalb von Sekunden einschlief.

*****

Devon setzte sich ruckartig auf, sobald er wach genug war, um zu erkennen, dass er alleine in seinem Bett war. Er brauchte sich nicht im Zimmer umzusehen. Er konnte sie nicht atmen hören, oder ihre Anwesenheit fühlen. Ihr Geruch war noch immer stark, was bedeutete, dass sie noch nicht lange weg sein konnte.

Knurrend krabbelte er aus dem Bett und riss seine Schlafzimmertür auf. Er hielt sich ein paar Sekunden lang an der Tür fest, während er darüber nachdachte, dann ging er den Gang entlang mit dem festen Vorhaben, seine flüchtige Partnerin zurückzuholen.

„Sie ist längst weg", informierte ihn Kat gähnend von ihrer Tür aus, als er daran vorbei tappte.

Ruckartig stehenbleibend riss Devon seinen Kopf herum und starrte böse auf seine Schwester: „Sie sollte nicht gehen!"

Kat schenkte ihm einen hochmütigen Blick und beschloss, dass alle Männchen einfach gehirnlos waren. „Nun, ich bin froh, dass du nicht dumm genug warst, ihr das zu sagen."

„Wieso?", wollte Devon wissen.

„Weil, wenn du es getan hättest, dann wäre sie aus noch mehr Gründen gegangen, als nur um nach Hause zu gehen und zu schlafen und würde sich wohl nicht die Mühe machen, zurückzukommen." Kat ließ ihren Blick über seinen nackten Körper wandern, als wäre sie gelangweilt. „Und wenn sie auch nur eine Sekunde lang denken würde, dass du sie verfolgst, um sie zurückzuholen, während du nicht einen Zentimeter Stoff trägst, dann würde sie vermutlich die Polizei rufen... ach, warte, sie könnte einfach ihrem Bruder sagen, dass er dich festnehmen soll, Idiot."

Devon knurrte, nicht nur weil seine Schwester eine unglaubliche Nervensäge war, sondern auch, weil sie recht hatte.

„Willst du sie behalten?", fragte Kat neugierig.

Als Devon ihr nur einen genervten Blick zuwarf, nickte sie. „Dann lass sie einen Tag in Ruhe. Du hast ihr wohl heute Nacht schon genug Schrecken eingejagt. Sie wird heute Abend zurückkommen, weil sie arbeitet... und vielleicht, weil sie dich wiedersehen will. Aber wenn du dich benimmst, wie ein Neandertaler, dann wird sie vollständig verschwinden. Und weißt du, was ich noch denke?"

„Halt's Maul!" Devon wirbelte herum und ging zurück in sein Schlafzimmer, wobei die Tür alles andere als sanft ins Schloss fiel.

„Ich denke, sie ist gut für dich", fuhr Kat fort und seufzte. „Männer wollen die guten Dinge nie hören."

Ein lautes Hämmern am Eingang des Clubs führte dazu, dass alle Schlafzimmertüren gleichzeitig aufflogen.

„Was ist jetzt wieder los, verdammt?", fragte Nick, während er mit der Hand die Haarsträhnen, die ihm in der Eile in die Augen gefallen waren, aus seinem Gesicht strich.

Devon zog eine Hose an, wodurch Kat eine Augenbraue hob als sie sich fragte, was genau er vorhatte.

„Lass uns sehen, was der Lärm soll", sagte Warren seufzend und streckte seine Arme mühsam über den Kopf, ehe er barfuß den Gang hinunter lief.

„Kann ihn denn nichts aus der Fassung bringen?",
fragte Devon.

Kat zuckte die Schultern. „Du vergisst, über wen du redest."

„Ach ja", stellte Nick fest. „Wir reden von dem ältesten Mitglied unserer Familie, das es lustig findet, kranke Streiche zu spielen und damit prahlt, dass er einen Vampir-Liebhaber hat."

Warren grinste, den Rücken seinen Geschwistern zugewandt. „Was verstehst du unter 'krank'?"

*****

Die Sonne drohte aufzugehen, aber Kane spürte keine Notwendigkeit, sich von seinem Aussichtspunkt weg zu bewegen. Der einzige Grund, weshalb er mit dem Sonnenlicht verschwinden müsste, war die Tatsache, dass er seit Tagen nicht mehr geschlafen hatte.

Er blickte hinunter auf die Polizisten, die versuchten, einen Hinweis darauf zu finden, wer der Mörder war. Er kicherte während er sich eine weitere Zigarette anzündete. Er liebte es, Menschen zu ärgern, vor allem Polizisten. Dummheit war eindeutig eine ihrer wichtigsten Eigenschaften.

Er grunzte amüsiert, als Warren und der Rest der Jaguar-Geschwister aus dem Club kamen und wissen wollten, was vorging, als die Türklingel einfach nicht aufhören wollte, zu schrillen. Die Polizei begann, Fragen zu stellen, und Devon wurde ziemlich böse, als der Polizist fragte, ob sie auf die Station mitkommen konnten, um befragt zu werden.

Devon sagte, dass er mit Kat und Warren drinnen gewesen war, während Nick murmelte, dass er einen Teil der Nacht nicht einmal in der Nähe gewesen war. Als Nick gefragt wurde, wo er gewesen war, erklärte er, dass er einen betrunkenen Gast nach Hause gefahren hatte, und dann im Taxi zurückgekommen war.

„Oh Nicky", flüsterte Kane. „Du klingst so schuldig."

Er schnippte die Asche über die Dachkante und grinste, als sie genau auf Devons Kopf landete. Der Jaguar fuhr mit seinen Fingern durch sein Haar und sah seine Hand stirnrunzelnd an. Als er nach oben sah, war dort nichts zu sehen.

„Es tut mir leid, aber Sie müssen alle auf die Station kommen, und aussagen", sagte der Polizist.

Devon warf dem Polizisten einen bösen Blick zu und ging zurück in den Club. Erstens hatte er kaum Schlaf bekommen, dann war die Frau, die er als seine Partnerin erwählt hatte, abgehauen, während er schlief, und jetzt das. Als er in Sicherheit im Büro seines Bruders war, wandte er sich an Warren.

„Ruf Michael an. Ich weiß, wir bitten normalerweise niemanden um Hilfe, aber ich will keine Fehler machen. Dies ist das dritte Mal diese Woche, dass eine Leiche in unmittelbarer Umgebung des Clubs gefunden wird, und wir brauchen seine Fähigkeiten, um herauszufinden, wer, zum Teufel, dafür verantwortlich ist, und es aufzuhalten."

Warren verschränkte seine Arme vor seiner Brust. „Michael sagte, dass er heute Abend nach Sonnenuntergang zurückkommt. Und er ist der Sache schon auf der Spur… schon seit einiger Zeit."

„Was ist mit dem neuen Mädchen?", fragte Kat, die insgeheim zweifelte, ob es der richtige Zeitpunkt war, jemand Neues in ihr Zuhause und ihren Club zu lassen. Es war nicht so, dass sie Envy misstraute. Vielmehr fürchtete sie, dass es für sie zu gefährlich werden könnte, hier direkt in der Schusslinie.

„Sie weiß nichts, außer das, was ihr Ex-Freund ihr erzählt hat", antwortete Nick. „Er hat ihr tatsächlich die Wahrheit erzählt, und sie meint, dass er nur Unsinn redet."

„Das ist gut", stellte Devon fest. „Damit können wir sie zumindest außerhalb der Gefahrenzone behalten." Seine Stimme wurde ein wenig weicher: „Sie ist nun ein Teil dieser Familie, ob sie es weiß, oder nicht. Wir müssen sie schützen."

„Meinst du, ihr Polizisten-Bruder wird ein Problem?", fragte Warren.

Kat schüttelte den Kopf. „Wenn er eins wird, dann kümmere ich mich darum."

Devon seufzte: „Gut, dann haben wir das einmal geklärt. Jetzt lass uns in die Stadt fahren und sehen, ob wir uns genug Luft verschaffen können, damit wir herausfinden können, wer hinter uns her ist."

*****

Kane machte sich schnell auf den Weg zu einem anderen angesehenen Nachtclub. Der Name von diesem war Night Light und auch dieser gehörte Formwandlern. Obwohl die beiden Clubs unterschiedlich waren, waren die Familien, die sie betrieben, einander sehr ähnlich, und beide waren katzenartige Rassen. Dieser gehörte einer Puma-Familie, Nathaniels Familie.

Kane sprang von dem höheren Gebäude daneben und landete am Dach. Er ließ sich mit dem Kopf voran von der Dachkante baumeln und schaute durchs Fenster, sein Mantel fiel hinunter und umrahmte sein Gesicht. Als er sein Spiegelbild in der Glasscheibe sah, musste er zugeben, dass er ziemlich komisch aussah und er hoffte selbst, dass jemand in das leere Zimmer kam, in das er blickte, sodass er ihm einen höllischen Schrecken einjagen konnte.

Nicht jeden Tag hatte er die Chance, 'uga-buga' in die Richtung eines ahnungslosen Opfers zu schreien, und es war auch nicht Teil seines normalen Repertoires. Aber ab und zu kam ein Gedanke aus seiner Kindheit wieder hoch, und dann machte er etwas Außergewöhnliches und sehr Kindisches. Meistens war es Michael gewesen, der die besten Einfälle für dumme Scherze gehabt hatte… oh Gott, wie er ihn vermisste.

Kane schob das Fenster auf, richtete sich wieder auf und trat in das Zimmer. Er nahm einen kleinen Plastikbeutel aus seiner Manteltasche und grinste verschmitzt. Er spazierte im Zimmer herum, öffnete Schubladen und sah hinter Gemälden nach bis er endlich den Safe fand.

Nachdem er den Griff der Safetür vorsichtig probiert hatte, riss er fest an und zuckte bei dem Geräusch von reißendem Metall zusammen. Er ließ die Tür an der einen Angel, die überlebt hatte, hängen und durchsuchte schnell den Inhalt, steckte eine schöne Geldsumme ein und ließ Papiere zu Boden flattern. Er nahm an, dass es zu viel verlangt war, zu hoffen, dass das Zauberspruchbuch in dem Safe versteckt war.

Als er wieder hineingriff, trafen seine Finger auf etwas, das unter dem restlichen Papier und Geld verborgen lag. Er hielt einen Augenblick lang inne, versuchte, sich nicht zu viele Hoffnungen zu machen. Er ergriff das Objekt und zu seiner Enttäuschung zog er ein Buch mit Ledereinband hervor. Aus reiner Neugier öffnete er es. Es war Nathaniel Wilders Tagebuch; nun, das kam unerwartet.

Mit dem Tagebuch unter seinem Arm öffnete er den Plastikbeutel und nahm einige von Kats langen Haaren heraus, die er während seiner Sightseeing-Tour im Moon Dance von der Bürste in ihrem Badezimmer gestohlen hatte. Er verteilte sie vorsichtig im Zimmer und ließ ein paar am Fensterbrett hängen.

„Meine liebe Kat", flüsterte er. „Ich muss mich entschuldigen, aber ich kann nicht zulassen, dass deine Brüder alleine den ganzen Spaß haben."

Dann zog er mehrere Zeitungsausschnitte von den gegenständlichen Morden hervor, die er so sorgfältig mit dem Blut der Opfer beschmiert hatte, und warf sie wie Konfetti in die Luft. Der Blick seiner dunklen Augen schoss zur Tür, als er Schritte im Gang direkt davor hörte.

Im Handumdrehen war er zum Fenster hinaus und saß am Dach des angrenzenden Gebäudes. Nur Augenblicke später erschien ein Mann mit schulterlangem Haar am Fenster, sah hinaus und dann hinunter auf das Fensterbrett.

Kane lachte beinahe laut auf, als der Mann die langen Haare anknurrte. Dies würde einen Aufstand bedeuten.

„Quinn, mein Junge, ich glaube, du bist das Ziel einer Verleumdungskampagne", flüsterte Kane. Oh, er hatte sich nicht mehr so sehr amüsiert, seit er und Michael die Einrichtung des Weißen Hauses neu gestaltet hatten.

*****

Trevor näherte sich seinem Wohnhaus und blieb eine Straße davor stehen. Eines Tages würde er sich ein Haus mit einem großen Vorgarten kaufen, sodass er nicht jedes Mal das Problem hatte, dass ihn jemand sehen könnte, wenn er sich verwandelte, wenn er entschied stark behaart nach Hause zu kommen.

Er verließ die Hauptstraße und spazierte in Frau Tullys Garten. Ein kleines Spielzeughaus stand dort, das wohl gerade groß genug für ihn in seiner normalen Gestalt sein könnte. Er war oft hier gewesen, um nach der älteren Frau zu sehen und kleinere Arbeiten für sie zu erledigen, damit sie keinen Handwerker bezahlen musste.

Er hatte sich nie gefragt, wieso er das Bedürfnis verspürte, sich um Frau Tully zu kümmern, aber wahrscheinlich war es, weil sie ihn so sehr an seine geliebte Großmutter erinnerte, die er sehr vermisste. Einige Male, wenn er auf Besuch war, waren ihre Enkelkinder zu Gast gewesen und hatten in dem Spielzeughaus gespielt. Wenn zwei Kinder hineinpassten, dann würde es auch für ihn groß genug sein.

Er rannte hinein, verwandelte sich wieder in einen Menschen und zog schnell die gestohlenen Jeans an. Schließlich war er gesellschaftsfähig und er krabbelte heraus und stand auf. Er rannte hinüber zum Zaun und begann, darüber zu klettern, als eine Stimme ihn innehalten ließ.

„Trevor, mein Lieber, bist du das?" Die Stimme klang alt, aber sympathisch.

Trevor blickte über seine Schulter und grinste verlegen. „Hallo Frau Tully." Er verschränkte seine Arme vor seiner Brust, als er den Zwang verspürte, zumindest seine Brustwarzen in ihrer Gegenwart zu verbergen.

„Was, zur Hölle, ist mit dir geschehen?", fragte die alte Frau.

„Das ist eine lange Geschichte, Frau Tully", gab Trevor zu, und versuchte, nicht zu offensichtlich um den heißen Brei herum zu reden. „Im Endeffekt wurde ich bestohlen und ich habe nicht einmal mein Hemd behalten können… und mein Auto ist auch weg." Nun, das kam der Wahrheit halbwegs nahe.

Frau Tully schnalzte mit der Zunge und schüttelte den Kopf. „Die Leute heutzutage", beschwerte sie sich. „Warte einen Moment, ich habe immer noch einen deiner Wohnungsschlüssel." Sie drehte sich um, um wieder hineinzugehen, aber blieb dann stehen. „Wieso kommst du nicht auf eine Tasse Kaffee herein? Ich glaube, ich habe noch eines von Herrn Tullys T-Shirts, das dir gut genug passen müsste, sodass du nach Hause gehen kannst, ohne dass dir die Leute hinterher pfeifen."

Trevor seufzte, er wollte nicht halb nackt und barfuß in ihr Haus gehen… es erschien ihm einfach falsch. Außerdem hatte sie Katzen. Nicht nur ein paar Katzen… viele. Aus irgendeinem Grund konnte er mit diesen Kreaturen einfach nicht auskommen, wie sehr er sie auch mochte.

„Nur den Schlüssel für heute, Frau Tully. Ich muss wirklich dringend nach Hause", sagte Trevor schließlich.

Frau Tully lächelte verständnisvoll und ging hinein. Wenig später kam sie mit dem Schlüssel und einem T-Shirt wieder heraus und gab ihm beides. „Hier hast du, junger Mann", sagte sie mit der Stimme einer Lehrerin in Rente. „Und lass dich von den Hunden hier draußen nicht mehr schikanieren. Wenn du willst, kann ich dir Herrn Tullys Revolver leihen, gesegnet sei er."

Trevor erwiderte ihr Lächeln. „Ich verspreche, ich werde vorsichtiger sein", versicherte er.

Er zog das T-Shirt über, dann sprang er über den Zaun, den Schlüssel in der Hand, und ging nach Hause. Erst als er bei seiner Haustür ankam, hielt er inne und dachte noch einmal daran, was Frau Tully gesagt hatte. Wieso hatte sie Hunde erwähnt? Ein Schauer durchfuhr ihn. Wusste Frau Tully etwas? Hatte sie etwas gesehen?

Trevor schüttelte seinen Kopf und betrat die wohl bekannte Dunkelheit seiner Wohnung. Er vergaß sofort die Unterhaltung und beschloss, dass er sich zu viel einbildete. Im Badezimmer zog er sich aus und stieg in die Dusche.

Er liebte duschen, denn es erinnerte ihn immer an Regen. Es war ein komischer Gedanke, aber darum duschte er nie schnell. Hier löste er oft seine Probleme mit inneren Monologen die oft länger andauerten, als das heiße Wasser. Es war keine Überraschung, dass die ersten Gedanken, die in seinem Kopf erschienen, um Envy gingen.

Er seifte seinen Körper ein, aber in seiner Vorstellung wusch er Devons Geruch von ihr. Scheinbar war er nicht der einzige Nicht-Mensch, der sich zu ihr hingezogen fühlte. Es war eine statistische Tatsache, dass es in der paranormalen Welt nicht viele Weibchen gab. Dadurch suchten die Männchen sich meist menschliche Partnerinnen. Er nahm an, dass das die Art der Natur war, wie sie verhinderte, dass die paranormalen Kreaturen zu viele wurden.

Es wunderte ihn nicht, dass er so viele Rivalen hatte, die versuchten, ihm Envy wegzunehmen. Sie hatte etwas, was sie von anderen menschlichen Frauen unterschied. Frauen wie sie zogen die Aufmerksamkeit der wilden Natur der Formwandler und anderer übernatürlicher Wesen auf sich. Sie waren schwer zu finden, und manchmal noch schwerer zu behalten.

Es half auch nicht, dass ihr überfürsorglicher Bruder Chad ihn schon vom ersten Tag an getadelt hatte, wegen ihr. Er blickte durch den durchsichtigen Duschvorhang auf die Jeans, die am Boden lagen. Oh ja, er hatte eine sehr gute Idee für diesen Stofffetzen.

KAPITEL 8

Envy trocknete ihr Haar mit ihrem Handtuch während sie aus dem Badezimmer kam, eine Dampfwolke folgte ihr als wäre sie lebendig. Sie griff nach dem Wecker auf ihrem Nachtisch, stellte ihn auf zwei Uhr nachmittags und lächelte zufrieden. Damit hatte sie noch fast sieben Stunden Schlaf.

Nach allem, was letzte Nacht vorgefallen war, hatte das kurze Nickerchen in Devons Bett nicht wirklich geholfen, ihre Müdigkeit zu vermindern, also klangen sieben Stunden ungestörten Schlafs wie der Himmel.

Sie stellte den Wecker zurück neben das Schnurlostelefon und kletterte in ihr Bett. Gerade als sie ihre Augen schloss, klingelte das Telefon. Sie stützte sich auf einen Ellbogen um das Display zu sehen und ihr Blick verfinsterte sich. Es war Trevor. Mit einem bösen Grinsen schaltete sie auf Anrufbeantworter und ließ sich zurück auf ihr Kissen fallen.

Sie wusste, dass Chad das Telefon nicht abnehmen würde, denn er verwendete immer nur sein Handy. Wenn jemand am Festnetz anrief, dann war es für sie, und nachdem sie letzte Nacht das andere Telefon zerstört hatte, war das Schnurlostelefon die einzige andere Option.

„Envy? Ich weiß, dass du da bist", sagte Trevors Stimme in den stillen Raum, dann folgte eine lange Pause und dann: „Wir müssen reden."

„Klar doch", flüsterte Envy, dann hörte sie ein Klicken. Sie schloss ihre Augen wieder, aber zappelte ein wenig, denn Trevors Anruf hatte ihr wieder einen kleinen Adrenalinschub gegeben. Sie hatte ein schlechtes Gewissen, wegen dem Elektroschock... zweimal. Sie fühlte, wie ihr Herz schmerzte, als sie an seinen Gesichtsausdruck dachte.

Wenn das, was er ihr am Parkplatz erzählt hatte, wahr war, dann hatte er die Schmerzen wirklich nicht verdient... obwohl sie zugeben musste, dass die Tatsache, dass er sie angelogen hatte, Grund genug war, um ohnehin mit ihm Schluss zu machen. Sie brauchte fast zwanzig Minuten, bis sie sich soweit beruhigt hatte, dass sie beinahe einschlief.

Sie hatte bald heraus, dass Trevor wohl Gedanken lesen können musste. Denn sobald sie richtig eingeschlafen war, rief er wieder an. Envy umklammerte frustriert die Ränder ihres Kissens und zog es über ihre Ohren. Sie wusste nicht, wieso sie sich überhaupt die Mühe machte, denn sie konnte ihn trotzdem am Anrufbeantworter hören.

„Envy, nimm ab. Du hast mich nicht einmal alles erklären lassen. Verdammt, du weißt, dass ich dich nie verletzen würde... ich weiß, dass du das weißt." Trevor verstummte wieder, und dann kam ein neuerliches Klick.

Envy atmete tief durch, aber es half nichts. Er hatte so verletzt geklungen. Wie kam es, dass er etwas Falsches getan hatte, und sie war diejenige, die ein schlechtes Gewissen bekam? Das war einfach unfair.

Es dauerte weitere dreißig Minuten, bis sie wieder in der Traumwelt versank, nur damit das Telefon sie gleich wieder aufwecken konnte. Sie ergriff es so fest, dass es ein Wunder war, dass es nicht zerbrach... aber leider tat es das nicht.

„Hör auf, mich anzurufen, du Idiot!", schrie sie Trevor an.

„Äh... Envy? Ist alles in Ordnung?", fragte Tabatha zögerlich.

Envy verzog den Mund. „Oh... hi Tabby. Tut mir leid... weißt du, so ein doofer Telefonverkäufer ruft schon den ganzen Tag an." Das war eine lahme Lüge, aber was sollte es... es hatte schnell gehen müssen.

„Schon in Ordnung. Jedenfalls hat Kriss heute Nacht frei und ich auch, also werden wir ausgehen. Du bist die einzige, die ich kenne, die mein Lieblingsgetränk genauso mixt, wie ich es mag", sagte Tabatha in der Hoffnung, eine Einladung zu erwirken.

„Sag Kriss, dass ich in demselben Lokal arbeite, wo er mich heute Früh abgeholt hat. Und ich habe ein neues Getränk, das du mögen könntest." Envy grinste. „Es heißt Heat. Es haut dich richtig von den Socken... buchstäblich. Kriss könnte es ebenfalls schmecken."

„Schön", gähnte Tabatha. „Ich werde ein langes Nickerchen machen. Ich bin gerade von der Arbeit nach Hause gekommen, und bin völlig fertig. Kriss hat sich nicht einmal gerührt, in seinem Nest aus Kissen, das er vorm Fernseher im Wohnzimmer gebaut hat. Er ist lange genug aufgewacht, sodass ich ihm sagen konnte, dass wir ausgehen wollen, also wir sehen dich heute Abend, Liebes."

Envy hörte, wie die Verbindung getrennt wurde, und legte das Telefon weg. „Ich hoffe, du hast mehr Glück mit Schlafen als ich", murmelte sie und warf sich wieder zurück in ihr Kissen, dann zappelte sie herum, bis sie auf ihrer Seite lag und den Großteil ihrer Decke zwischen ihren Armen hielt wie einen Teddybären.

*****

Tabatha legte das Telefon weg und seufzte. Sie blickte mit einem wissenden Gesichtsausdruck zu Kriss hinüber. „Sieht so aus, als schuldete ich dir zehn Dollar."

„Sie haben Schluss gemacht, was?", fragte Kriss, der am Tisch saß.

Tabby schüttelte ihren Kopf. „Sie hat es nicht direkt gesagt, aber etwas in ihrer Stimme sagt mir, dass es so ist."

„Sagte ich doch!", rief Kriss. „Wir sollten besser noch ein wenig schlafen, wenn wir die Operation 'Neuen Freund für Envy Suchen' heute Abend starten wollen."

Tabby musste lachen. Kriss hatte eine Art, die Dinge immer lustiger erscheinen zu lassen, als sie tatsächlich waren. „Schon gut, ich gehe wieder ins Bett."

„Soll ich dich zudecken kommen?", fragte Kriss.

Tabby schnaubte. „Das letzte Mal, wo du mich zudecken kamst, bist du mit mir ins Bett gestiegen und Dean hat uns erwischt und war überzeugt, dass wir miteinander schliefen."

„Nun, das taten wir auch", erklärte Kriss.

„Er dachte, dass wir Sex hatten, Kriss", jammerte Tabby und warf ihre Arme in die Luft. „Wenn ich meinen Mann mit jemand anders im Bett finde, und er keine Kleider trägt, dann würde ich auch sauer sein." Tabby hielt inne, als ihr plötzlich ein Gedanke kam, dann starrte sie ihn böse an. „Du hast es absichtlich getan, nicht wahr?"

Kriss duckte sich tatsächlich vor ihr. „Äh... nein?"

„Falsche Antwort, Strip-König", knurrte Tabby und verschwand.

*****

Trevor rief noch zweimal an, aber inzwischen war Envy schon fast immun gegen seine Stimme, die immer wieder wiederholte, wie sehr es ihm leid tat, und dass er es erklären wollte. Eine Sache, die sie ihn deutlich sagen hörte, war, dass er ebenso stur sein konnte, wie sie.

Keine dreißig Minuten später schrak Envy aus ihrem Schlaf hoch, sich gewaltsam aus dem Traum losreißend, den sie gehabt hatte. Sie wusste nicht, wie die Idee in ihren Kopf gelangt war, oder in ihren Traum... aber sie war mit Devon in dem Tanzkäfig gewesen. Sie konnte noch immer fast körperlich fühlen, wie er sich an ihr rieb, und Hitze schoss an die Stellen ihres Körpers, die noch von letzter Nacht prickelten.

Sie runzelte die Stirn, als sie in Schweiß ausbrach. Chad sorgte dafür, dass die Wohnung das ganze Jahr über gerade nicht eiskalt war, was Envy freute, denn sie schwitzte in dem Haus nie. Sie seufzte schwer, richtete ihre Kissen wieder gerade und legte sich wieder hin, um noch ein wenig zu schlafen.

Genau in diesem Moment klingelte das Telefon wieder und Envy öffnete ihre Augen um der Decke einen bösen Blick zuzuwerfen.

„Ich schwöre, wenn du das bist..." Sie setzte sich auf und schaute auf das Display, nur um sicher zu gehen. Sie fauchte wie eine wilde Katze, ergriff das Telefon und nahm den Anruf an. Als sie den Hörer ans Ohr legte, hörte sie Trevors Stimme.

„Halt's Maul!", knurrte Envy. „Ich werde das nur einmal sagen. Wenn du heute noch einmal anrufst, werde ich aus diesem Bett kommen und dich suchen. Dein CIA-, FBI- oder FUCKU-Training werden dir nicht helfen, um dich zu retten." Sie warf das Telefon auf ihren Nachttisch, grunzte zufrieden und drehte sich um, um weiterzuschlafen, als es wieder klingelte.

„Das reicht!", schrie Envy und stand auf, während sie den Anruf annahm. „Lauf los, ich weiß, wo du wohnst!", sagte sie mit einer Stimme, die so kalt war, dass sogar sie selbst sich erschrocken schüttelte.

„Ist das eine Einladung oder eine Drohung?", fragte Jason, der nicht wusste, ob er aufgeregt sein oder Angst haben sollte.

Envy rieb sich mit der Hand frustriert das Gesicht, oder war es aus Erleichterung, sie war sich nicht sicher, und es war ja nicht so, als könne er sie sehen. „Es tut mir leid, aber du wirst es wohl verstehen, wenn ich dir erzähle, dass Trevor schon den ganzen Tag anruft, und ich versuche zu schlafen."

Jason fühlte, wie seine gute Laune verflog. Wenn er Trevor richtig einschätzte, dann könnte sie es mit einem Stalker zu tun haben. „Ich habe gerade mit

Tabby geredet und beschlossen, heute Abend mit ihnen auszugehen."

„Umso mehr, umso besser", murmelte Envy, und setzte sich wieder auf ihr Bett. „Dann bis heute Abend." Sie legte auf, ohne sich zu verabschieden. Sie wusste, dass das unhöflich war, aber sie war müde und wollte schlafen.

Als sie das Telefon auf ihrem Nachttischchen liegen sah, überlegte sie es sich anders. Sie schaltete das Telefon an, öffnete die Schublade und warf es hinein. Wenn jetzt noch jemand anrief, würde er nur ein Besetzt-Signal erhalten… Ups.

*****

Kane hatte es sich im Schatten einer der Klimaanlagen-Gehäuse am Dach des Moon Dance gemütlich gemacht. Er hatte den Großteil des Vormittags damit verbracht, interessiert in Nathaniels Tagebuch zu lesen.

Alles stand dort drinnen, von wie Nathaniel Malachis Frau getötet hatte, bis wie er Kane die Schuld für den Mord in die Schuhe geschoben hatte. Was ihn überraschte, waren die Schuldgefühle, die den Puma offensichtlich heimgesucht hatten, noch lange nachdem er die Tat begangen hatte. Er konnte nur raten, dass Quinn das Tagebuch nach Nathaniels Tod gefunden und versteckt hatte.

Er war auch überrascht gewesen, über den wahren Grund, wieso Nathaniel Malachis Frau ermordet hatte… es war ein Anfall von Eifersucht gewesen. Nathaniel fühlte sich sehr zu Malachis kleinem Frauchen hingezogen und sie wusste das. Sie hatte nicht gewollt, dass Malachi mit Nathaniel Geschäfte machte, denn sie vertraute ihm nicht, nachdem er sich immer so an sie herangemacht hatte.

„Alles, was sie machen hätte müssen, war, dem alten Jungen zu sagen, dass sie nicht interessiert war", murmelte Kane vor sich hin. „Manche Frauen sind solche Idioten."

Kane runzelte die Stirn über seine eigene Aussage und senkte das Buch für einen Moment. Wenn Malachis Frau Carlotta Nathaniels Annäherungsversuche gemocht hatte, und nie etwas gesagt hatte, um ihn aufzuhalten…

„Oh, du fiese, kleine Frau", rief Kane kichernd.

Er klappte das Buch zu, stand auf und spazierte elegant zur Dachkante. Er trat über die Kante hinaus und ließ sich selbst zu Boden fallen, wo er in der Hocke landete. Er betrat den Club durch einen weiteren, diskreteren Eingang. Die Jaguare waren immer noch auf der Polizeistation, aber wissend, dass Warren die Gesetze gut kannte, würden sie nicht mehr lange bleiben.

Kane schlich nach oben und betrat Warrens Zimmer. Dies war etwas, was der älteste Jaguar sehen sollte. Kane legte das Buch auf den Schreibtisch und verschwand wieder aus dem Gebäude.

*****

Devon saß zusammengesunken in dem unbequemen Stuhl, seine Beine unter den Tisch vor ihm gestreckt. Es war bald zwei Uhr nachmittags und er hatte zwischen den Polizeibefragungen ein paar Mal kurz einnicken können.

Es waren immer dieselben Fragen wie 'wo waren Sie' und 'zu welcher Uhrzeit'. Die Antwort zu all dem war, dass er sich hirntot gevögelt hatte… viel einfacher ging es gar nicht mehr. Was ihn wirklich wütend machte, war, als sie nach dem Namen der Frau fragten, mit der er zusammen gewesen war.

Einen Augenblick lang spielte er mit dem Gedanken, ihnen zu sagen, dass sie seine Partnerin war, aber er wollte Envy nicht in die Sache hineinziehen. Zudem kam noch die Tatsache, dass sie keine Ahnung davon hatte, dass sie seine Partnerin war, und so sagte er nichts. Außerdem… wenn sie einen Beweis wollten, würden die Überwachungskameras im Club genügen.

Die Tür ging wieder auf und der Vernehmungsoffizier trat ein, eine dicke Mappe in der einen Hand und eine Tasse Kaffee in der anderen. Er legte die Mappe auf den Tisch und setzte sich hin, verschränkte seine Arme auf der Tischplatte und lehnte sich ihm entgegen.

„Wie wäre es, wenn wir von hinten anfangen?", fragte der Beamte.

„Hinten von was?", fragte Devon und streckte sich ein wenig.

„Wir brauchen den Namen der Frau, damit wir Sie als Verdächtiger in dem Mord entlasten können." Er legte ein Bild des Mädchens mit dem aufgeschlitzten Hals vor ihn, in der Hoffnung, eine Reaktion zu bekommen.

Devon hob das Bild hoch und betrachtete es einen Augenblick lang genauer, denn es war eine Nahaufnahme, die das Opfer nur von den Schultern nach oben zeigte. Ihr Kopf war zur Seite gedreht und er sah die Stichwunden. Sie hatten recht gehabt. Es war ein Vampir, der versuchte, ihnen die Behörden auf den Hals zu hetzen.

Als er das Bild wieder auf den Tisch fallen ließ, grinste Devon: „Aber, aber, ich werde es ihnen nicht einfach so erzählen, damit sie auch sie über ihr Sexleben nerven können."

„Dies ist kein Scherz, Santos", stellte der Beamte fest, der etwas an Haltung verlor. „Wir brauchen Namen und Sie werden sie uns geben."

Devon starrte den Mann böse an. Während er alleine gewesen war, hatte er einen weiteren, hitzigen Tagtraum gehabt, der Envy betraf, und er würde ihn wahr machen, und er konnte sich nicht auf seine Planung konzentrieren, solange er diesen Typen vor seinem Gesicht hatte. Von dem Augenblick an, wo er Envy zum ersten Mal getroffen hatte, hatte er sie mit sich in den Käfig holen wollen. Frisch aus seinem erotischen Traum zurückgekehrt, seufzte er schließlich und stand auf.

„Wo, zum Teufel, meinen Sie, dass Sie hingehen?", wollte der Polizist wissen.

„Nach Hause", antwortete Devon.

Er öffnete die Tür, trat hinaus und legte seinen Kopf auf katzenartige Weise schräg, als er Warren sah, der auf ihn zukam.

„Lass uns los", sagte Warren gepresst. „Sie haben uns lange genug hier behalten."

Die Brüder spazierten den Gang hinunter, blieben unterwegs an zwei weiteren Türen stehen um anzuklopfen, ehe sie weitergingen. Kat und Nick gesellten sich schnell zu ihnen und gemeinsam gingen sie zum Ausgang.

„He", rief eine Stimme. „Sie können noch nicht gehen."

Warren blieb nicht stehen. „Wir stehen nicht unter Arrest, und es wurden keine Anklagen erhoben. Solange Sie nichts gegen uns in der Hand haben, gehen wir nach Hause", sagte er bissig.

Als sie hinaus in den Sonnenschein traten, blinzelte Kat in das helle Licht. „Also so sieht die Sonne aus."

Die Geschwister teilten ein stilles Lächeln, bevor sie in den Hummer kletterten, der noch an derselben Stelle stand, wo sie ihn geparkt hatten. Die Fahrt dauerte nur ein paar Minuten, und bald spazierten sie durch den Haupteingang des Clubs. Alle gaben ein gemurmeltes 'Gute Nacht' von sich und gingen in ihre jeweiligen Zimmer.

Devon zog sich aus und kroch unter sein Bettlaken. Er atmete tief ein, froh, dass Envys Geruch noch immer in seinen Kissen hing. Er lag ein paar Minuten wach, dann nahm er sein Telefon, konnte nicht länger warten. Alles, was er tun würde, war, sicher zu gehen, dass Envy heute Abend in der Arbeit erscheinen würde. Er war ein Chef, der eine Angestellte anrief, nicht mehr.

Er fragte sich, ob die Götter irgendwo über ihn lachten, als er nur ein Besetzt-Zeichen erhielt.

*****

Michael saß verloren in Gedanken in dem weichen Polsterstuhl in der Ecke von Warrens Schlafzimmer. Eine Hand lag am Arm des Stuhls und ein Buch mit Ledereinband wurde von der anderen umklammert. Er konnte seinen besten Freund im angrenzenden Raum zwischen Papieren stöbern hören, aber er wusste, Warren würde bald kommen.

Bis dann hatte er Zeit, über alles nachzudenken, was er von dem Tagebuch erfahren hatte.

Malachi hatte Kane ebenso nahe gestanden, wie er und Warren nun einander... aber er und Kane waren noch enger befreundet gewesen. Michael war nach Europa gereist, um seinen Bruder Damon zu besuchen, und war beinahe ein Jahr lang weg gewesen. Als er zurückgekommen war, hatte er herausfinden müssen, dass Malachi eine neue Frau hatte, und Kane nur wenige Wochen, nachdem er auf Reisen gegangen war, verschwunden war.

Nur weil Michael Malachi immer wieder besucht hatte, in der Hoffnung, dass er etwas von Kane erfuhr, war er in jener Nacht vor Ort gewesen, als Warren geboren wurde. Es hatte ein so starkes Gewitter gegeben, dass die ganze Stadt ohne Strom war, wodurch es für Malachi und seine Frau unmöglich gewesen war, zu einem Arzt zu gelangen. Also hatte Michael Warren auf den Arm genommen, während Malachi sich um seine Frau gekümmert hatte, und dabei hatte sich eine Verbindung zwischen ihnen entwickelt.

Er hatte den Ersatz für Kane in dem Sohn von Kanes Mörder gefunden.

Er hob seine Hand um blind über den Blutstein in seiner Halskette zu streichen. Er und Kane waren einander in vielerlei Hinsicht ähnlich gewesen... der Blutstein war ein Beweis dafür. Die meisten Vampire verloren ihr Herz, wenn ihre sterblichen Körper die Verwandlung vollzogen, aber wenn das Herz stark genug war, um die Seele auch nach dem Tod noch gefangen zu halten, dann, und nur dann, würde die Magie des Blutsteins funktionieren.

Wenn dieser Vampir je sein Herz verlieren würde, dann würde die Seele vor dem Bösen fliehen, das eindringt, und die Magie des Blutsteins würde sterben. Sie waren die einzigen Vampire, die existierten, die ein schlagendes Herz und eine Seele besaßen.

Er hatte beobachtet, wie Kane das Buch während des Tageslichts in Warrens Büro zurückgelassen hatte. Kane steckte hinter den Morden, Michael konnte es fühlen, aber er hatte keinen Beweis. Und solange der Blutstein funktionierte, wusste er, dass Kane noch nicht verloren war. Er hatte gedacht, dass es Damon gewesen war, den er letzte Nacht am Dach des angrenzenden Gebäudes gesehen hatte… aber nun kannte er die Wahrheit. Kane hatte irgendwie den Zauber, der ihn gefangen gehalten hatte, durchbrochen.

Er wünschte, er wäre zugegen gewesen, in jener Zeit vor vierzig Jahren, als Malachi Kane in das Grab gefesselt hatte. Er hätte dem Jaguar die Tat ausreden können, und ihm eine andere Möglichkeit vorschlagen können, er hätte bestimmte Dinge, die passiert waren, verhindern können. Er war teilweise mit schuldig, weil er nicht hiergewesen war, als Kane ihn am meisten gebraucht hatte.

Als er Schritte hörte, die auf das Schlafzimmer zukamen, nahm Michael einen Entschluss. Er würde versuchen, seine beiden besten Freunde zu retten. Während er das Buch in seine Jacke steckte, verließ er Warrens Zimmer. Als er den Club verlassen hatte, zündete er sich eine Zigarette an und spazierte die Straße hinunter, um selbst ein paar Nachforschungen anzustellen.

Warren betrat sein Zimmer und setzte sich auf die Bettkante, bevor er die kleine Lampe auf seinem Nachttisch anschaltete. Als ihn das Gefühl überkam, dass etwas nicht richtig war, fuhr sein Blick zu dem Stuhl in der gegenüberliegenden Ecke, aber dieser war leer und das Gefühl verschwand. Er verwarf das Gefühl als paranoid, legte sich auf die Matratze und schlief innerhalb weniger Minuten ein.

*****

Envy wurde von einem nervenden Summen aus ihrem schönen Schlaf gerissen. Sie drückte noch einmal auf Snooze, drehte sich um und zog sich die Decke über den Kopf. Sie war gerade wieder eingeschlafen, als der Wecker wieder losging. Sie hatte ihn schon mindestens zehnmal ausgeschaltet, seit er um zwei Uhr nachmittags zu Klingeln begonnen hatte, aber sie konnte sich einfach nicht überwinden, aufzustehen.

Schließlich drehte sie den Wecker einfach ganz ab und stand auf, mit dem festen Vorhaben, ihre Telefonnummer vor Ende des Tages zu ändern, damit Trevor nie wieder anrufen konnte. Mit einem T-Shirt, das lange genug war, um als Sommerkleid angesehen zu werden, ging sie ins Badezimmer um sich zu duschen.

Sie stöhnte, als das heiße Wasser über ihren Körper floss und seifte ihr Haar mit ihrem Lieblingsshampoo mit Apfelduft ein. Als sie herauskam, schrubbte sie sich trocken und zog ihr liebstes T-Shirt, das sie von ihrem Bruder geerbt hatte, an... tatsächlich wusste er, dass sie es liebte, diese T-Shirts zu tragen.

Während sie in den Spiegel schielte, fragte sie sich, wie Devons Hemden wohl an ihr aussehen würden. Ihr Kopf hob sich ruckartig von dem T-Shirt und ihr Blick starrte im Spiegel auf ihre eigenen Augen. „Böse Envy, böse", rügte sie sich selbst, dann verließ sie das Badezimmer und fragte sich, ob sie das Wasser so heiß eingestellt hatte, dass ihr Gehirn geschmolzen war. Es wäre ja nicht zum ersten Mal gewesen, man sehe nur Trevor an.

Als sie in die Küche kam, um Kaffee zu machen, lächelte sie erfreut, als sie Chad dort sitzen sah, und eine ganze Kanne voll frisch gekochtem Kaffee. „Du bist mein Held." Envy beugte sich zu ihm und küsste ihn auf die Wange, als sie an ihm vorbei spazierte. „Vielleicht kann Kaffee mein Gehirn wieder zum Arbeiten bringen."

„Extra stark, also du hast Glück, und egal wie oft du auf Snooze drückst, ich musste doch aufstehen", beschwerte Chad sich, aber in Gedanken war er noch bei dem Chaos in seinem Schlafzimmer. Er erkannte an der Art, wie Envy sich benahm, dass sie keine Ahnung hatte, damit blieb nur ein Verdächtiger… der Hund.

„Du hast was gut dafür", sagte Envy und sah sich um. „Was ist mit dem Hund passiert?"

„Ich sagte doch vorhin schon, dass er nach draußen gelaufen ist… mit meiner besten Jeans im Maul, darf ich hinzufügen." Ja… es war definitiv der Köter gewesen.

Envy kicherte. „Ich glaube nicht, dass sie passen wird." Sie hob eine Augenbraue über den Blick, den ihr Bruder ihr zuwarf, und forderte ihr Glück heraus, als sie fragte: „Wie weit hast du ihn verfolgt?"

„Zwei Häuserblocks. Das kleine Miststück war schnell", grinste Chad. Es war schwierig, weiterhin sauer zu sein, wenn seine Schwester ihn neckte.

„Wir kaufen dir eine neue, wenn dieser neue Job was wird", erklärte Envy.

Chad legte seinen Kopf schief und betrachtete seine Schwester genau. Sie sah prima aus, aber er wusste besser als die meisten anderen, dass das Aussehen täuschen konnte. Nachdem sie gestern Nacht mit Trevor Schluss gemacht hatte, wusste er, dass er sie im Auge behalten musste, um sicher zu gehen, dass sie keine Dummheit beging… oder noch schlimmer, depressiv wurde. Sie hatte es sich angewöhnt, die starke Frau zu spielen, aber das war alles, was es war… ein Theaterspiel.

Envy setzte sich ihm gegenüber an die Frühstücksbar und goss Kaffee in eine Tasse, die groß genug war, um als Suppenschüssel durchgehen zu können. Mit so viel Kaffee würde seine Schwester später durchs ganze Zimmer springen. Chad hoffte nur, dass er hier sein konnte, um es zu sehen.

„Hast du gut geschlafen?", fragte er vorsichtig, versuchte, so zu tun, als würde er nicht nachbohren wollen, sondern nur Smalltalk betreiben.

„Klar, immer so ungefähr zwanzig Minuten. Ich habe beschlossen, wir müssen unsere Telefonnummer ändern." Sie ignorierte seine gehobene Augenbraue und wechselte das Thema: „Wie war deine Nacht?"

„Ein weiteres Mordopfer wurde letzte Nacht gefunden." Er machte eine kurze Pause, bevor er hochsah. „Ihre Kehle war aufgeschlitzt und sie war in einer Seitengasse nur ein paar Minuten vom Moon

Dance entfernt. Vielleicht ist das nicht der beste Ort für dich, um im Moment da viel rumzuhängen."

„Das bedeutet doch nicht, dass der Club etwas damit zu tun hat." Envy runzelte die Stirn. „Außerdem werde ich da nicht rumhängen, ich werde arbeiten."

„Sie hatte einen Stempel des Moon Dance auf ihrer Hand", korrigierte Chad.

„Wurdest du dafür gestern Nacht in den Dienst gerufen?", fragte Envy.

Chad schüttelte den Kopf. „Nein, es gab eine kleine Panik bei einer der anderen Bars dort in der Gegend. Jemand hat angerufen und behauptet, dass er einen Puma am Parkplatz des Night Light gesehen hat. Die Hauptwache hat sogar Jason und noch ein paar andere Ranger gerufen, aber wir konnten nichts finden."

„Also dahin ist Jason gegangen", überlegte sie.

Er zuckte die Schultern. „Sowohl der Moon Dance, wie auch das Night Light stehen auf unseren Radarschirmen, denn es scheint, dass eine Menge Mordopfer gefunden wurden, die Stempel von einem der beiden Clubs auf ihrer Hand hatten." Er machte eine kurze Pause, ehe er hinzufügte: „Diese beiden Lokale waren die letzten Orte, wo diese Frauen gesehen wurden."

„Ich beginne in ein paar Stunden im Moon Dance zu arbeiten", erklärte Envy und hob trotzig ihr Kinn. Sie wusste, dass er versuchte, sie davon abzubringen, dorthin zu gehen, aber er würde es nicht schaffen. Ihr gefiel der Club und sie war nicht wehrlos. Sie war ein großes Mädchen und sie konnte auf sich selbst aufpassen, wenn es zu einem Kampf Mann gegen Frau kam.

„Woher wissen wir, dass es nicht jemand gemacht hat, der einen Groll gegen die beiden Clubs hegt? Hat die Polizei denn auch daran gedacht?" Envy hielt inne und betrachtete ihre Kaffeetasse, denn was Chad sagte, erinnerte sie daran, was Trevor ihr letzte Nacht erzählt hatte. Sie war zu wütend gewesen, um zuzuhören, und nachdem er sie in einer Sache belogen hatte, war sie einfach davon ausgegangen, dass alles Andere auch Lügen waren.

Ihre Gedanken verfinsterten sich, als ihr klar wurde, dass Chad zumindest gewusst haben müsste, wenn Trevor irgendetwas mit den Untersuchungen bezüglich der Morde zu tun hatte.

„Trevor erzählte mir, dass er in den Clubs war, um Nachforschungen anzustellen." Sie sondierte die Gewässer um zu sehen, ob Chad gestehen würde. Als er einen Augenblick zu lange still war, riss Envy ihren Blick hoch zu den Augen ihres Bruders. „Du hast es gewusst! Du hast es gewusst, verdammt, und es mir nicht gesagt!"

„Ich habe ihn mehrfach gewarnt, dass er dir die Wahrheit sagen soll, sonst würde ich es tun. Anscheinend hat er sich die Drohung nicht zu Herzen genommen", sagte Chad zu seiner Verteidigung, dann seufzte er. Sie hatte recht. Sie zu schützen hätte seine erste Priorität sein sollen, und er hatte es versucht.

„Ich weiß nicht einmal, was sein Job genau ist, Envy. Er tauchte eines Tages einfach auf, redete mit den Kriminalbeamten und nun scheint es, dass er über ihnen steht, oder so. Als er begann, mit dir auszugehen, habe ich ihn zur Rede gestellt und er sagte, wenn ich auch nur ein Wort an irgendjemanden verriet… auch dir, dann würde ich mehr als nur gefeuert. Ich ging zur nächsten Instanz und sie erzählten mir genau dasselbe, verdammt."

Envy stand langsam auf, ging ohne ein weiteres Wort in ihr Zimmer, wobei sie ihre Kaffeetasse mitnahm. Ehe sie die Tasse auch nur abstellen konnte, um sich fertig zu machen, stand Chad in der Tür.

„Sieh her, ich mag ihn aus einem Grund nicht… er ließ dich dasselbe denken, wie alle außerhalb der Kriminalpolizei denken. Dass er einfach nur ein verwöhnter Student war, der ein wenig Spaß haben wollte. Abgesehen davon, glaube ich, dass er menschlich ganz in Ordnung ist, ein wenig merkwürdig, aber sonst prima. Außerdem glaube ich, dass er dich wirklich liebt. Er brauchte einfach nur einen Tritt in den Hintern, damit er dir die Wahrheit sagt, also habe ich dir die Elektroschockpistole gegeben."

Envy nickte und kam ein paar Schritte auf ihn zu, wissend, dass er es getan hatte, weil er sie liebte, und eigentlich hatte er auch recht gehabt. Sie hätte dasselbe für ihn getan. Sie schlang ihre Arme um ihn und gab ihm eine dankbare Umarmung. „Danke. Du hast nur versucht, mich zu schützen, aber ich komme jetzt selbst damit klar."

Sie war nicht beleidigt auf ihn, weil er Trevors Geheimnis so lange für sich behalten hatte, denn jetzt tat sie dasselbe. Chad hatte keine Ahnung, dass Trevor in der CIA war. Sie zweifelte an der Sache mit den paranormalen Untersuchungen, aber dass er in eine Polizeistation ging, und das Kommando über die Kriminalbeamten dort übernahm?

Ja, sie würde ihm glauben, dass er von der CIA war, aber mehr auch nicht.

KAPITEL 9

Trevor saß am Boden vor seinem Kaffeetischchen im Wohnzimmer und sah sich die Informationen an, die TEP ihm gefaxt hatte. Sie hatten eine weitere Leiche nur wenige Häuserblocks vom Moon Dance entfernt gefunden, mit einem Stempel des Clubs auf ihrer Hand, sowie eine Puma-Sichtung am Parkplatz des Night Light.

Die Puma-Sichtung war ihm egal. Er wusste, dass es einfach einer der Wilders war, der am Abend nach Hause gekommen war. Was er wissen wollte, war, woher der Puma gekommen war. Es hatte keinen Grund gegeben, weshalb einer von ihnen weggehen hätte müssen, zumindest nicht in seiner verwandelten Gestalt.

Nach einem weiteren Schluck starken Kaffees hob Trevor das Foto der Frau auf und betrachtete es noch einmal.

Die Leiche sah genauso aus, wie alle anderen. Eine junge Frau, Anfang zwanzig, eine tiefe Schnittwunde durch ihren Hals, aber damit endeten die Gemeinsamkeiten auch schon. Er konnte sich keinen

Reim auf die Morde machen. Wer auch immer sie beging, schien eindeutig nicht wählerisch zu sein, was seine Opfer betraf.

Er hielt in seinem Gedanken inne, als eine andere Idee an sein Gehirn klopfte. Wieso sollten die Jaguare oder Pumas die Kehlen ihrer Opfer aufschlitzen? Suchten sie am falschen Ort?

Ein lautes Klopfen an der Tür erschreckte ihn so sehr, dass er beinahe seinen Kaffee verschüttete. Trevor stellte die Tasse auf den Tisch, stand auf und streckte sich, bevor er zur Tür ging. Als er die Tür öffnete, konnte er ein Lächeln nicht unterdrücken, das auf seinem Gesicht erschien, als er Frau Tully dort stehen sah, mit einer ihrer Katzen auf der Schulter.

„Hier hast du", sagte sie freundlich und gab ihm seine Autoschlüssel.

Trevor blinzelte und blickte dann über ihre Schulter. Seine Augen wurden groß und er machte einen Schritt zurück, als er sein Auto dort stehen sah, mit vier brandneuen Reifen.

„Frau Tully", flüsterte er und starrte sie an. „Sie haben nicht…!"

„Habe ich!", stellte Frau Tully fröhlich fest.

Trevor trat zur Seite, um sie eintreten zu lassen, als sie sich höflich räusperte. „Wo haben Sie es gefunden?"

„Oh, das war nicht schwer. Scheinbar hat mein Sohn es am Parkplatz eines Clubs am anderen Ende der Stadt gefunden. Ein Lokal, das Love Bites heißt. Er hat angeboten, es abschleppen zu lassen, aber ich bin selbst hingegangen, um es zu holen."

„Sie sind was?", rief Trevor, dann legte er seine Hände sanft auf ihre Oberarme. „Entschuldigen Sie, dass ich Sie anschreie, aber Sie müssen mir versprechen, dass Sie dort nicht mehr hingehen."

„Und wieso sollte ich so etwas versprechen?", fragte Frau Tully. „Ich kann sehr gut auf mich aufpassen."

Trevor fuhr sich mit den Fingern durch sein Haar. „Ich weiß, dass Sie das können, Frau Tully, aber das ist ein sehr gefährlicher Ort."

Frau Tully lächelte: „Oh, du meinst, dass es gefährlich ist, weil dort all die Vampire rumhängen? Mach dir da bloß keine Sorgen, mein Junge. Ich trage keine herkömmlichen Waffen. Außerdem war es bei Tageslicht. Und nächstes Mal, wenn du dich in meinem Garten verwandeln willst, dann kratz an der Tür, damit du das Badezimmer benutzen kannst. Die Nachbarn könnten sonst meinen, dass ich einen Landstreicher im Spielzeughaus meiner Enkel beherberge."

Trevor schluckte und sah zur Tür als er überlegte, ob es zu spät war, um so schnell er konnte wegzurennen. „Ich habe keine Ahnung, wovon Sie sprechen, Frau Tully."

Frau Tully schnaubte, aber ihre Augen funkelten belustigt. „Natürlich hast du das nicht, aber wenn du mir eine Tasse von dem schön starken Kaffee, den ich rieche, einschenkst, kann ich dir alles erzählen."

Trevor, der wusste, wann er verloren hatte, seufzte und schenkte ihr ein freundliches Lächeln. „Nun, wie könnte ich ein solches Angebot ablehnen?"

*****

Envy saß mehrere Minuten im Auto auf dem Parkplatz und schob das Aussteigen immer weiter hinaus. Chad hatte ihr die Schlüssel seines anderen Autos gegeben, nachdem er wieder in die Arbeit gerufen worden war.

Die Zeit zu verzögern war harte Arbeit… Erst lief ihr Lieblingslied im Radio. Dann musste sie im Rückspiegel ihr Make Up zum dritten Mal, seit sie geparkt hatte, begutachten. Als sie schließlich vor Langeweile fast umkam, haftete sich ihr Blick auf die Uhr im Armaturenbrett und sie seufzte, als sie sah, dass sie nur fünfzehn Minuten hatte, um sich zu entscheiden. Sie dachte noch einmal darüber nach, einfach nach Hause zu fahren, oder sogar in ein anderes Lokal. Es war nicht die Arbeit, vor der sie Angst hatte, noch nicht einmal der Serienmörder in der Gegend. Es war der One-Night-Stand und die Tatsache, dass es dabei bleiben musste. Und die Tatsache, dass ihr neuer Boss dieser One-Night-Stand war… es war keine angenehme Situation.

„Wo, zum Teufel, ist sie?", knurrte Devon in das Funkgerät, während er innerhalb der vier Wände seines Büros auf und ab ging.

Er hätte es besser wissen sollen, und nicht auf irgendjemand anders hören sollen, außer auf seine eigenen Instinkte. Wenn er seine Schwester einfach ignoriert hätte, und Envy nach Hause gefolgt wäre, dann würde sie nun in Sicherheit hier bei ihm sein, und nicht irgendwo da draußen, wo irgendein Verrückter junge Frauen tötete.

„Kat", knurrte er und betrachtete den Bildschirm, der die Bar überblickte.

Kat warf einen bösen Blick hoch zu der versteckten Kamera. „Wirst du endlich aufhören, mich durch dieses Ding zu beobachten! Ich schwöre, ich kann deinen

Atem in meinem Nacken fühlen. Wenn du nicht mein Bruder wärst, würde ich meinen, dass du eine Art Zwangsneurose hast. Vielleicht sollten wir dich zum Arzt bringen, nur um sicher zu gehen."

„Fahr zur Hölle!", murmelte Devon und schritt weiter auf und ab.

„Beruhig dich, Devon, sie ist seit ungefähr zwanzig Minuten hier", sagte Nick von seinem Posten am Haupteingang, während er Leuten die Hand stempelte und sie einließ.

„Wo?", fragte Kat, bevor Devon auch nur seinen Mund öffnen konnte.

„Ich glaube, sie muss sich immer noch entscheiden, ob sie aus ihrem Auto steigen will, oder über alle Berge verschwinden", grinste Nick.

Devon blieb stehen und starrte wütend auf einen anderen Bildschirm, der ihm den Bereich vor dem Eingang, wo Nick stand, zeigte. „Ihr beide macht das absichtlich!", knurrte er anklagend.

„Wie kannst du so etwas sagen, Devon?", fragte Kat mit angewiderter Stimme. „Wir lieben dich!"

„Aber wir lieben es noch mehr, dich zu quälen", sang Nick, dann hielt er inne. „Beeil dich, Kat, verschließe die Türen seines Büros. Es kommt jemand."

Kat kicherte über das Knurren, das sie über Funk bekamen.

Envy zog endlich die Schlüssel aus dem Zündschloss und öffnete die Autotür. Was konnte sie schon verlieren? Wenn sie später entschied, dass es keine gute Idee war, konnte sie immer noch gehen. Es war ja nicht so, als schuldete sie Devon etwas.

Aber sie war es Tabatha und den anderen, die heute kommen würden, nur um ihr an ihrer ersten Nacht im neuen Job Gesellschaft zu leisten, schuldig. Es wäre nicht richtig, sie im Stich zu lassen. Sie atmete noch einmal tief durch und hoffte, dass diese Freunde nicht erst um Mitternacht auftauchen würden. Sie würde die Ablenkung brauchen.

Nachdem sie aus dem Auto gestiegen und die Tür hinter sich geschlossen hatte, schaltete sie den Alarm an, ehe sie auf den Eingang des Clubs zuging. Sie hatte beschlossen, heute Abend mit etwas Einfachem zu beginnen.

Sie trug flache, knöchelhohe Stiefel mit Schnürsenkeln, eine enge, schwarze, sehr kurze Hose und ein dunkelviolettes, ärmelloses Top mit einem langärmligen Netzhemd darunter. Sie hatte einen Teil ihrer Haare zu einem unordentlichen Knoten nach hinten gebunden, während der Rest wie ein roter Wasserfall über ihren Rücken fiel.

Sie lächelte Nick zu, als er sie kommen sah und ihr winkte, bevor er in der Menschentraube, die vor dem Eingang stand, Platz machte, damit sie durchgehen konnte. Sie hörte ein paar Menschen grummeln und grinste; sie arbeitete hier, die anderen nicht, also hatte sie Vorrang. HA!

Nachdem sie durch den Haupteingang nach drinnen gekommen war, steuerte Envy direkt auf die Bar zu und lächelte, als sie sah, dass Kat einem Kunden einen großzügigen Schuss Heat servierte. Sie stellte sich hinter die Bar, fand einen Platz, um ihre Handtasche zu verstauen und kam dann von hinten auf Kat zu.

Kat stellte die Flasche wieder weg, während sie der Kamera einen Blick zuwarf, der eindeutig bedeutete: 'Hab ich's doch gesagt'. Sie konnte Envys Geruch vermischt mit Devons riechen und fühlte sich sofort noch mehr verantwortlich für die Frau. Envy gehörte nun zur Familie, ob sie es wusste, oder nicht.

„Hallo Kat", grüßte Envy. „Wo soll ich anfangen?"

Kat sah über ihre Schulter zu Envy und lächelte. Envy entspannte sich sofort ein wenig und erkannte, dass es vielleicht doch nicht so schlimm sein würde, wie sie befürchtet hatte.

„Sieh dich mal um, wo alles ist und fang dann am anderen Ende an. Diese Seite habe ich unter Kontrolle." Sie tat so, als wäre sie beschäftigt, damit Envy nicht das Gefühl bekam, dass sie beobachtet wurde.

Envy lächelte und nickte, bevor sie sich auf den Weg zum anderen Ende der Bar machte. Unterwegs erkannte sie, dass die Spirituosen nach Sorten angeordnet waren, was ihre Arbeit um Vieles erleichtern würde. Sie näherte sich einem Kunden, der einen Zwanziger in der Luft schwenkte und fragte ihn, was er trinken wollte.

Während sie die Getränke mischte, bemerkte Envy, dass es eine ganze Abteilung gab, die nur für Kats Spezialgetränk war und sie wusste, sie würde Tabby süchtig nach dem Zeug machen.

Zwei Stunden vergingen wie im Flug und Envy blieb fast die Luft weg über das viele Trinkgeld, das sie schon bekommen hatte. Sie mischte Getränkte, plauderte und flirtete mit Männern. Sie weigerte sich hartnäckig, sich umzusehen, aus Angst, dass sie Devon irgendwo erblicken könnte. Stattdessen machte sie weiter mit dem, was sie am besten konnte… so zu tun, als hätte sie keine Sorge auf der Welt.

Mehr als nur einmal kam ein gutes Lied und Envy ertappte sich dabei, wie sie plötzlich mit Kat tanzte, was ihnen noch mehr Trinkgeld einbrachte. Envy begann sich zu fragen, wie sie all das Geld in ihrer kleinen Handtasche nach Hause bringen sollte.

Devon saß in dem Stuhl hinter seinem Schreibtisch und beobachtete jede ihrer Bewegungen. Sie war heute Nacht sogar noch verführerischer als gestern.

Es machte ihn wahnsinnig, dass sie so nahe bei ihm war, aber er konnte nichts tun, weil er Kat versprochen hatte zu warten, sodass Envy sehen konnte, wie toll der Job war. Er musste zugeben, dass diese Logik ihm zugutekam, und er wollte ein Versprechen nicht brechen, wenn er es einmal gegeben hatte. Sein Trumpf war, dass er keine Zeitgrenze in dem Versprechen festgelegt hatte.

Als Envy sich über die Bar beugte, um mit einem anderen Mann zu plaudern, konnte er vorne in ihr Top sehen, und er fühlte, wie Eifersucht in ihm aufstieg.

Devon stand auf, verließ sein Büro und bahnte sich einen Weg durch den Club und hinauf zu der Bar im oberen Stockwerk. Als er sich näherte, konnte er hören, was sie sagte. Endlich wandte sie sich von dem Kunden ab, um Kat etwas zu fragen. Er ballte seine Hände zu Fäusten und fragte sich, ob sie Kat überhaupt über ihn befragt hatte, seit sie angekommen war. Er hatte bemerkt, dass sie sich nicht die Mühe gemacht hatte, sich suchend nach ihm umzusehen.

Devon wollte gerade auf sie zugehen, um zu fragen wie ihr erster Arbeitstag bisher gefiel, als ein überfreundlicher Betrunkener auf die Bar zu schwankte, und sich genau vor sie hinsetzte.

Envy lächelte den Mann an und kam näher, um zu fragen was er trinken wollte. Der Mann sagte etwas darüber, wie er sie trinken wollte, und sie lachte, schüttelte ihren Kopf und fragte dann, ob er eine Tasse Kaffee oder ein Taxi nach Hause wollte. Sie war es so sehr gewöhnt, mit betrunkenen Gästen umzugehen, dass sie ein Profi darin war, und die kleinen Dinge konnten sie nicht aus der Fassung bringen.

Der Mann öffnete seinen Mund, um sie einzuladen, als er sah, wie Devon sich ihr von hinten näherte, und ihm einen sehr bösen Blick zuwarf. Der Typ sah Devon nur einmal an und überlegte es sich dann schnell anders. Er rief schnell ein Taxi von seinem Handy aus und flüchtete Hals über Kopf vor dem Mann hinter der Bar... nicht unbedingt in dieser Reihenfolge.

Er würde vermutlich am nächsten Morgen aufwachen und sich nicht sicher sein, ob es der Alkohol war, aber er hätte fast schwören können, dass die Pupillen des Mannes lang und schmal geworden waren, als er ihn angesehen hatte... genauso wie die einer Katze.

Envy runzelte die Stirn, als der Typ einen Zwanziger auf die Bar warf und davonrannte, ohne auch nur etwas zu bestellen. Er hatte auf etwas hinter ihr gestarrt, und instinktiv sah sie über ihre Schulter. Sie hoffte, dass es nur Kat war, aber sie wusste, so viel Glück konnte sie nicht haben. Devon stand lässig an Kats Bürotür gelehnt, die nur knapp zwei Meter hinter ihr war.

Als sie fühlte, wie ihre Knie weich wurden, wandte sie sich schnell wieder an ihre Kunden, nahm den Zwanziger von der Bar und steckte ihn ein. Ignorierte den Mann hinter ihr völlig... ja, genau, Envy begann, Getränke zu mischen, als Bestellungen ankamen.

Wie sollte sie so tun, als wäre er nicht genau hinter ihr und beobachtete sie? Es war schon schlimm genug, dass sie in dem Moment, als sie ihn sah, Erleichterung so schnell durch sie fließen fühlte, dass sie sie nicht aufhalten konnte. Und um es noch schlimmer zu machen, blitzten nun Erinnerungen an ihre letzte Nacht leuchtend in ihrem Kopf auf, die gewisse Stellen von ihr erhitzten, und sie so von der Arbeit ablenkten.

'One-Night-Stand bedeutet, dass es nur einmal passiert, du Dummerchen', rügte sie sich selbst in Gedanken.

Trevor hatte nie diese Wirkung auf sie gehabt, während sie arbeitete, und sie hatte viel mehr als nur einmal mit ihm geschlafen, also was ging hier vor? Jedes Mal, wenn sie einen Blick von ihm erhaschte, als sie sich umdrehte, um nach einer Flasche zu greifen, war es, als würde ein Blitz durch ihren Körper schießen, dessen Ziel nun zu prickeln begann.

Devon drückte sich von der Tür ab und starrte wütend auf ihren Hinterkopf. Er wollte verdammt sein, wenn er sie so einfach damit davonkommen lassen würde, wie sie ihn ignorierte, wenn er doch riechen konnte, wie sich ihr Geruch sofort veränderte. Er näherte sich ihr von hinten, gerade als sie einen weiteren Kunden bediente.

Als sie sich wieder aufrichtete, musste Devon lächeln, als ihr Rücken an seiner Brust streifte.

Envy erstarrte, als sie die harte Hitze hinter sich fühlte. Angst und Verlangen liefen durch ihr Rückenmark und sie konnte kaum den Schauder unterdrücken, der durch ihren Körper fuhr. Sie konnte seine Anwesenheit mit allen Sinnen wahrnehmen, sie wurde umgeben von seinem Geruch, von seiner Männlichkeit. Er war wie eine Gewitterwolke, die sich in der Ferne zusammenbraute, und vor der sie nicht fliehen konnte.

Sie blieb regungslos stehen, um zu sehen, was er tun würde. 'Denk nach, Envy! Was würdest du tun, wenn dein Gehirn nicht gerade zu Brei geworden wäre?', dachte sie einen Augenblick lang, dann dämmerte ihr die Antwort: 'Schauspielern.'

„Wir müssen reden", flüsterte Devon neben ihrem Ohr, seine Kehle war wie zugeschnürt durch die Hitze, die sie durch ihn schießen ließ.

„Worüber?", fragte Envy und klebte ein freundliches Lächeln auf ihre Lippen. Sie duckte sich zwischen ihm und der Bar heraus und atmete wieder. Als sie sich umdrehte, um ihn anzusehen, tat sie, als wäre dies das erste Mal an diesem Abend, dass sie ihn überhaupt bemerkte.

„Oh, hi Devon, ich dachte, du bist jemand anders. Kat hat mir schon alles gezeigt, und es läuft fantastisch." Sie zuckte die Schultern und trat zur Seite, um eine weitere Bestellung entgegen zu nehmen. Sie hatte nur Pech… niemand brauchte gerade etwas zu trinken, also begann sie, hinter der Bar aufzuräumen.

Nachdem er jetzt wusste, dass sie ihm absichtlich auswich, entschied Devon, dass er aufhören würde, sie wie auf Eiern zu umkreisen. Indem er eine Hand zu jeder ihrer Seiten auf die Bar stützte, schloss er sie ein, sodass sie nicht entkommen konnte. „Wir müssen über letzte Nacht reden, und über die Tatsache, dass du weggegangen bist, während ich noch schlief." Er grinste, als die Hälfte der Menschen an der Bar ihre Gespräche unterbrachen, und sich neugierig nach ihnen umdrehten.

Envy biss ihre Zähne aufeinander und versuchte, bis zehn zu zählen… sie schaffte es bis eins. Wie konnte er es wagen, etwas so Privates vor den Kunden zu erwähnen? Wenn sie auf der anderen Seite der Bar gesessen hätte, und hören würde, wie der Chef das zu einer der Barfrauen sagte, würde sie automatisch annehmen, dass die Frau eine Schlampe war, und der Typ ein Schürzenjäger. Auf gar keinen Fall würde sie ihn damit davonkommen lassen.

Sie wirbelte herum und drückte ihre Hand gegen seine Brust um ihn zu zwingen, zurückzutreten. Sie zuckte die Schultern. „Es tut mir leid, aber ich musste nach Hause, um den Hund zu füttern, und wie du sagtest, du schliefst noch. Ich wollte dich nicht aufwecken."

Als sein Gesichtsausdruck dadurch nur noch finsterer wurde, seufzte sie und versuchte, sich wieder an das Mantra zu erinnern, das sie sich vorgesagt hatte, seit sie ihn hinter sich gesehen hatte… dass sie nun single war, und keinen Freund wollte. So wie er sie ansah, überlegte sie es sich beinahe wieder anders, aber sie versuchte, nicht daran zu denken.

Envy verschränkte die Arme vor ihrer Brust und runzelte die Stirn während sie zu ihm hoch sah. „Ich wusste nicht, dass es eine Regel bei One-Night-Stands gibt, die besagt, dass man bleiben muss, um der anderen Person beim Schlafen zuzusehen. Ich werde mir das merken für den nächsten Typen, mit dem ich ins Bett gehe. Vielleicht wird er nicht mittendrin einschlafen." Sie hörte ein paar Kunden lachen. Ätsch!

Ein Glas zerbrach wenige Meter neben ihnen, und ihrer beiden Köpfe drehten sich gleichzeitig in dieselbe

Richtung und sie sahen Kats erschrockenen Blick, als sie sich bückte, um die Scherben aufzukehren.

Kat biss ihre Zähne aufeinander, damit sie sich nicht in ihren Streit einmischte, aber Devon benahm sich richtig daneben und Envy war ein Mensch. Diese letzte Bemerkung hatte sie beinahe laut auflachen lassen. Kat blinzelte und versuchte, ihre innere Stimme dazu zu bringen, lange genug mit Kichern aufzuhören, sodass sie aufpassen konnte, dass Devon es nicht völlig vermasselte.

Devon runzelte die Stirn über Envy. Wieso, zum Teufel, war sie plötzlich so gereizt? Es dämmerte ihm, dass es vielleicht daher kam, dass er gerade vor Publikum erzählt hatte, dass sie mit ihm geschlafen hatte. So wie er die Dinge sah, war es die normalste Sache der Welt, dass er mit seiner Partnerin schlief. Sein Blick verfinsterte sich, als ihm endlich klar wurde, was sie mit ihrer letzten Bemerkung gemeint hatte.

Devon knurrte: „Es wird keinen One-Night-Stand mehr geben." Er machte einen drohenden Schritt auf sie zu.

Envy starrte wütend zu ihm hoch. „Ist das so?"

„Ja, so ist das", antwortete Devon, mit so viel Kälte in seiner Stimme, dass alle Wärme aus dem Raum verschwand. „Wenn es Sex ist, was du willst, dann gebe ich dir mehr davon, als du ertragen kannst."

Kat war erst noch belustigt gewesen, aber nun fühlte sie, wie alle Hoffnungen für Envy und Devon den Bach hinunter gingen, und beschloss, dass alle Männer einfach strohdumm waren… besonders jene, die Devon hießen. Sie fügte Quinn schnell noch zu der Liste hinzu.

Envy blieb ganze drei Sekunden ruhig, dann sprang ihr Herz in ihren Hals. Das war so ungefähr das sexyste, was ein Mann je zu ihr gesagt hatte. Sie wollte beinahe glauben, dass er es ernst meinte… aber sie hatte auch geglaubt, dass Trevor ein verzogener Vorzugs-Student war, und er studierte nicht einmal.

Nein, Devon fühlte sich wahrscheinlich nur erniedrigt, weil sie ihm nach letzter Nacht nicht sabbernd hinterher lief. Die Wahrheit war, wenn sie ihn gesucht hätte, sobald sie hierhergekommen war, dann würde er sie jetzt wahrscheinlich einfach ignorieren.

Wer, zur Hölle, meinte er, dass er war? Er konnte ihr nicht vorschreiben, mit wem sie schlafen durfte, und er hatte kein Recht, ihre Hormone so durcheinander zu bringen. „Ich werde darauf achten, dass ich mich benehme, wenn ich im Dienst bin. Ich verspreche, dass ich nicht weiter gehen werde, als küssen." Sie fügte sarkastisch hinzu: „Aber die Pausen gehören mir, und ich werde tun, was ich will."

Devon schüttelte warnend seinen Kopf. „Wenn du geküsst werden musst…" Er überbrückte die Distanz zwischen ihnen, als sie sich zurückzog bis die Bar ihre Flucht stoppte. Er schlang seine Arme um sie, hob sie zu sich hoch und drückte seine Lippen auf ihre, bevor sich ihr perfekter, kleiner Mund öffnen konnte, um ihm zu sagen, wohin er sie küssen konnte.

Envy drückte ihre Handflächen fest in seine Brust, aber es war zu spät, als seine Lippen ihre in Besitz nahmen und sein Oberschenkel zwischen ihre Beine hoch kam wie eine Antwort von Gott. Sie fühlte, wie er sich an ihr wiegte, einen erotischen Rhythmus zu dem Angriff auf ihre Sinne fügte.

Die kleine Mauer, die sie um ihr eigenes Verlangen nach ihm aufgebaut hatte, zerbröckelte und traf sie wie eine Flutwelle, machte sie unfähig, gegen den Kuss anzukämpfen. Das machte sie nur noch wütender, und wenn sie dermaßen zornig war, dann bekämpfte sie Feuer mit Feuer.

Sie krallte ihre Finger in den Stoff seines Hemds und erwiderte seinen Kuss mit genug Leidenschaft, um den Raum wieder aufzuheizen. Sie lächelte verblendend, als Devon den Kuss beendete und voller Verwirrung auf sie herunter sah. Gut, vielleicht sollte er jetzt aufhören, sie zu quälen.

„Danke für die Aufwärmrunde, aber das nächste Mal, wenn ich jemanden küsse, wähle ich die Person selbst aus." Sie versuchte, nicht zu erröten, als sie das Feuer in seinen Augen sah und seine Erektion nun gegen ihren Bauch drückte.

Devon wusste, dass sie ihn belog und auch sich selbst, und erkannte, was die Reaktion wirklich hervorrief… Angst. Er konnte ihr Verlangen nach ihm riechen, und das war es, was ihr Angst machte. Dieses Wissen hob seine Mundwinkel zu einem finsteren Lächeln.

„Nach letzter Nacht werde ich der einzige sein, den du küssen wirst", sagte er, mit ein wenig zu viel Selbstvertrauen.

Kat schlug sich mit der Hand auf die Stirn und drückte ihre Augenlider aufeinander, während sie im Stillen hoffte, dass sie sich täuschte, was Envys Sturheitsphase betraf. Envys Konter zeigte ihr, dass sie recht gehabt hatte, und dass Devon gerade dabei war, sein eigenes Grab zu buddeln.

„Ich kann die nächste Person küssen, die ich sehe, wenn ich will", erklärte Envy mit ebenso viel Selbstvertrauen.

„Ist das so?", fragte Devon, wobei er ihre Stimme nachmachte.

„Ja, so ist das", bestätigte Envy und schenkte ihm ein sarkastisches Lächeln.

*****

Tabby und Kriss warteten neben Jason in der Schlange. Sie mochte Jason. Er war einer der braven Jungs. Sie schenkte ihm ein Lächeln, wissend, dass er aufgeregt war, zu wissen, dass Envy wieder single war. Sie brachte es nicht übers Herz, ihm zu sagen, dass Envy ihn richtig gern hatte, aber nicht auf die Art, wie er es gerne hätte.

„Wie hat sie in diesem Lokal eine Stelle bekommen?", fragte Tabby, während sie hochsah zu der Leuchtschrift auf dem Schild. „Es ist schon schwer genug, überhaupt hineinzukommen."

Jason grinste. „Envy und Chad sind gestern Nacht hergekommen, nachdem ich Envy angerufen habe, um ihr zu sagen, dass Trevor auf der Tanzfläche mit zwei anderen Frauen rum machte."

„Und sie sind gekommen?", fragte Kriss mit einem breiten Grinsen, als würde er sich amüsieren, aber die Wahrheit war, dass er ein schlechtes Gefühl bei der Sache hatte. Der einzige Grund, wieso er ihnen noch nicht gesagt hatte, dass sie nicht bleiben würden, war, dass er Tabathas Vorfreude gesehen hatte.

„Aber klar doch", antwortete Jason. „Chad hat ihr zur Feier des Tages sogar seine Elektroschockpistole gegeben. Es wird einige Zeit dauern, bevor der arme Junge wieder Kinder zeugen kann."

Kriss hielt sich beide Hände in den Schritt. „Jetzt weiß ich wieder, wieso man sich mit ihr gut stellen sollte."

„Keine Angst", beruhigte Tabby. „Deine Männlichkeit ist nicht in Gefahr."

Sie kamen zum Eingang und wurden von einem Mann mit einer Lederjacke und einem schwarzen T-Shirt, worauf vorne in großen Buchstaben 'Nick' stand, begrüßt. Sein Haar hing in langen Wellen um sein Gesicht. In dem Moment, als er hochsah, fragte sich Tabatha, wieso er sein Haar eine solch dunkel glühende Perfektion verbergen ließ. Sie fühlte eine schwere Hand auf ihrer Schulter und schielte neugierig hoch zu Kriss.

„Wieder hier, hä?", fragte Nick und grinste Jason zu.

„Ich hatte gestern Nacht so viel Spaß, dass ich herausfinden wollte, ob heute Nacht auch etwas los ist", antwortete Jason. „Ist Envy schon hier?"

Nick nickte mit dem Kopf Richtung Tür. „Ja, es ist ihr erster Arbeitstag, also lenkt sie nicht ab." Was er eigentlich sagen wollte, war: 'leg dich nicht mit Devon an', aber er nahm an, dass der Junge es nicht verstand.

Tabby schob ihre Arme durch den von Jason auf der einen und Kriss auf der anderen Seite. „Wir versprechen, wir benehmen uns soweit wie möglich. Aber mit jemandem wie Envy in der Nähe weiß man nie."

Nick hakte das Seil aus und ließ sie ein. Tabby und Kriss folgten Jason hinein und Tabby sah sich mit großen, erfreuten Augen um.

„Oh, ich mag diese Bude jetzt schon!", rief sie. „Hey Jason, kannst du mir zeigen, wo die Toiletten sind?"

„Ja, gleich dort drüben, zwischen den beiden Bars", sagte Jason und zeigte in die Richtung.

„Ich gehe mit", sagte Kriss, der sofort Formwandler von einer Seite des Hauses bis zur anderen spürte. Er wusste auch, dass der Geruch von Vampir noch zu riechen war, und darum hatte er sichergestellt, dass er heute Nacht nicht arbeiten musste. Dies war nicht die Art Lokal, wo er Tabby alleine herumspazieren lassen wollte. Sie wusste zwar vielleicht von den Gefallenen Engeln, und dass es Dinge gab, die nachts Lärm machten, aber er musste ihr erst welche zeigen.

Jason sah zu, wie sie weggingen und sah sich an der Bar um. Er erblickte Envy hinter der Bar, wo er letzte Nacht gesessen hatte, und ging dorthin, setzte sich direkt hinter sie. Sie hatte ihren Rücken den Gästen zugewandt und er runzelte die Stirn über das, was sie sagte.

Sobald Envy sich umdrehte, sah sie Jason an der Bar direkt hinter ihr sitzen und die Vorgänge mit großen Augen beobachten. Ihr Blick traf den seinen und sie sah den Frust und die Abscheu in seinen Augen. Sei beugte sich nach vor, lächelte, schlang eine Hand um seinen Hals und zog ihn in einen umwerfenden Kuss.

Plötzlich lag er halb auf der Theke mit Envys Lippen, die an seinen klebten. Wenn es weiter nichts gebraucht hätte, dann hätte er es schon viel früher gemacht.

Kriss und Tabby kamen aus den Toiletten und begannen, nach Jason zu suchen.

„Ich frage mich, wo Envy arbeitet", überlegte Tabby laut.

Kriss vergrub seine Fingerspitzen in den engen Taschen seiner Jeans. „Ich würde sagen, dort wo sie Jasons Gesicht gerade zum Abendessen verspeist."

Tabbys Unterkiefer klappte nach unten, als sie die Szene anstarrte. „Aber sie mag Jason doch gar nicht auf diese Art. Wieso sollte sie ihn so küssen?"

„Ich würde sagen, es hat eine Menge mit dem Sex-Gott zu tun, der hinter ihr steht und so böse schaut, dass er mit seinem Blick ein Feuer entfachen könnte", antwortete Kriss, der sich fragte, ob es zu spät war, um beide Mädchen zu packen und Hals über Kopf die Flucht aus diesem Treffpunkt für Paranormale anzutreten.

Tabby runzelte die Stirn. „Noch ein besitzergreifender Mann, der daherkommt und versucht, mein Territorium zu übernehmen? Das glaube ich nicht."

Kriss' Augenbrauen schossen hoch bis zu seinem Haaransatz, als Tabby durch den Flur zur Bar rannte. Das musste er sehen.

„Was zum Teufel?", fragte eine neue Stimme bitterböse zwei Meter hinter Jason.

Envy beendete den langsamen Kuss und schaute über Jasons Schulter auf Trevor.

„Hallo Trevor", sagte Envy fröhlich. „Geh runter zur Tanzfläche, ich glaube, die beiden Frauen, mit denen du letzte Nacht getanzt hast, sind schon da."

„Zum Teufel mit denen", rief Trevor, dessen Blut schon kochte. „Wieso, zur Hölle, küsst du Jason?"

„Oh, fühlt sich der kleine Trevor ausgeschlossen?", fragte Envy, die wusste, dass sie die Kontrolle schon ein paar Ausfahrten zuvor verloren hatte, und es war ihr ehrlich gesagt ziemlich egal.

Devon knurrte als seine Muskeln sich bemühten, sich davon abzuhalten, sich zu bewegen. Er bezweifelte, dass Envy ihm vergeben würde, wenn er Jason umbrachte, also richtete er seinen gefährlichen Blick auf Trevor. „Wirst du ihn auch küssen?"

Envy schielte wieder zurück zu Devon und hatte das Gefühl, dass sie durchdrehte. Wieso, zum Teufel, konnte sie nicht single sein, und einfach mit Typen rummachen? Andere Leute machten das auch. Sie wandte ihren Blick wieder auf Jason und musste beinahe lachen, als sie seinen Gesichtsausdruck sah. Er sah aus, als wäre er halb auf Wolke Sieben und halb verwirrt.

„Tut mir leid, ich erkläre es dir später", flüsterte sie ihm zu und richtete sich auf.

„Wenn Envy Küsse verteilt, dann will ich auch einen!", rief Tabby gerade als Kriss sie einholte.

Envys Gesicht erhellte sich, als sie Tabatha und Kriss sah, die sie angrinsten. Tabby rannte los und sprang beinahe über die Theke um ihre beste Freundin zu umarmen. Innerlich brüllte Envy vor Lachen, als Tabby sie plötzlich voll auf die Lippen küsste. Sie hörte Trevor erschrocken die Luft einsaugen, während Jason winselte.

Tabby wurde plötzlich zurück über die Bar gezogen und zog Envy dabei mit sich, bis die Rothaarige der Länge nach auf der Theke lag. Sie hatte ihre Arme plötzlich voll mit Kriss und seine Lippen pressten sich auf ihre und bewegten sich sinnlich. Mann, war er ein guter Küsser... sie hatte das schon immer wissen wollen.

Sie beide hörten ein deutliches Knurren und sahen hoch zu Devon. Wenn das möglich gewesen wäre, hätte sie geschworen, dass Dampf aus seinen Ohren stieg.

„Mach dir wegen mir keine Gedanken", verkündete Kriss. „Ich bin der Schwule in der Truppe."

Kat musste sich nach dieser Aussage an die Wand lehnen, und kämpfte immer noch damit, vor Lachen nicht umzufallen. Oh, dies war einfach köstlich, sie war froh, dass Warren eine Videoaufzeichnung von allem auf DVD brannte. Als sie sich ein wenig beruhigt hatte, bemerkte sie goldene Flecken, die in Devons Iris auftauchten, und nahm das als ihr Zeichen, einzuschreiten.

Indem sie sich zwischen Devon und Envy stellte, meinte Kat lächelnd: „Zeit für eine Pause. Vergnüge dich mit deinen Freunden." Kat hoffte, dass Envy sich schleunigst von Devon entfernte, bevor er über die Theke sprang und jemanden verletzte. Im Moment gab es zu viele potentielle Opfer.

„Wie lange habe ich?", fragte Envy noch während Kriss sie schon den restlichen Weg über die Theke zog.

Kat zuckte die Schultern. „Nimm dir eine Stunde, du wirst vermutlich bis sechs Uhr früh hier sein und mir beim Aufräumen helfen."

Envy nickte, als ihre Füße am Boden auf der anderen Seite der Bar aufsetzten. Sie blies sich erleichtert ein paar Haarsträhnen aus dem Gesicht als sie sah, wie Devon in Kats Büro stampfte und die Tür hinter sich ins Schloss warf. Jetzt, wo alle Klarheiten beseitigt waren… konnte sie ebenso gut gehen und sich vergnügen. Trevor ignorierend drehte sie sich im Kreis von Tabathas und Kriss' Armen.

KAPITEL 10

„Was, zum Teufel, machst du hier?", fragte Jason und schenkte Trevor einen bitterbösen Blick. Er wusste, dass der Kuss Envy nicht dasselbe bedeutete, wie ihm, aber er stachelte seine Eifersucht trotzdem an.

„Ich bin gekommen, um mit meiner Freundin zu reden", stellte Trevor fest, der dieselbe Eifersucht fühlte.

Jason stand auf. „Sie ist nicht deine Freundin, nach deiner Aktion von letzter Nacht."

„Nun, du brauchst nicht zu denken, dass ein kleiner Kuss sie zu deiner Freundin macht." Trevor seufzte als er Envy eingezwängt zwischen Kriss und Tabatha sah, und erkannte, dass sie beide völlig ignoriert wurden. Er schielte hinüber zu dem Büro hinter der Bar und wunderte sich über das Testosteron, das er roch, das der Jaguar ausströmte.

Meinte Devon Santos, dass er einen Anspruch auf Envy hatte? Er schoss böse Blicke auf die geschlossene Tür ab, wusste verdammt gut, dass, wenn er sich in einen Jaguar verwandeln würde, und gegen Devon kämpfte, dieser nicht den Hauch einer Chance hatte, zu gewinnen.

Trevor schaute wieder zurück zu Envy, die ihn noch immer ignorierte. Er atmete tief ein und hielt inne, dann atmete er noch einmal ein. Es war noch immer da. Er wusste, dass Envy sich geduscht hatte, als sie nach Hause gekommen war, und so wie er sie kannte, hatte sie sich wahrscheinlich noch einmal geduscht, bevor sie hierhergekommen war.

Also wieso war Devons Geruch noch immer so stark auf ihr wie am Morgen, als sie nach Hause gekommen war? Wenn das der Fall war, dann… war das nicht ein normaler One-Night-Stand.

„Scheiße!", zischte Trevor und ließ Jason stehen, da er ihn nicht mehr als echte Gefahr ansah. Er bahnte sich schnell einen Weg durch die Menschenmenge zum Geländer, von dem aus die Tanzfläche zu überblicken war. Er stand da und stützte sich einen Moment lang auf das dicke Eisen, versuchte, seinen rasenden Zorn unter Kontrolle zu bringen.

Er zwang sich dazu, sich zu beruhigen, aber in seinen Gedanken riss er die Eisenstange heraus und stieß sie in das Herz eines bestimmten Jaguars. Der Hurensohn hatte Envy zu seiner Partnerin gemacht, und Envy wusste es nicht einmal.

„Ich glaube, es könnte besser sein, wenn du gehst", sagte Kat, und fügte dann noch hinzu: „Sie gehört jetzt ihm."

Sie hatte gesehen, wie Trevor Devon angesehen hatte, und wusste, dass er schon verstanden hatte, was sie sagte. Wie zornig Trevor auch war, der Blick in seinen Augen zeigte ihr, dass sein Herz sich gerade über den Fußboden ergoss. Wenn er nicht vorsichtig war, würde Devon dieses Bild noch viel wirklicher machen.

Trevor sah hoch, hatte nicht bemerkt, dass sie neben ihm gestanden hatte. „Die Frage ist, ob er sie behalten kann." Er richtete sich zu seiner vollen Größe auf und starrte mit zusammengezogenen Augenbrauen hinunter auf Devons Schwester, sich nicht bewusst, dass seine Augen sich durch die Wut leicht rot verfärbt hatten.

„Sag deinem Bruder, dass er untergehen wird", knurrte Trevor. „Ich werde ihn nicht verpfeifen, wegen dem, was er Envy angetan hat, denn sie ist ein schlaues Mädchen und wird es selbst herausfinden. Ich bezweifle, dass sie es gutheißt. Wenn ich herausfinden sollte, dass er, oder irgendjemand von euch, etwas mit diesen Morden zu tun hat, dann könnt ihr euch alle auf etwas gefasst machen."

Kats Gesichtsausdruck verdunkelte sich durch die Drohung und sie schoss mit einem sehr bösen Blick auf ihn zurück. „Geh jetzt."

Trevor grinste. „Das habe ich vor. Jaguare, Pumas… man kann keinem von euch trauen, und ich werde es beweisen."

Kat zuckte mit keiner Wimper, als ihre Blicke sich einen kurzen Moment lang trafen, ehe Trevor sich umdrehte und zur Tür ging.

Sie war nicht überrascht über seinen Ausbruch. Immerhin hatte er versucht, Envy zu erklären, dass er hergeschickt worden war, um die Paranormalen zu bespitzeln. Wenn das wahr war, dann wusste er wahrscheinlich genau, womit er es zu tun hatte, und so wie es aussah, hasste er alle Formwandler. Sie runzelte die Stirn, hatte beinahe Mitleid mit ihm. Er schien Envy wirklich zu lieben, aber das war nun egal, denn sie war schon vergeben.

„Himmel hilf uns", murmelte Kat, als sie seine tödlichen Schritte beobachtete, als er das Lokal verließ und die Tür hinter sich zuschlug. „Dieser Mann ist auf einer Mission."

Was Kats Aufmerksamkeit wirklich auf sich gezogen hatte, war, dass seine Iris sich einen Augenblick lang rot verfärbt hatten, bevor sie wieder zu blau-silbern umschlugen. Und wenn sie genauer darüber nachdachte, dann roch Trevor auch nicht wie ein normaler Mensch, wenn man ihm nahe kam... sie hatte seinen Zorn gerochen. Was, zum Teufel, war er?

Als sie Envys Lachen hörte, wandte Kat ihre Aufmerksamkeit wieder der Bar zu und ihre Lippen öffneten sich leicht, als sie das Desaster sah, das dort in der Warteschlange stand. Envy hatte hinter die Bar gelangt und eine Flasche Heat hervorgezogen. Sie war gerade dabei nicht nur mit Tabatha, sondern auch mit Kriss und Jason anzustoßen.

„Wirst du nur hier stehen, und mit offenem Mund zuschauen, oder wirst du einschreiten?", fragte Nick von neben ihr. Er hatte die hitzige Unterhaltung zwischen ihr und Trevor gesehen und war gekommen, um zu helfen, nur um dann herauszufinden, dass er nicht gebraucht wurde.

„Ein Schuss sollte nicht zu viel Schaden anrichten", lächelte Kat, während die vier ihre Getränke leerten und Richtung Tanzfläche verschwanden. Devon hatte beschlossen, wieder aus dem Büro zu kommen und stand nun in der Tür, lehnte sich an den Rahmen und beobachtete sie, wobei er ungefähr so einschüchternd war wie ein ausbrechender Vulkan.

„Such jemanden, der für mich übernimmt. Ich mache Pause", sagte Kat in den Funk, wissend, dass Warren sich innerhalb weniger Minuten darum kümmern würde.

„Was hast du vor?", fragte Nick argwöhnisch.

„Ich gehe tanzen", antwortete sie, ehe sie rannte, um Envy und die beiden Typen einzuholen, die ihre Gedanken von Quinn ablenken konnten.

*****

Kane hatte noch lange nach Einbruch der Nacht am Dach des anderen Gebäudes gesessen. Er lachte sarkastisch auf, als derselbe Formwandler, der in der letzten Nacht solche Aufregung verursacht hatte, mit durchdrehenden Reifen den Parkplatz verließ. Als er Raven in der Nähe fühlte, stand er auf und ging zurück zum Rand des Gebäudes, richtete seine scharfen Augen auf die Schatten um Moon Dance.

Als er Raven erblickte, wie er um das Gebäude schlich, überquerte Kane das Dach, um besser sehen zu können.

Er hatte den ganzen Tag versucht, die Schuldgefühle zu ignorieren, aber sie wollten einfach nicht verschwinden... nagten an ihm und schenkten ihm höllische Kopfschmerzen. Dies war sein Kampf und ihm wurde klar, dass er nie wirklich zu sich selbst zurückgekommen war, ehe er Nathaniels Tagebuch gefunden hatte. Er war immer noch vor der Stille des Grabes weggelaufen... hatte bewusst weggeschaut, während Raven eine Blutspur durch die ganze Stadt hinterließ... die direkt vor die Tür von Malachis Kindern führte.

Kane schritt auf und ab, während er in seinen Gedanken darüber Ordnung schaffte, wer er früher gewesen war, und wer er jetzt war. Er hatte Raven zu einer Waffe geschmiedet, denn sein eigenes Herz kannte Grenzen. Er war kein Mörder… aber er hatte sich immer gewehrt und gewonnen, wenn jemand anders den Streit angefangen hatte. Die beiden Männer, die ihm das angetan hatten, waren nun tot… also was, zum Teufel, war der Sinn der Rache?

Sein Blick richtete sich ruckartig auf die andere Seite des Gebäudes, als er Quinn erblickte. „Wenn schon, denn schon", sagte Kane mit einem nervösen Seufzen. Die Hölle würde gleich losbrechen. „Aber ich nehme an, das war zu erwarten, angesichts der Tatsache, dass ich die arme Mieze Kat da hineingeritten habe."

Er trat von der Dachkante und landete lautlos auf dem harten Asphalt, wissend, dass es Zeit war, um Schadensbegrenzung zu betreiben. Er hielt inne, starrte gebannt auf die andere Straßenseite und fragte sich, wen er verfolgen sollte… den hitzköpfigen Puma oder den mordenden Psychopathen. Quinn war wütend, aber das war nichts im Vergleich zu dem Schaden, den Raven anrichten konnte.

Er würde nicht mehr für noch weitere Morde in seinem Namen verantwortlich sein. Und was die betraf, die schon gestorben waren, würde er den Kelch einfach an Malachi und Nathaniel weiterreichen, denn sie verdienten einen Teil der Schuld… nicht wahr?

Oh, verdammt, wenn er wüsste, was das Beste für ihn war, dann würde er sich irgendwo verstecken, wenn der Morgen beschloss, seine mächtigen Strahlen auf seine Sünden zu werfen.

*****

Raven ging neben der Hintertür, die er letztens entdeckt hatte, in die Hocke und wartete. Er wusste, dass diese Tür ins Innere des Clubs führte, denn er hatte einige der Angestellten herauskommen gesehen, um zu rauchen. Er würde bereit sein. Er hätte sich selbst beinahe eine angezündet, aber er wusste, dass die Jaguare einen ausgezeichneten Geruchssinn hatten, und er würde sein Versteck nicht so einfach preisgeben.

Die Gäste des Moon Dance umzubringen, hatte die Bullen bis an ihre Tür geführt, nun war es also an der Zeit einen Zahn zuzulegen. Er hatte nicht einmal gewusst, dass eines seiner Opfer eine Angestellte gewesen war... das war einfach ein köstlicher Zufall gewesen.

*****

Tabatha und Envy hatten Kriss zwischen sich genommen und rieben sich im Takt der Musik an ihm. Kriss hatte einen Arm um Kats Hüfte, sodass diese beinahe an seiner rechten Seite klebte, während sein linker Arm Tabbys Taille von hinten umklammerte. Jason klebte an Envys Rücken, einen Arm um sie geschlungen, wobei seine Hand leicht die Region direkt unter ihrer Brust berührte.

Jason errötete, als er plötzlich das Zentrum der Aufmerksamkeit zwischen den anderen vieren war. Envy hatte sich umgedreht, um ihn anzusehen, während Tabby und Kat provokativ an seinen beiden Seiten tanzten. Seine Augen wurden groß, als er Kriss von hinten auf sich zukommen fühlte und er schwang seinen Kopf herum, um dem anderen Mann einen bösen Blick zuzuwerfen.

Zu seiner großen Erleichterung berührte Kriss ihn nicht, aber es war verdammt knapp. Seine Aufmerksamkeit kehrte wieder zurück zu Envy, als er insgeheim eine Fantasie auslebte, die er seit der Schule hatte.

Sie waren erst seit einigen Minuten auf der Tanzfläche, aber die Hitze der vielen Körper zeigte schon ihre Wirkung. Envys Blick wanderte immer wieder zu der Wand, wo Devon und sie ihre hitzige Nacht vor nur vierundzwanzig Stunden begonnen hatten. Der Drang, wegzulaufen, schoss durch Envy. Sie entfernte sich von Jason und zog Kat mit sich mit.

„Was ist los?", fragte Kat nahe an ihrem Ohr, sodass sie über die Musik zu hören war.

„Gibt es hier einen Platz, wo ich schnell eine rauchen kann?", fragte Envy, während sie wieder auf den Ort, wo sie und Devon sich vergnügt hatten, schielte. Wenn sie hier nicht schnell raus kam, würde sie etwas Dummes tun, wie zum Beispiel, ihn suchen, um die Vorstellung zu wiederholen.

Kat grinste. „Ja, ich komme mit. Folge mir."

Envy zeigte Tabby mit einer schnellen Geste, dass sie eine Zigarette rauchen gehen würde und folgte Kat über die Tanzfläche. Kat trat durch eine unbeschriftete Tür und ging eine schmale Treppe hinauf.

Als sie nach draußen kamen, schlang Envy ihre Arme um sich selbst, als sie plötzlich die Wärme vermisste. „Verdammt, seit wann ist es so kalt?"

„Es ist nicht wirklich kalt", stellte Kat fest. „Es fühlt sich nur so an, nach der Tanzfläche. Wenn die

Nacht einmal richtig losgeht, dann ist das wie eine Sauna dort unten."

Envy grinste und griff in ihre Gesäßtasche, um ihre Zigarettenschachtel herauszuholen. Sie nahm sich eine, hielt Kat eine hin, und zündete dann beide an.

„Wie gefällt dir die Arbeit bisher?", fragte Kat, die wissen wollte, wie groß die Scheiße war, in der Devon saß.

Envy nahm einen tiefen Zug und grinste. „Ich finde es richtig toll." Ihr Blick verlor sich in der Ferne und ihr Lächeln verblasste. „Aber es könnte sein, dass Devon mich feuert, noch bevor diese Nacht endet." Sie biss sich auf ihre Unterlippe und fragte sich, ob Kat ihn verteidigen würde.

„Er mag dich einfach, das ist alles", erklärte Kat, die die Tatsache, dass Envy seine Partnerin war, nicht verraten wollte. Sie war ein Mensch und lebte nach anderen Regeln. „Er ist es nicht gewöhnt, verliebt zu sein." Um die Wahrheit zu sagen, machte Devon sich nie an die Frauen im Club heran. Wenn er Sex wollte, dann ging er woanders hin, um einen One-Night-Stand irgendwo zu finden, und sie würde Geld darauf verwetten, dass er sich nicht einmal die Mühe machte, nach Namen zu fragen.

Envy runzelte die Stirn. „Das Merkwürdige ist, ich glaube, ich mag ihn auch. Aber ich habe gerade eine Beziehung beendet… nicht, dass er sagte, dass es das ist, was er will." Jetzt, wo sie darüber nachdachte, war das wohl genau das, was er wollte, und er hatte auf seine komische, barbarische Art versucht, ihr das zu sagen. Gab es einen Two-Night-Stand?

„Alles, was ich will, ist mit ein paar Jungs ausgehen, und sondieren, weißt du?" Envy war zu dem

Entschluss gekommen, dass sie vielleicht ihre Strategie ändern sollte, und mit gar niemandem ausgehen. Das wäre vermutlich viel sicherer für ihr Herz, das sie so unbedingt beschützen wollte.

Kat nickte. „Ich weiß genau, was du meinst, aber gib Devon eine Chance. Er ist ein Esel", sagte sie lächelnd. „Aber er ist ein guter Esel. Außerdem ist es meistens der Typ, der richtig ist für dich, der sich von hinten anschleicht, bevor er dich von den Socken haut." Sie wiederholte die Worte ihrer Großmutter, als sie diese über Quinn befragt hatte. Natürlich war sie damals erst dreizehn gewesen.

Envy dachte einen Augenblick lang darüber nach, dann fragte sie neugierig: „Du bist seine Schwester, also sag, mit wie vielen Frauen verhält er sich so?"

„Du bist die erste, und so stur wie er ist… wird er sich ohne Gehirnamputation nicht davon abbringen lassen." Kat hob ihre Zigarette zu ihrem Mund, als sie mitten in der Bewegung erstarrte. „Was zur Hölle?", fragte sie scharf und sah an Envys Schulter vorbei.

„Guten Abend, Kat", grüßte eine fast verführerisch gefährliche Stimme aus nur wenigen Metern Entfernung.

Envy drehte sich um und schluckte, als sie den Mann sah, der hinter ihr stand. Sein hellbraunes Haar war lang und umrahmte in Wellen sein Gesicht, endete einige Zentimeter über seinen Schultern. Er trug eine Lederweste, die den goldenen Teint seiner Brust und seiner Arme bloß ließ und die von einer Jeans ergänzt wurde. Er sah ein wenig älter als Devon aus und beinahe ebenso zerstörerisch köstlich.

„Was machst du hier, Quinn?", wollte Kat wissen, die versuchte, zu ignorieren, wie ihr Magen sich zusammenzog. Sie konnte seine harten Muskeln unter seiner glatten Haut spielen sehen, und sie erkannte die Anzeichen… er war wütend. Während sie sich an sein Temperament erinnerte, das sie früher schon so oft erlebt hatte, fragte sie sich, was los war, aber weigerte sich die Frage auszusprechen. „Du weißt, dass du nicht hier sein solltest."

„Richtig", murmelte Quinn. „Verträge und das alles… aber ich wäre nicht hier, wenn du nicht zuerst unsere Abmachungen gebrochen hättest."

Kats Augen weiteten sich: „Wovon, zum Teufel, sprichst du?"

Quinn schritt schnell an Envy vorbei und drückte Kat gegen die Wand, seine Hand um ihre Kehle, um sie dort festzuhalten. „Ich habe mich ferngehalten", zischte er beinahe, dann schien er einen Teil seiner Selbstkontrolle wiederzuerlangen. „Aber das genügte dir nicht, nicht wahr? Du bist in mein Zimmer eingebrochen und hast versucht, mir die Morde in die Schuhe zu schieben."

„Ich war auf der Polizeistation, du räudiger Kater", zischte Kat, die fühlte, wie ihr eigenes Temperament aufkochte.

Quinns dunkle Augen wurden zu schmalen Schlitzen. „Ich habe dir kein Zeitfenster gesagt, Liebling. Wie solltest du wissen, dass du auf der Polizeistation warst, als es geschah?"

Kat knurrte und versetzte Quinn eine Ohrfeige. Sein Kopf wurde zur Seite gerissen, dann drehte er ihn langsam wieder zu ihr herum. Sie sah, wie seine Pupillen größer wurden, und wusste, dass sie soeben eine imaginäre Grenze überschritten hatte.

Envy wollte sich gerade einmischen, als Kat sie böse anstarrte. „Geh hinein und sag Warren, dass wir einen ungebetenen Gast haben."

„Halte die Menschenfrau da heraus", knurrte Quinn, Blut lief in vier parallelen Linien über seine Wange.

Bevor Envy ihren Mund öffnen konnte, um zu widersprechen, hatte Quinn Kat über seine Schulter geworfen und rannte die Einfahrt hinunter in Richtung Straße.

„Komm sofort zurück!", schrie Envy und rannte ihnen nach. Was, zum Teufel, ging hier vor? War dies der Mörder, von dem Chad und Trevor gesprochen hatten? Der Gedanke daran, dass Kat sterben könnte, schenkte ihr neue Kräfte.

Envy war nicht weit gekommen, als sie in etwas Festes rannte und fiel. Sie lag einen Moment am Asphalt, hustete schwer und versuchte, wieder Luft in ihre Lungen zu ziehen. Als sie hochsah, sah sie einen Mann in ungefähr ihrem Alter mit schwarzem Haar mit neonpinken Spitzen. Er trug mehr Make-Up als sie selbst und grinste sie eindeutig an wie ein Verrückter, als hätte er sie absichtlich in sich stoßen lassen.

Sie begann sich selbst vom Boden hoch zu drücken, aber er setzte einen Fuß auf ihre Brust, um sie aufzuhalten. „Wer, zum Teufel, bist du?", fragte Envy frustriert, als ihr klar wurde, dass der Mann, der Quinn hieß, Kat entführte, und sie konnte ihn nicht aufhalten. Sie schlug wütend auf seinen Fuß, aber er lachte nur.

Ihr Blick richtete sich auf die Tür, durch die Kat sie nach draußen gebracht hatte, um die Entfernung dorthin einzuschätzen. Wenn sie es nur bis dorthin schaffte, dann konnte sie vielleicht Hilfe holen. Sie griff in ihre

Hosentasche und benutzte die einzige Waffe, die sie hatte… die Elektroschockpistole ihres Bruders.

Oh, wie sie Chads Fürsorglichkeit manchmal liebte.

*****

Tabbys Blick streifte immer wieder die Tür, durch die Envy mit Kat verschwunden war. Sie wollte so gern mit ihnen eine Zigarette rauchen, aber sie wusste, dass Kriss es nicht mochte, wenn sie rauchte. Sie grinste, als ihr eine Idee kam.

Sie stellte sich auf ihre Zehenspitzen, sodass Kriss sie über die laute Musik noch hören konnte, und erklärte: „Warte hier, ich muss, ähm… meine Nase pudern." Ehe er Zeit hatte, um anzubieten, mit ihr zu gehen wie vorhin, verschwand sie in dem Gewirr von Körpern.

Kriss runzelte die Stirn und sah dann hinunter auf seine Hand, um zu sehen, was Tabatha ihm gegeben hatte. Er schielte hinüber zu Jason und grinste: „Es scheint, wir wurden wieder mit der Geldtasche sitzen gelassen."

Jason grinste, als Kriss Tabbys kleine, rosa Geldtasche in die Luft hielt. „Wollen wir was trinken?"

„Absolut", stimmte Kriss zu, und die beiden Männer machten sich auf den Weg zur Bar.

Tabatha ging durch die Tür und die Stufen hinauf. Sie zitterte, als sie nach draußen trat und den kühlen Wind auf ihrer erhitzten Haut spürte. Sie hörte ein Grunzen und sah um die Ecke, nur um dort Envy am Boden liegen zu sehen, mit dem Fuß festgehalten von einem Emo-Typen, der über ihr stand.

Sie rannte auf sie zu, gerade als Envy ihre Hand hob, in die Richtung des Schritts der leicht gespreizten Beine des Mannes. Das Surren von elektrischem Strom war zu hören, von dem Elektroschocker in Envys Hand… sie hatte ihn dort getroffen, wo sie am meisten Schaden anrichten konnte.

Raven zuckte überrascht zusammen und Envy rollte sich herum und versuchte, wieder auf die Beine zu kommen. Eine Hand kam plötzlich aus dem Nichts, um ihr zu helfen. Als sie sah, dass die Hand zu Tabby gehörte, ergriff Envy sie und sie beide rannten schnell zurück in Richtung der Sicherheit des Gebäudes.

„Was, zum Teufel, geht hier vor?", wollte Tabby wissen. „Wo ist Kat?"

„Ein Typ namens Quinn ist mit ihr abgehauen!", rief Envy. „Wir müssen es Devon sagen."

Ravens Augen verwandelten sich in rötliche Schlitze, als der elektrische Schock schnell wieder verschwand. Knurrend fletschte er seine Zähne und rannte ihnen nach, holte sie noch vor der Tür ein.

Er ergriff Envy am Haar und riss sie brutal zurück, genoss ihren Schmerzensschrei. „Dafür wirst du bezahlen, Schlampe." Die blonde Frau holte nach ihm aus, in einem lächerlichen Versuch, ihre Freundin zu retten. Er zerkratzte mit seinen Krallen Tabathas Arm, um diese nutzlose, menschliche Aktion zu stoppen.

Tabatha biss ihre Zähne zusammen, um einen Schrei zu unterdrücken und grinste, als Envy ihren Ellbogen in den Magen des Emos stieß. Emo knurrte noch einmal, hielt Envy immer noch am Haar fest und drückte die beiden Frauen gewaltvoll gegen die Mauer, wobei er nicht damit gerechnet hatte, dass die Blonde ihn gleichzeitig ergriff. Alle drei krachten sie gleichzeitig mit einem markerschütternden Poltern in die Metalltür.

Tabatha versuchte, die Sterne wegzublinzeln, die hinter ihren Augenlidern explodierten, als sie mit der Schulter voran zuerst auf der Tür aufschlug, sodass Envy und der Verrückte in ihren ohnehin schon verletzten Arm krachen.

Raven lächelte sadistisch als er Tabathas Haar ergriff und die Mädchen wieder zu sich zog. Er schleuderte sie noch einmal gegen die Tür und war schließlich zufrieden, als beide Körper erschlafften.

„Ich würde euch Schlampen Manieren beibringen, aber es scheint, ihr werdet nicht lange genug leben, um sie zu brauchen." Sein plötzliches Lächeln war weder warm noch freundlich.

Seine Augen glühten beinahe, als er das Blut sah, das nun an der Tür klebte, aber er würde sie nicht hier aussaugen… nein, er würde zurückgehen und die Armee füttern, die er in Kanes Namen erzeugte. Eine neue Armee würde sich erheben und wenn sie einmal gut genährt und trainiert war, würde er sie zu Ehren seines Meisters auf den Nachtclub loslassen.

Dann würde er die anderen dazu zwingen, ihre untoten Leben ihm und seinem Meister zu verschreiben. Sie würden sie wie die Götter verehren, die sie waren.

KAPITEL 11

Michael hockte im offenen Fenster von Warrens Büro, die Schatten der Nacht sicher um sich gewickelt. Kane konnte ihn nicht sehen, aber er sah Kane ausgezeichnet und fragte sich, was seinen lange verlorenen Freund plötzlich so aufregte.

Als er Kane vom Dach des Gebäudes auf der anderen Straßenseite springen und auf den Club zurennen sah, wusste Michael, dass es Zeit war, einzuschreiten, ehe Kane etwas tat, was sie beide bereuen würden. In der Vergangenheit hatte Kane oft Dinge getan, die außerordentlich dumm waren. Dinge, die sie mehr als nur einmal beinahe umgebracht hätten. Aber so tief war Kane noch nie gesunken.

„Manche eigensinnige Vampire sollten wirklich mit Bedienungsanleitung geliefert werden", sagte Michael mit einem traurigen Seufzen als er sich fragte, wem dies mehr wehtun würde… ihm oder Kane. Er sprang vom Fensterbrett und landete lautlos am Boden, genau in Kanes Weg.

„Kane, wie lange meinst du, dass du hier rumlaufen kannst, ohne mit mir zu reden?", fragte Michael, seine Arme vor der Brust verschränkt.

Kane kam ruckartig zum Stehen, als er Michael direkt vor sich sah. Der Schock alleine machte ihn beinahe sprachlos, bis er sich daran erinnerte, dass er versuchte, zu Raven zu gelangen, ehe der Junge noch mehr Schaden anrichtete. „Es ist schön, dich wiederzusehen, Michael, aber es ist gerade ein schlechter Zeitpunkt."

„Du wirst zusehen müssen, dass es ein guter Zeitpunkt wird", entgegnete Michael. „Es gibt hier eine Menge Kacke und ich glaube, dass du genau weißt, welche. Wie wär's, wenn wir uns ein Getränk holen und darüber reden?"

Kane hob eine Augenbraue, wusste irgendwo in seinem verdorbenen Sinn für Humor, dass der erste Teil dieses Satzes nicht gut geklungen hatte. „Lass mich darüber nachdenken und ich sage dir Bescheid. Im Moment muss ich noch ein Geschäft zu Ende bringen."

„Welches… einen Mord?", er kam einen Schritt näher als Kane an ihm vorbei schielte. „Ich habe das Geschenk, das du in Warrens Büro zurückgelassen hast, abgefangen. Es war eine böse Sache, die Malachi tat… aber unschuldige Menschen zu töten, für etwas, womit sie nichts zu tun haben, ist auch böse."

Michael drehte sich um als Kane versuchte, an ihm vorbeizulaufen, ohne zu antworten. „Wozu die Eile, Kane? Gierst du wirklich so sehr nach dem Blut deines nächsten Opfers, dass du nicht die Zeit hast, einem alten Freund zu erzählen, was, zur Hölle, du machst?" Er fühlte, wie seine Wut aufkochte, über die Art, wie er ignoriert wurde, und es war in seiner Stimme zu hören.

„Es geht dich nichts an, was ich tue, verdammt." Kane knirschte mit den Zähnen, wünschte sich, dass Michael gewartet hätte, denn in diesem Moment bewegte er sich auf einem zu schmalen Grat, um überhaupt zu wissen, ob er Michaels Freundschaft noch verdiente. „Außerdem klingt es so, als wüsstest du schon alles."

Kane rannte an Michael vorbei und zur anderen Seite des Gebäudes. Als er an dem Ort ankam, wo Ravens Geruch am stärksten war, knirschte Kane mit den Zähnen, als er erkannte, dass er zu spät kam... zu spät um seine eigene Seele zu retten, ganz zu schweigen von Ravens Opfern. Er fühlte, wie sein Geisteszustand den Bach hinunter ging, und Michael musste wirklich weg hier... jetzt!

Als er Michael direkt hinter sich fühlte, schob Kane die Schuld sarkastisch auf den, der sie hatte. „Jetzt schau, was du mir angetan hast. Du hast mich aufgehalten, sodass mein neuestes Mordopfer von einem anderen umgebracht wird." Er hob seine Hand und fuhr mit dem Finger durch das frische Blut, verstand viel mehr, als er wollte, dass Michael wüsste.

Michael runzelte die Stirn, als er das Blut sah und wusste, dass Kane es nicht getan haben konnte, denn er hatte ihn beobachtet. Ihm gefiel das beunruhigende Gefühl nicht, das damit einherging. „Kane, ich kann dir helfen. Aber du musst es zulassen."

„Mir kann nun niemand mehr helfen." Kane zog seine Hand weg von dem Blut an der Tür und wandte sich mit einem sadistischen Lächeln um zu Michael, hoffte, dass er ihn damit endgültig loswerden konnte. Er liebte Michael zu sehr, als dass er ihn mit in die Hölle hinabziehen wollte, die er für sich selbst erbaut hatte.

Es würde besser sein, alle Beziehungen hier und jetzt abzubrechen.

Er hob seine blutigen Fingerspitzen zu seinem Mund und leckte die rote Flüssigkeit davon ab. In diesem Moment fühlte Kane, wie alles um ihn herum sich unkontrollierbar zu drehen begann.

Sein Herz begann, unregelmäßig zu schlagen, donnerte in seinen Ohren und wurde noch lauter. Er sank auf seine Knie, seine Handflächen trafen krachend am Boden auf, als er versuchte, wieder zu Atem zu kommen. Es konnte nicht sein… durfte nicht sein. Er sprang wieder auf seine Beine und fühlte, wie Michael ihn so fest umklammerte, dass Kane wusste, dass Michael nicht vorhatte, ihn wieder loszulassen. Sein erster Instinkt war, zu kämpfen.

Michael wandte seine gesamte Kraft auf, um Kane festzuhalten und ihn wieder zu Boden zu zerren. Er drückte sein Ohr an Kanes Schulter, hörte das leise Klick des Funkgeräts und schrie: „Brauche Hilfe hier… Hintereingang, jetzt!"

Devon und Nick zuckten aufgrund der Lautstärke von Michaels Stimme zusammen. Der Vampir war nicht jemand, der laut wurde, außer es war wichtig… abgesehen davon, dass sie ihn noch nie um Hilfe rufen gehört hatten. Sie warfen einander einen Blick zu und setzten sich in Bewegung.

Devon sprang über die Bar, während Nick durch die Öffnung neben ihm rannte. Ohne die Aufmerksamkeit zu bemerken, die ihre Stunts erhielten, sprangen sie die Treppen hinunter und landeten in der Hocke, bevor sie über die Tanzfläche rannten.

Kriss' Gesichtsausdruck verfinsterte sich nur ein klein wenig, als er Nick und Devon beobachtete, die in

Richtung Tanzfläche rannten. Gleichzeitig erschien Warren plötzlich von hinter einer weiteren Tür und sprintete hinter ihnen her.

„Hey, Jason." Kriss lächelte und warf Jason einen Zwanziger zu. „Wie wär's, wenn wir nochmal dieses Getränk bestellen, das Envy uns gegeben hat, als wir ankamen?"

Er legte eine Hand auf Jasons Schulter und drückte sie leicht, als ihre Blicke sich trafen. Kriss wollte nicht, dass Jason in das hineingezogen wurde, was auch immer es war, was die Jaguare in Aufruhr versetzte. Er ließ seine Pupillen größer werden. Es war ein harmloses Stück Magie, das er anwendete, aber es würde Jason davon abhalten, ihm zu folgen.

Jason lächelte und nickte, wissend, dass er sich immer noch mehr als nur ein wenig betrunken fühlte, von dem ersten Shot. Er drehte sich um, um zu bestellen und als er über seine Schulter sah, runzelte er die Stirn darüber, dass Kriss nirgendwo zu sehen war. Entweder war er sehr langsam oder Kriss richtig schnell.

Er zuckte die Schultern, als zwei Shots Heat vor ihm erschienen. Lächelnd entschied er, dass er Kriss' Getränk einfach auch trinken würde, und ein neues bestellen, wenn Kriss zurückkam.

Kriss rannte hinunter in das Untergeschoss und bahnte sich einen Weg zu der Tür, durch die die drei Brüder gerannt waren. Er sprintete die schmale Treppe hoch und riss die Hintertür so kräftig auf, dass das Metall in die Wand krachte. Kriss erstarrte, als er sah, wie die Jaguare einen engen Kreis um Kane gebildet hatten, der fuchsteufelswild war.

„Schaff sie mir vom Hals, Michael, oder ich schwöre, ich werde zu dem Mörder, von dem du denkst, dass ich es bin." Kanes Lippen öffneten sich, sodass die verlängerten Fangzähne zu sehen waren, die so gefährlich aussahen, wie sie waren. Er wusste, er konnte die Jaguare aus dem Weg räumen, auch wenn sie alle gleichzeitig auf ihn losgingen, aber wenn Michael ihnen half, dann war die Sache nicht so einfach.

„Ich weiß schon, dass du nicht der Mörder bist", stellte Michael fest, mehr damit Warren es hörte, als für Kane. „Diese Menschen wurden von einem anderen getötet."

Getötet... das Wort schallte wie eine Todesglocke durch seinen Kopf. „Wie kannst du dir sicher sein?", fragte Kane, der Klang seiner Stimme war der eines Geisteskranken. „Ihr und die Kätzchen wisst doch nichts, was dagegen spricht."

„Ich kenne dich Kane", rief Michael. „Du bist kein Mörder."

„Noch nicht", warnte Kane, als seine Augen sich rot verfärbten und sein Blick sich auf Michael richtete. „Aber wenn du mich nicht gehen lässt, um den wahren Mörder aufzuhalten, dann kommt es richtig dreckig, denn dann werde ich jeden einzelnen von euch umbringen."

Michael nickte verständnisvoll und machte einen Schritt zurück. Das war alles, was Kane brauchte. Er verschwand in der Nacht und ließ Michael und die Jaguare mit gemischten Gefühlen zurück.

„Wofür, zum Teufel, hast du das getan?", rief Nick beschuldigend. „Wir hätten es besser wissen sollen, und einem verdammten Vampir nicht vertrauen."

„Kane ist nicht der Böse, Nick. Aber wenn wir ihm folgen, dann kann er uns zu dem bösen Jungen führen", erklärte Michael und ging auf die Knie, um ein Funkgerät vom Boden aufzuheben. Er atmete den Geruch ein und warf es dann Warren zu. „Ich denke, es ist das klügste, wenn wir uns aufteilen."

Warren knurrte, als er den Geruch vom Funkgerät erhaschte. „Quinn hat Kat."

Kriss stand noch immer direkt vor der Tür und hörte ihnen zu, während sein Blick über das Blut an der Wand und der Tür glitt. Er streckte seine Hand aus und berührte es, dann schloss er seine Augen. „Tabatha und Envy wurden beide verletzt und nicht von dem Puma."

Alle drehten sich um, als sie die Stimme hinter sich hörten, und waren überrascht, als sie Kriss dort stehen sahen… sie hatten ihn nicht gehört oder auch nur gerochen. Warren machte einen Schritt nach vorne, um Kriss vom Tatort zu entfernen.

Michael stellte sich ihm abrupt in den Weg und hielt die Hand hoch, um die Jaguare aufzuhalten. Sie erstarrten, aber nicht wegen Michaels stillem Befehl. Der Schatten, den Kriss auf den Boden vor ihm warf, verlängerte sich und ein prächtiges Paar Flügel, die vor Ärger zitterten, erschien als seine Augen in wirbelndem Quecksilber leuchteten.

„Kane ist hinter ihnen her." Michael nickte ruhig. „Du kannst ihn verfolgen. Findest du ihn, findest du auch die Mädchen." Er hob schnell seinen Arm um seine Augen abzuschirmen, und der Rest der Gruppe machte es ihm nach, um den Staub und Dreck, der durch die Luft wirbelte, als Kriss abflog, abzuwehren.

Devon sah ihm hinterher, knurrte, rannte die Seitenstraße hinunter und verschwand schnell in der Dunkelheit.

„Nick und ich kümmern uns um Quinn", sagte Warren, der wusste, dass Michael Kane hinterher wollte. Nach all den Geschichten, die Michael ihm über Kane erzählt hatte, fiel es ihm schwer zu glauben, dass dies wirklich derselbe Mann war. „Sei vorsichtig Michael. Kane war lange Zeit weg."

„Sei du auch vorsichtig", meinte Michael, der wusste, dass Kriss schneller sein würde, als er. Das Allerletzte, was sie jetzt brauchen konnten, war ein Tanz mit dem Teufel.

Warren verwandelte sich und sank auf alle Viere, mit Nick neben ihm. Sie atmeten den Geruch ihres entfernten Cousins ein und rannten so schnell sie konnten los. Michael beobachtete sie, bis sie außer Sichtweite waren, dann setzte er sich selbst in Bewegung, in die Richtung, in die Kane verschwunden war.

„Ich hoffe sehr, dass dein Geist diese Welt noch nicht völlig verlassen hat, mein Freund", sagte Michael leise und verschwand.

*****

Kat hämmerte so fest sie konnte auf Quinns Rücken, während sie unbequem über seiner Schulter getragen wurde. Sie schrie wütend auf, als er seine Hand hob um ihr einen Klaps auf den Hintern zu verpassen, um es ihr zurückzuzahlen.

„Lass mich, verdammt noch mal, runter!" Sie drückte ihre Handflächen gegen seinen Rücken in dem

Versuch, sich aufzurichten. Jedes Mal, wenn sie das tat, sprang er wild in die Luft, sodass sie ihren Halt wieder verlor. Sie strampelte und trat so wild um sich, dass sie beinahe ihren Wunsch bekam, aber zu ihrem Schock riss er sie vor sich zu Boden.

Kat hätte schwören können, dass sie Feuer in seinen Augen gesehen hatte, als sein hitziger Blick einige Sekunden lang ihren festhielt. Das einzige Geräusch war ihr beider angestrengtes Atmen. Er beugte sich vor und hielt sie mit seinen Händen auf ihren Schultern fest, ihre Lippen öffneten sich leicht vor Überraschung, als die Verwirrung seinen Gesichtsausdruck weicher werden ließ.

Keine Kraft der Welt hätte seinen Blick davon abhalten können, sich auf ihre Lippen zu senken... so weich und aufgrund seiner Taten schmollend. Die Anziehungskraft, die immer schon zwischen den beiden bestanden hatte, wurde größer, und das Geräusch eines tiefen Knurrens begleitete ihn, als er seine Hand in ihren Nacken legte und sie vorwärts in einen fordernden Kuss zog.

Zuerst wehrte sie sich, aber es war ihm egal, erst in dem Moment, als sie aufhörte, sich zu wehren, und den Kuss erwiderte, wurde ihm klar, wie gefährlich das Spiel war, das er spielte. Es war in der Hitze des Kusses, dass Quinn fest auf einen Punkt in ihrem Nacken drückte, und sie in Schlaf versetzte. Er atmete scharf ein, als ihr Körper erschlaffte und sie in seine schützenden Arme fiel.

Einen Augenblick lang fühlte er sich enttäuscht, dann erinnerte er sich daran, wieso sie nun bewusstlos in seinen Armen lag und das Knurren kam wieder zurück, klang noch gequälter als vorhin. Er würde sie nie verletzen… also wieso versuchte sie, ihm die Morde in die Schuhe zu schieben… außer sie kannte die verfluchte Wahrheit.

Es erschien Kat, als wäre nur ein Augenblick vergangen, als sie fühlte, wie sie auf das Bett in seinem Zimmer geworfen wurde. Nachdem sie wusste, dass sie dazwischen Kilometer verpasst hatte, rutschte sie sofort von der riesigen Matratze und kam mit ausgefahrenen Klauen auf ihn zu, als der Anblick des Zimmers kurz ihre Aufmerksamkeit ablenkte. Sie entschied sich, nicht darüber nachzudenken und ging weiter auf ihn los.

Quinn ergriff sie wieder an ihren Schultern. „Ich will wissen, wieso du das gemacht hast", knurrte er, fühlte, dass er die Kontrolle behalten konnte, solange sie so wütend war… obwohl er erkannte, dass ihr feuriges Temperament auch einen Schaden in seinem ohnehin schon erhitzten Blut anrichtete.

„Was gemacht?", rief Kat. „Mich entführen zu lassen?"

„Nein!" Quinns Blick verdüsterte sich, er fragte sich, wieso sie log. „Wieso versuchst du, mir die Morde in die Schuhe zu schieben?" Er trat nach den Papieren, die überall im Zimmer verstreut lagen. „Und hast du gefunden, wonach du suchtest, als du in meinen Safe eingebrochen hast?"

Die Kälte seiner Stimme ließ die Temperatur im Zimmer sinken. Kat hob eine Augenbraue, erinnerte sich gut genug an sein Temperament um zu wissen, dass er im Moment nicht wirklich stabil war. Sie hatte ihn nur selten so wütend gesehen, und es war nie schön gewesen… aber niemand hatte sie je einen Feigling genannt.

Ein kleines Lächeln begleitete ihren beschuldigenden Blick in seine Augen. „Was hast du denn versteckt?"

Quinn rüttelte sie. „Dies ist kein verdammtes Spiel, Kat. Wieso solltest du nach all der Zeit einen Krieg gegen uns beginnen, wenn du es nicht sowieso schon wüsstest?"

„Wieso erklärst du es mir dann nicht, damit ich es besser verstehe?", entgegnete sie, tat so, als hätte sie auch nur die leiseste Ahnung, worüber er sich so aufregte.

Quinn ließ sie ruckartig los und fuhr mit den Händen durch sein Haar. Während er seinen Kopf drehte, um das Chaos um ihn herum zu betrachten, gingen ihm mehrere Dinge gleichzeitig durch den Kopf... die Tatsache, dass er das Geheimnis einfach so unheimlich satt hatte, war eines davon. Das andere war, dass, wenn das Geheimnis einmal gelüftet war, er zumindest aufhören konnte, so zu tun, als würden die Jaguare nicht existieren.

Mit den Zähnen knirschend schielte er noch einmal zu dem offenen Safe und warf dann die Hände in die Luft während er wegging und sich auf die Bettkante setzte. „Verdammt, nach allem, was ich getan habe, um den Frieden zu bewahren, musstest du es alles zunichtemachen. Wieso meinst du, dass ich vor mehr als zehn Jahren wollte, dass unsere beiden Familien getrennte Wege gehen? Nur damit das hier nicht geschieht."

Kat bückte sich und hob einen Zeitungsausschnitt vom Boden auf, wobei sie erst bemerkte, dass sie mit Blut beschmiert waren. Sie sah sich aufmerksamer im Zimmer um, ließ alles auf sich wirken und ging dann zu dem Safe. Als sie lange, dunkle Haare sah, wusste sie, dass jemand sie verleumdete.

Sie seufzte und fragte sich, was genau es war, das sie gestohlen hatte. Es gab keine bessere Zeit als jetzt um es herauszufinden. Sie drehte sich um und schenkte Quinn ein zufriedenes Lächeln als hätte sie erreicht, was sie geplant hatte. „Fühlst du dich schließlich doch schuldig?" So war es richtig, ihn ködern, aber nichts zugeben.

„Ich bin vieles, Kat, aber ich bin nicht mein Vater. Wer hat das Tagebuch jetzt? Wem hast du es gegeben? Warren?" Quinns Stimme war leiser geworden und er fühlte sich aus irgendeinem Grund ruhiger. Als er zu Kat hoch schielte, konnte er es ihr kaum vorwerfen, dass sie versuchte, ihn zu verleumden. Er hatte das Tagebuch versteckt, weil er den Blick in ihren Augen nicht sehen wollte, wenn sie herausfand, dass es sein Vater gewesen war, der ihren zerstört hatte.

Welches Tagebuch? Und wieso verglich er sich selbst mit Nathaniel? „Ich würde das Tagebuch wohl Warren geben", stellte Kat nickend fest, versuchte, mehr Informationen aus ihm herauszulocken.

„Es war der Krieg von Malachi und Nathaniel... ein Kampf, den sie beendeten, indem sie einander umgebracht haben." Er beobachtete, wie Kats Augen groß wurden, sodass seine sich zu ungläubigen Schlitzen zusammenzogen. „Ach, komm schon, hast du das Buch nicht zu Ende gelesen? Malachi hat herausgefunden, was Nathaniel getan hatte, und sie trafen sich, um es im Kampf zu klären, dort, wo sie Kane begraben hatten, wo auch immer das war."

„Du wusstest es die ganze Zeit?" Ihre Hände ballten sich zu kleinen Fäusten an ihren Seiten und sie ließ zu, dass ihre Fingernägel sich in ihre Handflächen bohrten, um die Emotionen nicht Überhand nehmen zu lassen. Er hatte sie betrogen, aber nicht so, wie er dachte, sie betrogen zu haben. „Wieso hast du es mir nicht einfach erzählt? Oh nein, das wäre zu einfach gewesen, oder zu logisch. Stattdessen entscheidest du dich dafür, uns einfach von euch fernzuhalten... uns alle. Feigling!"

Kat fühlte die Hitze von Tränen in ihren Augen stechen, im gleichen Moment, als Quinns Schlafzimmertür wild aufgestoßen wurde. Sie zuckte erschrocken zusammen, aber insgeheim hatte sie es erwartet. Auf gar keinen Fall würde Warren so etwas lange zulassen.

„Alles in Ordnung, Kat?", fragte Warren, als er zwischen ihr und Quinn landete.

Kat schüttelte ihren Kopf und starrte Quinn wütend an. „Hol mich einfach hier raus und von ihm weg."

„Was, zum Teufel, hast du ihr angetan?", knurrte Nick, der wusste, dass Quinn und Kat einander immer gemocht hatten, auch wenn sie sich sehr bemüht hatten, das zu verbergen.

Quinn zuckte die Schultern. „Ich habe nichts getan. Sie war es, die Nathaniels Tagebuch gelesen hat. Frag sie. Vielleicht wirst du ihr dann damit helfen, mir die Morde in die Schuhe zu schieben."

Warren runzelte die Stirn. „Welches Tagebuch?"

„Hat sie es dir nicht gesagt?", fragte Quinn mit erhobener Augenbraue. „Sie hat dir nicht gesagt, dass Kane nicht derjenige war, der deine Mutter umgebracht hat, und trotzdem einfach beschuldigt wurde?" Er verschränkte die Arme vor seiner Brust und grinste Kat hämisch an. „Komm schon, sag ihnen, was du weißt."

„Ich weiß nichts, außer dem, was du mir gerade gesagt hast", rief Kat. „Ich habe das verdammte Tagebuch nicht genommen, aber ich weiß einen großartigen Ort, wo ich es hineinstecken kann, wenn ich es finde!"

Warren streckte seinen Arm aus, um Kat davon abzuhalten, ihre langen Nägel in Quinns Fleisch zu bohren. „Das genügt! Nick, bring Kat nach Hause… Ich glaube, es ist Zeit, dass die Anführer eine Sitzung abhalten."

Nick sah Warren wie einen Geisteskranken an. „Bist du verrückt? Das letzte Mal, wo das geschah, sind unsere Väter gestorben."

Warren runzelte die Stirn. „Ich habe dich nicht gefragt, Nick, ich habe dir aufgetragen, Kat nach Hause zu bringen."

Quinn blieb sitzen, wo er war, als Nick Kat ergriff und sie aus dem Zimmer führte. Sie wiederzusehen hatte zu viele Erinnerungen von den Jahren, wo sie befreundet gewesen waren, an die Oberfläche befördert… wo sie so viel mehr als nur Freunde sein hatten wollen… gewesen waren. In seinem Kopf tauchte noch einmal ein Bild von dem Kuss auf, den sie während der Entführung geteilt hatten. Er hob seine Finger zu seinen Lippen, jetzt noch verwirrter als je zuvor.

„Quinn", sagte Warren warnend, als er seine unbewusste Bewegung sah.

„Hau hier ab, Warren", sagte Quinn schließlich, als er seine Hand fallen ließ und zu ihrem großen Bruder hochblickte. „Mach dir nicht die Mühe, zurückzukommen."

Warren lächelte, aber da lag kein Humor in seinem Gesichtsausdruck. „Ich brauche nie lange, um Dinge herauszufinden, Quinn. Ich habe schon immer vermutet, dass da mehr war, bei Kanes Verurteilung… wenn man es so nennen will."

„Es gab keine Verurteilung", sagte Quinn bissig. „Kane wurde nach Malachis Gesetz schuldig gesprochen und zu einem untoten Tod verurteilt. Er wurde fälschlich des Mordes an der Frau deines Vaters beschuldigt und ich habe das Tagebuch zehn Jahre lang versteckt. Anfangs habe ich sogar versucht, ihn zu finden und aus seinem Gefängnis zu befreien… aber ich könnte den Zauber nicht lösen, auch wenn ich sein Grab finden würde."

Warren schüttelte seinen Kopf. „Ich will dich nur ungern enttäuschen, aber er ist schon frei gekommen. Er lebt und ist frei und ich bin mir fast sicher, dass er derjenige war, der Nathaniels Tagebuch genommen hat. Sei vorsichtig, und halte die Augen offen, Quinn", sagte Warren, während er zur Tür ging. „Vampire haben einen besonders ausgeprägten Sinn für Rache. Übernimm du nicht die Sünden deines Vaters, denn Kane wird dich anstelle von Nathaniel bestrafen, wenn es sein muss."

Quinn atmete tief ein. „Warte!"

Warren blieb stehen und wandte sich wieder zu seinem Freund und Ebenbürtigen um. Obwohl sie einander jahrelang nicht gesehen hatten, war die Freundschaft, die sie verband, immer noch anwesend. Er spannte sich an, als ihm klar wurde, dass auch die tieferen Gefühle zwischen Quinn und Kat noch bestanden.

„Kane hat viel Zeit mit Michael verbracht", sagte Quinn schließlich, während er sich einen Grund überlegte, um Warrens Gehen hinauszuzögern. Er hatte sie vermisst... sie alle. „Er könnte wissen, ob Kane es war, der das getan hat." Er hob einen Zeitungsausschnitt von einem der Morde auf und zeigte Warren das getrocknete Blut. „Das einzige Problem ist... woher hat Kane das Blut?"

Warren nickte, und dieses Mal war sein Lächeln echt. „Es war vielleicht Kane, der dir die Morde in die Schuhe schieben will, aber ich habe das Gefühl, dass er nicht der Mörder ist. Kat ist nicht die einzige Frau, die heute Nacht entführt wurde, also wir müssen los, wenn wir alle Rätsel lösen wollen."

Quinn lächelte, als er erkannte, dass er gerade die Einladung bekommen hatte, auf die er seit zehn Jahren so sehnsüchtig gewartet hatte. Er wandte sich zum Fenster, verwandelte sich in einen dunkelgelben Puma und wartete darauf, dass sich Warren zu ihm gesellte. Wenige Augenblicke später stand der Jaguar neben ihm und starrte aus dem Fenster. Quinn warf ihm einen Blick zu, der bedeutete 'ich folge dir' und Warren sprang aus dem offenen Fenster, Quinn ihm dicht auf den Fersen.

KAPITEL 12

Raven fühlte die Herrlichkeit der Rache, als er die Tür der verlassenen Lagerhalle öffnete. Nachdem er die beiden Frauen hinein befördert hatte, drehte er sich um und schob den schweren Metallriegel wieder vor. Er hörte ein Stöhnen und sah zurück zu seinen Gefangenen am Boden. Oh, dies würde köstlich werden, auf mehrere Arten.

Envy kam plötzlich wieder zu Bewusstsein, als ihre Knie auf dem harten Beton auftrafen. Als sie etwas neben ihr landen hörte, sah sie Tabatha mit dem Gesicht nach unten auf dem Boden liegen. Envy griff sofort nach ihrer Freundin. Sie ergriff die blonde Frau unter den Achseln und zog sie auf ihren Schoß soweit sie konnte.

„Tabby… komm schon Tabby, wach auf, bitte", flüsterte Envy während sie sanft Tabathas Wangen tätschelte. Als sie keine Antwort erhielt, zog sie sie in eine enge Umarmung und fragte sich, wie, zum Teufel, sie sie beschützen sollte.

Sie zog ihren Kopf zwischen ihre Schultern, als Raven um sie herum kam und seine Finger dabei durch ihr Haar glitten. Ihre Augen wurden groß, als sie Bewegungen tiefer im Raum vernahm und sie hob ihren Blick. Sie sah an ihrem Entführer vorbei und erkannte Kerzenlicht und Möbel, die ohne erkennbare Ordnung verteilt waren. Dieser Ort sah so aus, als wäre eine Gruppe Jugendlicher von Zuhause abgehauen und hätte dies in ein schlechtes Beispiel einer Bude für eine Jugend-Gang verwandelt.

Envy begann zu zittern, als sie Bewegungen sah und versuchte, Tabatha schützend noch näher an sich zu drücken. Zu ihrem Schrecken erkannte sie Männer, die aus den Schatten erschienen… so viele Männer. Sie und Tabby, beide konnten sie kämpfen, und sie konnte noch immer nicht verstehen, wie ein bescheuerter Punk sie so einfach überwältigen hatte können und sie in eine solche Gefahr brachte.

Raven lächelte, als seine Vampir-Brut aus der Dunkelheit erschien, aber das Lächeln verblasste schnell, als er sah, wie krank sie alle aussahen. Wenn er es nicht besser wüsste, würde er sagen, diese Typen begannen sich in die Art Vampir zu verwandeln, die man von schlechten Horrorfilmen kannte. Vielleicht brauchten sie nur Nahrung.

Er zählte sie, als sie in Sicht kamen… zwölf insgesamt. Einige fehlten, aber Raven ging davon aus, dass sie draußen waren, um selbst Nahrung zu suchen, anstatt darauf zu warten, dass jemand sie mit der Hand fütterte.

Neue Vampire waren unersättlich in ihrer Blutgier und für ihn war das völlig in Ordnung. Seit Kane es ihm ihm selbst überlassen hatte, seinen eigenen Appetit zu kontrollieren, hatte er beschlossen, seine eigene Armee zu gründen. Dieses waren die ersten Mitglieder, und wenn sie bereit waren, dann würde er alle zusammenrufen und sowohl den Jaguar- wie auch den Puma-Klan angreifen. Es würde ein Abschlachten werden, das Kane ihm Lehnstuhl betrachten konnte, und mit Marshmallows darauf anstoßen.

Er hatte die Mädchen getötet, weil Mädchen schwach waren und sowieso nur Probleme machten. Ihr einziger Vorteil war, dass sie köstlich schmeckten. Raven erinnerte sich daran, dass er einmal ein Mädchen gehabt hatte... aber sie war verschwunden. Die Polizei suchte noch immer nach ihr.

Die Männer, die in der Stadt verschwunden waren, waren einfach weg. Diejenigen, die er verwandelt hatte, um sein eigenes Nest von Mördern zu erschaffen, um die Formwandlerpopulation, die seinem Meister einen solchen Schaden zugefügt hatte, zu verwüsten.

Raven war zu dem Schluss gekommen, dass, wenn ein Mann verschwand, die Leute weniger aufgeregt waren... sogar die Gesetzeshüter schienen nicht besonders interessiert. Der Mythos war, dass Männer besser auf sich selbst aufpassen konnten, als Frauen. Dies hier war nicht das einzige Nest, das Raven in der Stadt versteckt hatte... aber es war das größte.

Das Nest, das er in der Kirche, wenige Straßen vom Night Light entfernt, errichtet hatte, war verloren. Aber er machte sich darüber nicht zu viele Gedanken... er konnte jederzeit mehr erschaffen. Diese Stadt war voller potenzieller Soldaten. Die jüngere Generation hatte diese romantische Vorstellung von Vampiren. Raven musste zugeben, dass die Vorstellung, ewig zu leben, durchaus interessant sein konnte.

„Meine Brüder", sagte Raven und breitete seine Arme aus. „Heute Nacht gibt es ein Festessen! Ich bin höchst zufrieden mit euren Erfolgen für meine Sache… um den Meister von dem Schmerz zu befreien, den ihm die Formwandler zugefügt haben." Seine Augen wurden zu schmalen, schwarzen Schlitzen, als er unheilvoll verkündete: „Er hat uns das ewige Leben gegeben… wir werden ihm für dieses Geschenk danken. Zum heutigen Festmahl habe ich uns ein Paar Mädchen aus dem Club, der den Jaguaren gehört, besorgt."

Raven kam wieder zurück zu Envy, umklammerte ihr Haar und zog ihren Kopf nach hinten, sodass ihre Kehle sichtbar wurde. Begeistert von ihrem Geruch nach Angst, schenkte er ihr sein gemeinstes Lächeln, wobei er ihr seine Fangzähne aus der Nähe zeigte. Sein Lächeln wurde noch breiter, als die Angst zu reinem Horror wurde.

„Nein", kreischte Envy, zu Tode verängstigt.

So ein Typ war der Grund für dieses Gefühl, dieses Zittern, das einen in der Nacht schneller gehen lässt. Sie brauchte seine Seele nicht zu sehen, um zu wissen, dass dort nichts als eine kalte, dunkle Leere war. Sie erfuhr zum ersten Mal, dass Horrorfilme nicht die einzigen Orte waren, wo Monster lebten. Ravens Worte sanken tief in ihre Seele, ließen ihre Knochen erfrieren während sie in kalten Schweiß ausbrach.

„Bitte mach weiter", zischte Raven während er sich neben sie kniete. „Deine Angst ist so anregend."

Er betrachtete sie genau, dann hob er seine Hand um seine Finger über ihre Kehle zu streichen. Raven schloss seine Augen und beugte sich nach vor, atmete tief ein, als seine Hand sich um ihre Kehle schloss und sanft zudrückte. Der entsetzte Schrei, der ihr entkam, ließ ihn erregt stöhnen.

Tabatha presste ihre Augenlider aufeinander, um zu versuchen, die höllischen Kopfschmerzen zu vertreiben, und winselte. Sie öffnete ihre Augen und schrie als sie den Mann, der sie angegriffen hatte, sah, wie er eine hübsche Garnitur Fangzähne nur Zentimeter von Envys Kehle entfernt aufblitzen ließ.

„Wie nett von dir, uns Gesellschaft zu leisten", rief Raven, als sein Blick sich auf sie richtete und ihren gefangen hielt.

Kane beobachtete alles still von einem Dachbalken der Lagerhalle aus. Er war gezwungen gewesen, eines der Fenster als Eingang zu benutzen, da er nicht riskieren wollte, dass Raven erschrak und seine Gefangenen gleich ermordete. Er runzelte die Stirn über Ravens gefährlichen Griff um Devons Partnerin. Er wusste, dass das Mädchen die Partnerin des Jaguars war, weil er es roch. Raven würde das noch nicht bemerkt haben, er war noch immer ein Neugeborener, wenn man ihn verglich mit der Erfahrung, die ein endloses Leben brachte.

Er betrachtete die hungrigen Gesichter der anderen Männer in dem Versteck und sein Gesicht verzog sich vor Ekel. Raven hatte sich selbst extrem überanstrengt. Es gab da zu viele Baby-Vampire, als dass Raven sie für längere Zeit völlig kontrollieren könnte. Kürzlich verwandelte Vampire waren außerordentlich gefährlich und bedürftig... seelenlose Kreaturen.

Raven hatte noch nicht erkannt, dass er die bedürftige Phase noch nicht verlassen hatte. Das war einer der vielen Gründe, weshalb die älteren, klügeren Vampire nur etwa alle hundert Jahre einmal eine einzelne Person verwandelten. Die wirklich klugen verwandelten überhaupt keine. Seelenlose Vampire waren egoistisch, wollten ihre bösen Geschenke nicht teilen.

Raven war Kanes Erster gewesen… und er würde sein Letzter sein. Babysitter für den Psychopathen zu spielen, war nichts als eine große Sorge gewesen.

Sein Blick wanderte zu dem blonden Mädchen, fragte sich, ob sie diejenige war. Die Tränen auf ihren Wangen glitzerten im Kerzenlicht. Sie sah so völlig fehl am Platz aus, zwischen den dämonischen Gerüchen in der Lagerhalle… wie ein Engel, der in die Grube der Hölle gefallen war und hochsah, um die Monster zu sehen.

Die Furchen in seiner Stirn vertieften sich über die gegenständliche Situation. Wenn er alleine gewesen wäre, hätte er dieser ganzen Scheiße einfach den Hahn abgedreht. Das Problem war, dass die Mädchen im Weg waren. Er musste sich überlegen, wie er sie gefahrlos aus dem Sichtfeld eines Dutzends verhungernder Vampire entfernen konnte. Er konnte auf beiden Frauen Blut riechen und er wusste, dass das nicht wirklich half, um die Situation zu beruhigen.

Kane schüttelte seinen Kopf enttäuscht. Raven hatte diese Vampire an einer kurzen Leine gehalten, hatte ihnen nur Futter gegeben, wenn er es wollte… zumindest schien es so, zu urteilen nach ihren dünnen Körpern und ihrem kranken Aussehen. Es schien, dass ein paar von ihnen vielleicht heute Abend getrunken hatten, aber nicht genug, um ihren jungen Appetit zu beschwichtigen.

Er erinnerte sich an Ravens erste Wochen und zog seinen Kopf zwischen die Schultern, als ihm klar wurde, dass er kein besonders guter Meister gewesen war. Alles, was Raven getan hatte, war im Endeffekt seine Schuld.

„Meine Brüder", rief Raven, und riss Kane damit aus seinen Überlegungen. „Ihr könnt euch wirklich glücklich schätzen, dass ihr Teil eines so großartigen Plans seid." Er ließ Envys Haar los und begann, die Mädchen wie ein verrückter Geier zu umkreisen. „Was wir machen, machen wir für den inneren Frieden unseres Meisters. Bald werden alle seine Feinde ausgelöscht sein, und wir werden die Stadt regieren können. Ihr werdet frei sein, um zu trinken von wem ihr wollt, wann ihr wollt, und nichts wird euch aufhalten."

Raven kicherte innerlich vor Freude als die anderen sich näherten. Die Wahrheit war, wenn er einmal seinen Meister gerächt hatte, würde er sie alle umbringen. Kanes Lob würde nur ihm gehören, nicht dem Gesindel, das als Kanonenfutter verwandelt worden war. Er blieb hinter den Frauen stehen, ergriff beide am Arm und riss sie hoch auf ihre Füße.

„Lass mich los, du Arschloch!", rief Tabby und wäre beinahe wieder ohnmächtig geworden, durch den Schmerz, der durch ihren Kopf schoss.

„In Ordnung, ich lasse dich gehen", sagte Raven. „In die wartenden Arme meiner Brüder."

„Raven!" Kane erschien plötzlich mitten im Raum.

Raven hielt inne, drehte sich um, sein Gesicht erstrahlte vor unbändiger Freude. „Meister Kane!", flüsterte er und ließ die Mädchen los, um loszurennen und ihn zu umarmen.

Kane klopfte Raven auf die Schulter, bevor er ihn von sich wegstieß und ihn betrachtete. Kane wusste, dass der alte Mythos über Vampire, die die Aufträge ihrer Meister blind befolgten, völliger Unsinn war. Aber diese neuen Baby-Vampire wussten das nicht, und ihr fehlendes Verständnis dafür, was wirklich passiert war, hielt sie davon ab, es zu erkennen.

Er seufzte, wissend, dass er improvisieren würde müssen, um die Frauen hier lebend herauszuholen. Er nickte, was Raven als Zeichen seiner Zustimmung sah, bevor Kane über seine Schulter blickte. „Raven, mein Junge, ich sehe, du hast Fast Food geholt." Er schielte hinüber zum Fußvolk und fügte hinzu: „Und es sieht auch so aus, als hättest du den Mund zu voll genommen."

„Ich brauchte Anhänger, die mir helfen, unsere Feinde zu zerstören", erklärte Raven, der außer sich war vor Freude darüber, dass er nach so viel Arbeit endlich Kanes Aufmerksamkeit bekam. „Ich habe heute Nacht zwei vom Moon Dance geholt und sie hierher gebracht. Ich konnte nur davon träumen, dass Sie zum Festmahl kommen würden, und nun wurde mein Wunsch erfüllt."

Raven machte beinahe Luftsprünge als er zurück zu den Mädchen eilte, Tabatha am Arm ergriff und sie gegen seine Brust zog. Er hob seine Hand und fuhr mit seinen Fingernägeln über Tabathas Ausschnitt, bevor er einen ihre Haut durchbrechen ließ, sodass ein kleiner Schnitt in ihrem weichen Fleisch entstand.

„Koste sie, Meister… sie ist sehr lecker."

Envy begann zu hyperventillieren, als ihre Arme von zwei der anderen Männer ergriffen und zu beiden Seiten gezogen wurden. Sie riss ihre Aufmerksamkeit von sich selbst los und sah hinüber zu ihrer besten Freundin. „Lasst sie in Ruhe!", schrie Envy als Kane langsam auf Tabatha zuging.

„Möchtest du lieber an ihrer Stelle erscheinen?", fragte Kane.

Raven nickte zu einem der anderen Vampire und grinste über das wütende Kreischen, das die Rothaarige ihm schenkte, als ein Vampir von hinten auf sie zukam und den Kragen ihres Netzhemds aufriss. Ravens Zunge fuhr über seine Lippen als die Krallen seines Untertanen über ihren Ausschnitt kratzten und blutige Streifen hinterließen.

Kane runzelte die Stirn, als er fühlte, wie der Blutdurst im Raum zunahm. Er wusste, dass die Zeit knapp wurde, und er schnell handeln musste. Er bewegte sich so schnell, dass es niemand richtig sah, riss Tabatha aus Ravens Griff los und zog sie an sich. Überrascht machte Raven einen Schritt zurück und die Aufregung des hungrigen Mobs nahm nur noch zu. Kane beugte theatralisch seinen Kopf hinunter und fuhr mit seiner Zunge über die Schnittwunde.

„Köstlich", flüsterte er dramatisch.

Sein Blick traf den von Tabatha und er fühlte, wie ein Grinsen auf seinem Gesicht erschien, als ihre Fingernägel sich tief in seine Schulter gruben, bis Bluttropfen erschienen.

Tabatha atmete schwer und schluckte ein Winseln hinunter als der Vampir, der sie festhielt eine Augenbraue hob und auf eine ihrer Hände, die sich in seine Schulter krallten, schaute.

Plötzlich lag sein Mund auf ihrem und verschlang ihre Lippen in einem gefährlich sexuellen Kuss. Tabatha konnte ihr Blut auf seinen Lippen schmecken und ihre Augen weiteten sich. Tränen liefen über ihre Wangen und sie begann zu kratzen, zu boxen und versuchte, ihn zu treten... alles, was ihn dazu bringen sie loszulassen. Der Kuss war überwältigend unter anderen Umständen hätte sie ihn vielleicht genossen. Aber in diesem Moment bedeutete der Kuss in Tabathas Augen den Tod und sie war absolut nicht bereit, zu sterben.

Envy fühlte, wie Panik und Angst sie durchströmten, als sie beobachtete, wie dieser neue Vampir Tabbys Blut trank und sie dann küsste, was nur dazu beitrug, dass die Dinge noch verworrener erschienen. Sie zermarterte sich ihr Gehirn um einen Weg zu finden, um aus dieser Hölle zu verschwinden. Endlich kam ihr eine Idee und sie handelte, ohne noch weiter nachzudenken.

„Also du tötest Frauen, weil sie schwach sind und nicht stark genug, um gegen dich zu kämpfen", wollte Envy wissen, während sie Kane einen wütenden Blick zuwarf. „Das ist nicht wirklich eine sehr männliche Art, von denjenigen zu denken, die deine Nahrungsquelle gebären können."

Raven starrte sie böse an. „Sei still, du hast kein Recht so mit ihm zu reden."

„Halt's Maul, verdammt, Igor!", schoss Envy zurück. „Alles, was ich bisher von dir gehört habe, ist 'Meister dies und Meister das'. Wieso wirst du nicht endlich erwachsen und handelst selbst?"

Raven wandte sich zu ihr um und zeigte seine Fangzähne. „Ich denke, das werde ich tun."

'Verdammt', rief Envy innerlich und machte das nächste, was ihr in den Sinn kam: sie biss eine der Hände, die sie an der Schulter festhielten.

„Raven", sagte Kane mit sehr ruhiger Stimme.

Raven hielt im Schritt inne und sah zurück auf seinen Meister. „Soll ich ihr die Zunge abbeißen?", fragte er und fuhr sich bei dem Gedanken mit der Zunge über die Lippen.

„Bevor du sie auseinander nimmst, würde ich auch gerne kosten", sagte Kane lächelnd, aber sein Magen verkrampfte sich. Der Blick, den Raven ihm zuwarf, war alles Andere als freundlich. Er wusste, Raven war drauf und dran, die andere Frau umzubringen, nach dem was sie gesagt hatte. Er schenkte ihr einen sehr finsteren Blick, hoffte, dass er sie damit zum Schweigen bringen konnte, bevor sie Raven so sehr provozierte, dass er ihr einen schnellen Tod schenkte.

'Ich kann sie nicht beide beschützen, wenn sie getrennt sind', überlegte Kane innerlich. 'Ich muss sie nebeneinander behalten.'

Die Vampire, die Envy festhielten, begannen zu knurren, und hielten sie noch fester.

„Nein", knurrte einer von ihnen. „Er kann die erste behalten, aber diese hier gehört uns."

Kane grinste. „Raven, wirst du deinem Meister seinen Wunsch verwehren?"

Der Vampir, der hinter Envy stand, sprang in die Luft und landete auf allen Vieren zwischen Raven und Kane. Raven hob eine Augenbraue, als das Männchen nach vor schoss. Kaum dass es eine Hand auf Tabathas Schulter gelegt hatte, um sie von Kane loszureißen, rollte sein Kopf über den Boden und blieb wenige Zentimeter neben Ravens Füßen liegen.

Kane hob langsam seine Hand und leckte das Blut von seinen Klauen. Er musste seine Rolle gut spielen, wenn er Ravens Gehorsam wollte. „Du verweigerst mir Tribute, Raven."

Tabatha fiel beinahe in Ohnmacht durch den Anblick der Enthauptung direkt neben ihrem Gesicht.

Raven richtete seinen Blick auf Kane. „Ihre Armee muss fressen, Meister." Er zischte leise. „Wenn ich es nicht besser wüsste, würde ich glauben, dass Sie versuchen, diese beiden Frauen zu beschützen."

Kane zuckte die Schultern. „Vielleicht bin ich einfach ein egoistisches Schwein. Sie bedeuten nichts… nur eine Nahrungsquelle. Ich wollte nur kosten." Er sah auf Tabatha hinunter, die er noch immer fest an sich gedrückt hielt und machte eine wegwerfende Handbewegung in die Richtung von Raven. „Tu, was du willst."

Nun war Raven an der Reihe, zu grinsen, als er sich zu der anderen Frau umwandte. „Du sollst heute Nacht unser Festessen sein, meine Schönheit."

Envy begann sich wieder zu wehren, machte alles, was ihr einfiel: kratzte mit ihrer freien Hand, trat um sich und biss sogar, aber nichts half um ihre Geiselnehmer abzuschütteln. Während die anderen ihre Aufmerksamkeit auf Envy richteten, senkte Kane seine Lippen zu Tabathas Ohr.

„Wenn ich dich wegschubse… renn, so schnell du kannst", flüsterte er so leise, dass nur sie es hören konnte.

Tabatha erstarrte und starrte ihn einen Augenblick lang an, bevor sie ihren Kopf kaum merkbar bewegte… sie hatte verstanden.

„Nein, verdammt, lasst mich los", schrie Envy, als Raven ihr zu nahe kam.

Raven riss Envys Kopf wild zur Seite und starrte hungrig auf ihre Kehle. Envy konnte ein Schluchzen nicht zurückhalten, als Raven sich näherte und sie wünschte sich, dass sie einige der Dinge, die sie getan hatte, rückgängig machen könnte... etwa Devon als billigen Nervenkitzel abzutun.

Mehrere Dinge passierten gleichzeitig. Kane schob Tabatha von sich weg, Richtung der Tür und rannte mit Höchstgeschwindigkeit durch den Raum. Tabatha rannte, wie er ihr aufgetragen hatte, nur um schlitternd zum Halten zu kommen, als die Tür aufgesprengt wurde, und ein Jaguar davorstand, der gefährlicher aussah, als alle Raubkatzen, die sie je gesehen hatte.

Die Katze knurrte laut und hatte den Raum durchquert, bevor irgendjemand Zeit gehabt hatte, zu Blinzeln. Raven fühlte einen schmerzhaften Druck auf seiner Kehle, bevor er von seiner Trophäe weggezerrt wurde. Er sah das gefleckte Fell und wusste genau, wer es war. Aus seinem Augenwinkel heraus konnte er den zufriedenen Ausdruck auf Kanes Gesicht sehen und wusste, dass derjenige, den er verehrte zum zweiten Mal seinen Tod bedeuten würde.

Devon riss seinen Kopf herum, seine Zähne noch immer um den Hals des Vampirs geschlossen, trieb seine Reißzähne durch Fleisch und Knochen. Ravens Klauen verkrallten sich in Devons Fell und Haut, bis Blut aus den Wunden trat, aber Devon schien es gar nicht zu bemerken. Er riss seinen Kopf noch zweimal hin und her, bevor ein schreckliches, gurgelndes Geräusch zu hören war, und Ravens Kopf abriss.

Envys Augen wurden riesengroß, als Ravens Blut durch den Raum spritzte, als zielte es genau auf sie. Jetzt, wo der Jaguar mit dem Vampir fertig war, würde er sie angreifen? Sie begann wieder zu strampeln, versuchte, hinter die Vampire zu gelangen, die sie festhielten. Ihre Theorie war, dass der Jaguar vielleicht schon voll war, wenn er schließlich bis zu ihr vordrang.

Die kopflose Leiche zur Seite wälzend, wandte sich Devon zu Envy um, wollte sie dringend aus der Gefahrenzone bringen. Die verbleibenden Vampire ließen sie los und griffen ihn gemeinsam an. Devon war überrascht über ihre Kraft, angesichts der Tatsache, dass sie so jung waren… oder zumindest erst kürzlich verstorben. Ein unmenschlicher Schrei von oben lenkte ihn ab und er brüllte, als einer der Vampire seine Krallen in seine Seite bohrte.

Kane riss die Kehle des Vampirs, der sich wie ein verrückter, knurrender Affe, an ihn klammerte, heraus. Die Wunde würde ihn nicht umbringen, aber sie würde ihn deutlich langsamer machen, sodass er sich um den Katzenkrieg wenige Meter vor ihm kümmern konnte. Als er den Vampir endlich abwerfen konnte, rannte er auf Devon zu und fegte den Vampir, der damit beschäftigt war, herauszufinden, wie das Innere eines Jaguars aussah, aus dem Weg.

Er knurrte, als weitere Vampire von der Decke fielen, als wären sie zu einem familiären Notfall gerufen worden. Was durch die Dachluke hinter ihnen krachte, zog die Aufmerksamkeit von allen auf sich und ein kleines Lächeln erschien auf Kanes Lippen.

Kriss' Blick durchsuchte die Umgebung während er nach unten fiel, und erblickte schließlich Tabatha. Sie atmete und war ansprechbar. Das hätte genügen sollen, um ihn zu beruhigen, aber der Anblick von Blut, das an ihrer Seite und ihrer Kehle und Brust klebte, ließ seine Wut nur noch mehr aufkochen. Er landete in einer Hocke zwischen Tabatha und der Horde von Vampiren. Sein mächtiger Körper stand felsenfest in der Brandung, jeder Muskel angespannt und bereit zu explodieren.

Dies war das zweite Mal, dass Tabatha Kriss' Flügel zu sehen bekam. Das erste Mal, war er in einen sexuellen Kampf mit Dean verwickelt gewesen... dieses Mal war es Blutdurst. Diese seltsamen Flügel beschatteten den Boden hinter ihm und sie kniete genau zwischen ihnen. Sie streckte eine zitternde Hand aus, um den dunklen Schatten zu berühren. Als hätte Kriss es gefühlt, zuckte der Schatten und er sprang auf die Vampire zu, machte, wovon Devon und Kane nur träumen konnten.

Jetzt wo Hilfe gekommen war, bahnte Kane sich schnell einen Weg zu Tabatha, die noch immer verletzlich war, dort am Rande der blutigen Prügelei. In dem Moment, als sie bemerkte, dass er sich ihr näherte, zog sie sich vor ihm zurück.

Kane leckte das Blut von seinen Lippen, schmeckte sie noch immer und schüttelte langsam den Kopf als ihre Blicke sich zu einem stillen Duell trafen. Er konnte fühlen, wie seine Verletzungen rasend schnell heilten, und er wusste, dass das kam, weil er das Blut seiner Seelenfreundin getrunken hatte. Seit er zum zweiten Mal aus dem Schoß der Erde geklettert war, hatte er sich nicht mehr so berauscht gefühlt.

Tabatha beobachtete das Feuer in Kanes Augen, als er ihren Blick festhielt. Niemand hatte sie je auf diese Art angesehen... als würde er jede tiefe, dunkle Sünde kennen, die sie je begangen hatte, und als würde ihm das gefallen. Es fühlte sich an, als wäre da ein unsichtbarer Magnet zwischen ihnen, eine unsichtbare Macht, die ihren Rückzug aufhielt. Sogar blutverschmiert und verletzt war er die reinste Verführung, und das machte ihr schreckliche Angst.

Ihre Finger hoben sich, um über den Biss auf ihrem Hals zu streichen, aber in ihren Gedanken erinnerte sie sich an das Gefühl seiner Lippen auf ihrer Haut.

Sie blinzelte und plötzlich war er nicht mehr vor ihr. Ihre Lippen öffneten sich, als sie seine Arme fühlte, die sich von hinten um sie schlangen und sie fest an ihn zogen. Sie drehte ihren Kopf zur Seite und atmete scharf ein, als ihre Wangen aneinander streiften. Das war alles, was nötig war, um ein Feuer in ihrem Bauch zu entzünden… und dieses Feuer sank schnell tiefer.

Tabatha wurde klar, dass, wenn dies ein Krieg wäre… sie soeben verloren hätte. Sie hörte auf, sich zu wehren, wissend, dass es sinnlos war, und wandte ihren Kopf wieder um, um den Kampf zu beobachten.

Envy konnte nur dastehen und mit morbider Faszination zusehen. Raven hatte etwas von Jaguaren und Formwandlern gesagt, aber es war ihr noch nicht in den Sinn gekommen, die Worte eines Verrückten ernst zu nehmen… aber er war ja noch nicht einmal ein Mensch gewesen. War dies eine echte Katze oder jemand anders? Der Jaguar war direkt auf Raven zugerannt und hatte ihn umgebracht um sie zu retten. Und als gerade eben seine Augen gesehen hatte, hatte sie das Gefühl gehabt, sie zu kennen. Wieso sollte ein Jaguar so wählerisch sein, es sei denn… aber das war ungefähr so bescheuert, wie die Vampire, gegen die er kämpfte.

Als sie einen Bogen aus Blut sah, der durch die Luft spritzte, als eines der Monster den Jaguar mit seinen Krallen angriff, fühlte Envy einen Stich in ihrem Herzen und konnte einen Schrei nicht unterdrücken. „Hör auf! Tu ihm nicht weh!"

Tabatha versuchte, sich aus Kanes Armen loszureißen, aber er hielt sie daraufhin nur noch fester. „Envy, nein!", schrie sie und versuchte, Envys Aufmerksamkeit zu gewinnen, ehe ihre Freundin etwas sehr Dummes tun konnte.

„Psst, Devon wird nicht zulassen, dass sie sie verletzen", flüsterte Kane in ihr Ohr.

„Devon?", fragte Tabatha stirnrunzelnd und sah sich nach dem Mann um. Als sie ihn nirgends sehen konnte, strampelte sie noch fester.

Als er Envys Panik hörte, riss Devon den Blick seiner goldenen Augen herum in ihre Richtung und knurrte, als das leichtsinnige Mädchen auf ihn zugerannt kam. Er bewegte sich ein Stück zur Seite, sodass er Envy aufhalten konnte, indem er seinen Körper zwischen sie und die messerscharfen Zähne, die auf ihn zukamen, stellte und fühlte, wie sie in ihn krachte, gerade als Kriss hinter dem Vampir auftauchte und seine Faust in dessen Rücken rammte.

Devons Blick hing fest an dem großartigen Anblick von Kriss' Hand, die sich aus dem Körper zurückzog während sie das Herz des Vampirs noch umklammert hielt.

Envy fiel vor Angst auf die Knie und drückte sich selbst fest an die riesige Katze, um sich vor der Art zu verstecken, wie Kriss die Vampire tötete, als wären sie nur Spielzeuge.

Nachdem sie zugesehen hatte, wie Kriss den letzten Vampir umbrachte und seinen Blick auf sie richtete, wollte Tabatha auf ihn zulaufen um sicherzugehen, dass das Blut, das auf ihm klebte, nicht sein eigenes war. Tief in sich drinnen wusste sie, dass diese Kreaturen ihn nicht wirklich verletzen konnte, aber sie hatte ihn handeln, gehen und reden gehört, wie ein Mensch, also behandelte sie ihn instinktiv wie einen.

„Lass mich zu ihm gehen!", rief Tabatha wütend.

Sie hatte es satt, den ganzen Tag von Männern festgehalten zu werden, und riss mit purer Willenskraft einen Arm los. Sie drehte sich um und kratzte mit ihren Fingernägeln über Kanes Wange, wodurch sie ihn so sehr überraschte, dass sie fast freigekommen wäre. Sie schrie noch einmal, als seine Arme sich wieder wie Stahlfesseln um sie schlangen.

Kane musste insgeheim lächeln über die Energie, die Tabatha besaß. Nachdem er sie eben erst gefunden hatte, war er geistig noch nicht dazu imstande, sie gleich wieder weglaufen zu lassen. Er ergriff ihr Handgelenk, als sie ihren Arm hob, um ihn wieder zu kratzen und starrte fest in ihre Augen hinunter.

Wenn sie wüsste, dass sie als Kind sein Leben gerettet hatte, würde es etwas für sie ändern? Würde es die Angst und Wut aus ihren Augen wischen? Würde sie zulassen, dass er sie liebte? Wusste er überhaupt, wie man liebte? Kane zog sie fester an sich, aber diesmal zog er sie in eine verzweifelte Umarmung.

Tabatha fühlte, wie sich ihr Körper nach hinten bog. Sie wurde so fest umklammert, dass ihr Körper dazu gezwungen wurde, sich der aggressiven Form seiner Umarmung anzupassen, aber anstatt ihr Angst zu machen… fühlte es sich beruhigend für ihre mitgenommenen Nerven an. Tabatha beobachtete, wie Kriss plötzlich genau hinter Kane erschien, und Angst schoss wieder durch sie.

Der Gefallene Engel sah aus, als könnte er die Welt zwischen seinen Fingern zermalmen und seine hellen quecksilbernen Augen beinhalteten die Wut, die dazu nötig wäre, als er nach Kane griff. Sein blondes Haar stand beinahe senkrecht von seinem Kopf ab, bewegte sich sanft wie in einer Brise und leuchtete tatsächlich in einem beruhigenden Licht, das Tabatha nur als einen Heiligenschein beschreiben konnte. Es war atemberaubend.

Kriss fühlte den alles vernichtenden Zorn und ergriff sich den letzten Vampir, der zwischen ihr und dem Mädchen, das zu schützen er beschlossen hatte, stand. Sobald seine Finger in die Aura um den uralten Vampir eindrangen, zischte Kriss, als er nicht die Dunkelheit fühlte, die es ihm erlaubte, die Monster zu töten, sondern die Wärme einer Seele. Kriss schloss einen Moment lang seine Augen, versuchte, die Dunkelheit in ihm zu finden, die seinen Tod ermöglichen würde. Was er fand, war noch verstörender... Liebe.

Als er fühlte, wie Tabathas Angst noch weiter wuchs, wusste Kriss, dass nun nicht der richtige Zeitpunkt war, ein solches Wunder zu verstehen zu versuchen.

Im Handumdrehen wurde Kane von Tabatha losgerissen und in die Ziegelmauer am anderen Ende des Raums geschleudert. Alles, was er fühlen konnte, war Zurückweisung, als die Mauer implodierte, Ziegel und Mörtel wie eine Lawine auf ihn herunter regneten. Er versuchte noch nicht einmal, sich selbst zu schützen, als die Erinnerung daran, wie er lebendig begraben worden war, wieder zurückkam und ihn heimsuchte.

Tabatha erstarrte als das Geröll zum Stehen kam, eine Staubwolke über dem Haufen hängen blieb wie eine dunkle Gewitterwolke. Eine Gänsehaut zog sich über ihren ganzen Körper und ihr erster Instinkt war es, loszurennen und zu versuchen, Kane zu helfen, aber in dem Moment, als Kriss sie berührte, verschwand die Gänsehaut.

Kriss drehte Tabatha zweimal im Kreis, betrachtete sie genau um sicher zu gehen, dass sie nicht schwer verletzt war, ehe er sie fest in seine Arme zog. Über ihre Schulter sah er hinüber zu der Geröllhalde, wo der Vampir begraben lag.

Er wusste, dass er die Kreatur nicht getötet hatte, denn jetzt, wo er sich darauf konzentrierte, konnte er noch seine Seele hören, die schrie, und das Geräusch war ohrenbetäubend. Es war ein Schrei der Einsamkeit und verzweifelter Traurigkeit. Er konnte fast die Antwort in seinem Hinterkopf hören, aber er schob sie stur weg, damit sie nicht zu laut wurde. Sie würden nicht mehr hier sein, wenn der Vampir sich aus seinem neu errichteten Grabhügel erhob.

„Halt dich fest", flüsterte Kriss. „Ich bringe dich nach Hause."

Tabatha nickte, schlang ihre Arme um seinen Hals und er hob sie hoch. Mit der Macht, die in ihm lag, verschwand Kriss in einem leisen Luftwirbel.

KAPITEL 13

Devon wischte mit einer riesigen Tatze das Blut weg, das noch immer aus einer Platzwunde über seinem Auge rann, sodass er wieder sehen konnte. In dem Moment, als sein Blick wieder klar wurde, konnte er gerade noch sehen, wie Tabatha und Kriss aus der Lagerhalle verschwanden und er wusste, dass auch er und Envy bald gehen mussten. Das Blut rann ihm wieder in die Augen und er seufzte, wusste, dass er sich wieder in seine menschliche Gestalt verwandeln musste, wenn er die Blutung stoppen wollte.

Envy fühlte, wie das Fell, an das sie sich klammerte, verschwand und durch glatte Haut ersetzt wurde. Als sie ihre Augen öffnete sah sie schockiert, dass sie in Devons Schoß saß, ihr Gesicht ihm zugewandt.

Das Bisschen Luft, das sie noch gehabt hatte, entwich aus ihren Lungen, als er seine Arme fest um sie schlang. Sie öffnete ihren Mund, wollte Antworten fordern, aber wurde überrascht, als seine Hände ihre Schultern ergriffen und er sie so weit von sich weg hielt, dass er ihr Gesicht und ihren Hals begutachten konnte.

Devon runzelte die Stirn, als er eine große Anzahl Wunden und Blutergüsse sah und er fühlte, wie seine Wut wieder an die Oberfläche stieg. „Verdammt, du hast mir gerade zehn Jahre meines Lebens gekostet. Ist das hier, was es bedeutet, dich als Partnerin zu haben?", schrie er.

Envy sah hoch in diese eisblauen, besorgten Augen, die sie gerade erst kennengelernt hatte, und blinzelte. Sie verlor jeden Gesichtsausdruck und starrte ihn völlig ausdruckslos an, versuchte zu verstehen, wieso er sie anschrie. Nach den zwanzig Millionen Schocks, die sie heute Nacht erlebt hatte, hatte sie nicht mehr die Energie, um sich über etwas so Normales, wie angeschrien zu werden, aufzuregen. Trotzdem hielt sie das nach ein paar Augenblicken nicht davon ab, ihre instinktive Reaktion zu zeigen… nämlich zurückzuschreien.

„Wenn es dir so viel Mühe kostet, wieso kommst du dann überhaupt, um mich zu holen?", wollte Envy wissen, während sie versuchte, sich von ihm abzudrücken, sodass sie von seinem Schoß rutschen konnte. Etwas an der Position, in der sie saß, wissend, dass sie einander in genau derselben Position geliebt hatten, störte sie, jetzt, wo er sie anschrie. Und die Tatsache, dass er nackt war, half nicht wirklich.

„Weil du mir gehörst und ich dich schützen wollte… das ist meine Aufgabe." Devon verschränkte seine Arme wie Stahlketten in ihrem Rücken. „Wo genau willst du hin?" Es war keine Frage, es war eine Drohung, und daran, wie sich ihre Augen weiteten, erkannte er, dass sie ihn laut und deutlich verstanden hatte.

„Machst du das immer so, dass du die Mädchen, mit denen du geschlafen hast, rettest, und sie dann gefangen hältst?" Envy starrte böse in seine Augen.

„Ich schlafe mit keinen anderen Mädchen mehr. Ich liebe dich. Wir sind Partner und du wirst nie wieder einen anderen Mann küssen… und schon gar keinen Gefallenen Engel." Devon zog den Kopf ein, als er sich daran erinnerte, wie Kriss die Vampire in Stücke gerissen hatte, als wären sie aus Butter.

„Ich werde nicht einmal so tun, als würde ich verstehen, wovon, zum Teufel, du sprichst, aber wenn du dich weiterhin so benimmst, dann werde ich jeden Typen küssen, den ich sehe." Envy lächelte, meinte nicht, was sie sagte. Sie hatte sich in Devon verliebt, in dem Moment, als sie ihn dort in dem Käfig erblickt hatte, aber das bedeutete nicht, dass sie ihn damit davonkommen lassen würde, so… liebenswert zu sein.

„Oh, schau, ich sehe einen Mann", flüsterte sie und zog Devon an sich, für einen heißen Kuss.

Devon schloss seine Augen und entspannte sich in den Kuss, genoss das Gefühl, wie ihr Körper sich an ihn drückte.

Envy ließ den Kuss einen Augenblick andauern, dann zog sie sich zurück. „Das bedeutet nicht, dass wir eine Beziehung haben" Sie kicherte, als er sie anknurrte, und ihren Kuss erwiderte.

Dieses Mal zog Devon sich zurück und fügte hinzu: „Nein, wir haben keine Beziehung… wir sind verpaart."

Eine Minute später kam Envy hoch um Luft zu holen und sah ihn neugierig an. „Ist das dasselbe wie verheiratet sein? Denn ich kann mich nicht erinnern, dass du mir einen Antrag gemacht hast, und ich will dir nicht zu nahe treten, aber hattest du vor ein paar Minuten ein Fell?"

„Es bedeutet, dass du bei mir einziehst, und das Fell wird wegbleiben, außer wir brauchen es", entgegnete Devon.

„Ich werde nicht bei dir einziehen. Wir kennen uns doch erst seit zwei Tagen." Envy runzelte die Stirn, als er einfach an ihren Lippen leckte und ignorierte, was sie gesagt hatte. Insgeheim fragte sie sich, ob Chad einen Vorrat an Elektroschockpistolen hatte, denn sie könnte sie vielleicht brauchen: jedes Mal, wenn sie nach Hause gehen wollte, um zu schlafen und zu duschen.

Devon seufzte und schüttelte seinen Kopf. „Wir reden darüber, wenn wir zurück im Club sind. Jetzt musst du erst einmal aufstehen."

Envy schenkte ihm einen bösen Blick. „Lass mich los, dann stehe ich auf."

Devon grinste und ließ sie frei, dann stand er zuerst auf. Envy fühlte, wie ihr Gesicht glühte, als sie einen weiteren wunderbaren Anblick seines Körpers erhielt und sich weigerte, wegzusehen. Wenn sie verheiratet waren, oder verpaart, oder was auch immer er gesagt hatte, dann konnte sie so viel schauen, wie sie wollte.

„Sei vorsichtig, Envy", sagte Devon neckend. „Wenn du mich auf diese Art und Weise ansiehst, dann werde ich dafür sorgen, dass du das Äußere des Clubs eine lange Zeit nicht mehr zu sehen bekommst."

Envy schnaubte und verschränkte ihre Arme vor ihrer Brust. „Ach was! Und wie hast du vor, nackt nach Hause zu gehen?"

„Ich werde mich wieder verwandeln müssen", antwortete Devon schulterzuckend.

Envy widersprach: „Aber du hast gerade gesagt, das Fell würde wegbleiben, außer wir brauchen es."

Devon hob eine Augenbraue. „Ich habe auch kein Problem damit, nackt nach Hause zu laufen."

Envy winkte schnell mit der Hand vor seinem Gesicht. „Nein, nein, ist schon in Ordnung." Auf gar keinen Fall würde jemand außer ihr ihn noch einmal nackt sehen... obwohl sie ihm das natürlich nie sagen würde.

Devon kicherte und verwandelte sich in einer schnellen Bewegung wieder in einen Jaguar. Gemeinsam gingen sie auf die zerstörte Tür zu. Als Envy eine Hand auf sein weiches Fell legte, begann Devon zu schnurren.

Michael saß in einem oberen Fenster in der Lagerhalle, außer Reichweite des Schauspiels, das sich unter ihm ereignete. Er war angekommen, als die Schlacht sich schon dem Ende zuneigte, und hatte sich damit begnügt, einfach zuzusehen. Kane hatte ihn nicht gesehen, aber er wusste schon, was geschehen war. Er hörte, wie Steine und Beton sich bewegten und sah hinüber zu der Müllhalde, unter der Kane begraben worden war.

Kane befreite sich langsam aus dem Schutt und schüttelte seine Arme angeekelt aus. Er klopfte sich den Staub von seinem Mantel und verzog sein Gesicht, als er einfach in die Luft stieg und wie eine Wolke um ihn schwebte.

„Wow, das war widerlich anzusehen. Ich bin froh, dass sie endlich weg sind", seufzte er und schielte hoch zu der Morgensonne, die durch die zerbrochene Tür schien. „Oh herrlich, ich glaube, ich werde ein Sonnenbad nehmen."

Kane hob seine Hand und berührte mit seinen Fingern den Blutstein, wissend, dass er ihn nicht mehr verdiente… er hatte es eben bewiesen. Mit einer schnellen Bewegung riss er den Ohrring aus seinem Ohr und schleuderte ihn quer durch den Raum. Kane sah zu, wie er durch den Lichtstrahl flog und einen Augenblick lang wunderschön aufblitzte, bis er plötzlich von einer anderen Hand aus der Luft gefangen wurde. Kanes Augen wurden groß, als er zusah, wie Michael das Schmuckstück betrachtete.

Michael hatte Kane weiterhin beobachtet und hatte entsetzt den Kopf zwischen die Schultern eingezogen, als der andere Mann den Ohrring aus seinem Ohr gerissen und ihn weggeworfen hatte. Still ließ er sich zu Boden fallen und fing den Stein aus der Luft.

„Wenn du mich fragst, hätte er keinen besseren neuen Besitzer finden können", sagte Kane mit einer spöttischen Verbeugung, ehe er auf die Türöffnung zu schritt. Michael kannte den dickköpfigen Blick in Kanes Augen und runzelte die Stirn. Offensichtlich hatte Kane vergessen, wie stur Michael sein konnte, wenn die Situation es verlangte.

Gerade als Kane an ihm vorbeikam, zog Michael den Holzpflock, den er mitgebracht hatte, aus seinem Mantel und stieß ihn in Kanes Rücken. Kane brüllte vor Schmerz und Zorn, stolperte nach vor während er versuchte, das störende Holzstück aus seinem Körper zu entfernen.

Michael knurrte zur Antwort und drückte nach unten, bis Kane mit dem Gesicht voraus auf dem Boden lag.

„Ich hätte nie gedacht, dass du so jemand bist, der anderen in den Rücken fällt", höhnte Kane, der sich nicht die Mühe machte, sich zu wehren. „Ein wenig weiter links bitte, du hast es verfehlt."

„Halt's Maul", knurrte Michael, als er den Holzstab herausriss und den Ohrring in das Loch, das er in Kanes Rücken gerissen hatte, stopfte. In der Vergangenheit hatte er schon darüber nachgedacht, dasselbe mit seinem eigenen Blutstein zu machen, um zu verhindern, dass er gestohlen werden konnte. Niemand sagte, dass der Stein außen am Körper sein musste.

Kane hatte sich halbwegs ruhig verhalten, aber als Michael den Ohrring in die schmerzhafte Wunde drückte, begann Kane sich wieder zu wehren.

Michael hielt Kane mit einer Hand zu Boden, während er das Handgelenk der anderen Hand biss. Er wartete, bis sich Bluttropfen formten und hielt die Hand dann über den anderen Mann. Sein Blut tropfte in Kanes Wunde, woraufhin der andere Vampir nur noch mehr zappelte.

Michael hielt ihn die paar Augenblicke lang fest, die es brauchte, bis die Wunde verheilt war, bevor er aufstand und seine Jacke glatt strich. Er ließ ein zufriedenes Lächeln auf seinem Gesicht erscheinen, wusste, dass der Blutstein nun sicher hinter Kanes Herz ruhte, wo es Kane fast unmöglich war, ihn herauszuholen.

Kane brüllte, als er die Magie nun in sich fühlte und drückte sich ein paar Zentimeter vom Boden hoch. Er blieb auf allen Vieren, starrte wütend zu Boden, bevor sein Zorn noch weiter wuchs und er einen mörderischen Blick auf Michael schoss. „Du verdammtes Arschloch! Wieso machst du so etwas Bescheuertes?"

„Weil ich nicht wollte, dass du wieder verschwindest!", rief Michael zurück während er sich zu seiner vollen Größe aufrichtete. „Meinst du nicht, dass vierzig Jahre eine ausreichende Strafe sind?"

„Wovon, zur Hölle, sprichst du?", wollte Kane wissen, während er sich auf seine Knie aufsetzte und die Schmerzen aus seinem Rücken zu reiben versuchte, wo Michael ihn abgestochen hatte, dann fuhren seine Finger vorsichtig über die verdammte Wunde. Nur weil Wunden von Vampiren schnell verheilten, bedeutete das nicht, dass es nicht höllisch schmerzte. Dieser Schmerz würde eine ganze Weile bleiben.

„Also, du lässt dich begraben. Das kann ich dir vielleicht noch verzeihen. Aber du warst offensichtlich lange genug aus dem Boden draußen, um dich wieder anzupassen und deine Rache zu planen, also es tut mir leid, aber ich fühle mich ein wenig vernachlässigt. Und dann, nach all dieser Zeit, finde ich dich endlich, und was machst du? Keine fünf Sekunden später willst du", er zeigte wütend auf das Sonnenlicht, das durch die Tür strahlte, „sonnenbaden? Wozu, um alles in der Welt, hast du dir überhaupt die Mühe gemacht, aus dem verdammten Grab zu klettern, wenn es nur dafür ist?"

„Michael?", fragte Kane mit einem schweren Seufzen.

„Was?", knurrte Michael, der sich fragte, ob Kane überhaupt zugehört hatte, bei was er gerade gesagt hatte.

„Halt's Maul, ja?" Seine Stimme war sanft, er wusste, dass Michael ihm gerade das Leben gerettet hatte. „Ich habe dein Nörgeln ungefähr so sehr vermisst, wie die Kopfschmerzen, die ich davon bekomme." Er krabbelte zur Mauer und lehnte sich dagegen, streckte seine Beine vor sich aus und sah hoch zu seinem besten Freund.

Michael schluckte, als er das Glitzern von Tränen in Kanes Augen sah. Er ging zu ihm hinüber, lehnte sich an dieselbe Wand und rutschte nach unten, bis er neben ihm saß. „Du hättest dasselbe für mich getan."

„Ich kann es immer noch tun." Kane zeigte mit einem halbherzigen Grinsen auf Michaels Halskette.

Michael nahm die Halskette zwischen seine Finger und lächelte. „Wenn du lange genug hierbleibst, dann werde ich dich vielleicht sogar lassen." Als er Kanes ungläubigen Gesichtsausdruck sah, zuckte er die Schultern. „Denk darüber nach: du brauchst dir keine Gedanken mehr darüber zu machen, dass jemand versuchen könnte, den Stein zu stehlen... nicht wahr?"

Kane verzog sein Gesicht und griff nach der Innentasche seines Mantels um seine Zigarettenschachtel hervorzuholen. Er öffnete sie und nahm eine heraus, steckte sie in den Mund und griff nach seinem Feuerzeug. Als er es herauszog machte Michael ein komisches Geräusch und Kane atmete aus, bevor er zu seinem Freund hinübersah.

„Probleme?"

Michael riss das riesige Feuerzeug aus Kanes Hand und drehte es in alle Richtungen um es ausführlich zu betrachten. Es war wie ein normales Feuerzeug... nur etwa zehnmal so groß.

„Was, zum Teufel, ist das?", fragte Michael.

Kane griff danach. „Es ist mein Feuerzeug, gib es zurück."

„Das ist kein Feuerzeug, es ist ein verdammter Flammenwerfer."

„Oh ja, mein Traumjob ist Schweißer", gab Kane zurück und versuchte noch einmal, Michael das Feuerzeug wegzunehmen.

Michael rutschte einen Meter weg und kam hoch auf seine Knie, während er das Feuerzeug vor sein Gesicht hielt. Er zündete es an und Kane musste ein Lachen unterdrücken, als er Michaels Gesichtsausdruck sah.

„Kann ich mir den ausleihen?", fragte Michael, der scheinbar unter dem Bann der zehn Zentimeter hohen, zischenden Flamme war.

„Wieso?", wollte Kane wissen, während er sich bemühte, einen seriösen Gesichtsausdruck zu behalten.

„Ich will ein Feuerwerk unter Nick Santos' Bett anzünden", sagte Michael verträumt. „Oh, all die Möglichkeiten, die wir damit haben", flüsterte er, wissend, dass er es gerade geschafft hatte, den Selbstmord-gefährdeten Vampir aufzuheitern.

Kane stützte seinen Arm auf sein Knie als er lachte. Es war das erste Mal, seit er sich aus seinem eigenen Grab ausgebuddelt hatte, dass er ehrlich lachte.

*****

Envy stürmte durch die Eingangstür des Moon Dance und versuchte, sie hinter sich ins Schloss zu werfen, aber eine große Hand hielt sie auf. Devon kam nackt herein und warf die Tür dann ins Schloss, als hätte er es von vornherein tun wollen. Kat und Warren standen an der Bar und beobachteten die Vorgänge.

„Oh Mann, sie sind schon in dieser Phase", rief Kat und klatschte.

Das Paar blieb stehen, als sie Kats Stimme hörten und Envy rannte auf sie zu.

„Geht es dir gut?", fragte Envy.

Kat grinste. „Mir geht es bestens. Ich bin nur etwas überrascht über die Vorgänge dieser Nacht."

„Willkommen im Club", knurrte Envy. „Nächstes Mal sagst du mir bitte gleich, dass du dir ein gepunktetes Fell wachsen lassen kannst, und Krallen und süße Ohren… okay?"

Kat nickte. „Abgemacht."

Warren runzelte die Stirn. „Süße Ohren?", murmelte er.

„Und wenn wir schon dabei sind, ich hole meine Handtasche und dann gehe ich nach Hause", sagte Envy. „Ich hatte eine lange Nacht und ich brauche Schlaf."

„Ich habe es dir schon gesagt, Envy… du ziehst bei mir ein", stellte Devon fest.

Envy wirbelte herum und starrte ihn einen Augenblick lang böse an, ehe sie sich ihm näherte. „Hör zu, Bürschchen, achtundvierzig Stunden sind nicht genug, um dich kennenzulernen, und mir von dir sagen zu lassen, was ich tun darf und was nicht", brach Envy los, als Devon vor ihr stand, die Arme stur vor seiner Brust verschränkt wie eine lebende Steinmauer.

Sie stieß ihm hart mit dem Finger in die Brust. „Ich wurde verletzt, verängstigt, gebissen… und nicht zu vergessen, wie ein verdammtes Happy Meal angeboten. Oh, und lass mich noch hinzufügen: VERPAART, ohne zuerst gefragt zu werden. Ich will nach Hause gehen und so lange Duschen, bis das gesamte heiße Wasser der Stadt aufgebraucht ist." Sie stieß ihn noch einmal an. „Dann werde ich in mein eigenes Bett krabbeln und eine Woche lang schlafen."

„Das letzte Mal, wo ich dich aus den Augen gelassen habe, wurdest du verletzt, verängstigt, gebissen und hättest dich beinahe umbringen lassen", donnerte Devon. „Du hast eine Dusche und ein Bett gleich hier die Treppe hoch. Brauchst du sonst noch etwas?"

„Ja, dass du endlich eine verdammte Hose anziehst, sodass ich wieder denken kann!" Envy runzelte die Stirn, als er nur lächelte.

„Ich habe dir gesagt, dass sie durchdreht, wenn du sie splitternackt holen gehst", mischte sich Kat mit dem Insider-Witz ein. Sie warf ein kleines Handtuch von der Bar in seine Richtung und duckte sich dann, als es direkt wieder zurückgeflogen kam. „He, sie will nur, dass du dir etwas anziehst, und ich persönlich brauche auch nicht unbedingt alles zu sehen, was du zu bieten hast.

Durch Kats Scherze abgelenkt sah Envy hinüber zu ihr und erblickte das Schnurlostelefon, das an der Wand hinter ihr hing. Sie drehte sich um, schritt entschlossen auf die Bar zu und griff danach. Als sie Devons Körper direkt in ihrem Rücken fühlte, und sah, wie sein Arm über ihre Schulter glitt, um sie aufzuhalten, seufzte sie. „Ich will Tabby anrufen, um zu sehen, ob sie in Ordnung ist. Darf ich nicht einmal das?"

Devon ließ seine Hand sinken und ließ es zu, nachdem ihre Stimme weich gewesen war. „Ich gehe und ziehe mich an, während du sie anrufst, versprich mir nur, dass du hier sein wirst, wenn ich zurückkomme."

Envy sah ihm nach als er ging und wunderte sich über den traurigen Ton in Devons Stimme. „Was hat er?", fragte sie.

„Du bist seine Partnerin", antwortete Warren. „Er kämpft gegen den Instinkt an, dich im Auge zu behalten, während er gleichzeitig versucht dich du selbst sein zu lassen. Unsereins ist nicht so einfach, wenn es darum geht, zusammenzuleben. Wir können sehr viel Zeit unserer Partner beanspruchen, und überfürsorglich erscheinen. Und wenn wir uns eine Partnerin nehmen, dann ist das auf ewig. Wenn Devon dir sagt, dass es keine andere geben wird, dann ist das so. Er ist nicht wie dein voriges Männchen… er würde dich nicht absichtlich verletzen."

Warren wich von der Bar zurück und folgte Devon nach oben.

„Ruf nur an", sagte Kat. „Ich mache dir inzwischen etwas zu trinken."

Envy nickte und schaltete das Telefon an. Schnell wählte sie Tabbys Nummer und wartete, während es mehrmals klingelte, ehe jemand abhob.

„Was?", sagte Kriss, während er Tabathas Koffer packte.

„Hi Kriss", sagte Envy vorsichtig, als sie das Gefühl bekam, dass Kriss noch immer etwas angespannt war. „Ist Tabby in Ordnung?"

Kriss seufzte. „Sie ist sehr verwirrt, aber es wird alles gut." Es folgte eine kurze Stille und Envy bekam das Gefühl, dass er noch mehr zu sagen hatte. „Ich bringe sie weg aus der Stadt, für einen kleinen Urlaub. Ich weiß, dass sie sich über Gesellschaft freuen würde."

Envy lächelte, ihr gefiel diese Idee. „Sag mir einfach wann und wo, und ich komme."

Sie konnte Kriss' Lächeln in seiner Stimme hören. „Der Privatflughafen vor der Stadt ist schon vorbereitet. Wir sehen uns dort."

Envy legte auf und grinste, als Kat einen Shot Heat vor sie schob.

„Wenn ich richtig verstanden habe, wirst du den wohl brauchen", meinte Kat.

Envy hob das Telefon wieder hoch und wählte eine andere Nummer. Als Devon wieder nach unten kam, war Envy immer noch am Telefon, ein Glas Heat stand vor ihr auf der Theke. Er schielte hinüber zu Kat und hob eine Augenbraue, als sie ihm zuzwinkerte.

Envy sah über ihre Schulter und klopfte auf den Stuhl neben ihr, um Devon zu bedeuten, dass er sich setzen sollte. Ihr Kopf fuhr wieder herum und sie lächelte.

„Hallo Bruderherz, ich brauche das Blaulicht um ein Flugzeug zu erreichen. Meinst du, du kannst mir helfen?"

„Wie wäre es, wenn du mich erst einmal Hallo sagen lässt, bevor du fragst?", beschwerte sich Chad. „Wo willst du denn hin?"

„Tabby fliegt mit Kriss auf Urlaub und sie haben mich gefragt, ob ich mitkommen will. Kannst du mich vom Moon Dance abholen?", fragte Envy.

„Okay, ich bin in ein paar Minuten da", erklärte Chad und legte auf.

Envy legte das Telefon weg und sah mit einem ausdruckslosen Gesicht hinüber zu Devon. „Wenn du mich die nächsten beiden Wochen ständig an deiner Seite haben willst, dann brauchst du nur eins zu tun."

Devon hob eine Augenbraue. „Und was wäre das?"

Envy beugte sich nach vor und flüsterte leise in sein Ohr. „Ich will Kriss und Tabby am Flughafen treffen. Wir fliegen auf Urlaub."

Devon lächelte und nickte. Ja, das wäre perfekt. Er bekam, was er wollte, denn Envy hatte ihn eingeladen, mitzukommen.

„Ich nehme an, ihr kommt hier ohne mich aus?", fragte Devon und sah hinüber zu Kat.

„Natürlich", antwortete Kat. „Was glaubst du, wie alt wir sind? Hau schon ab hier."

Devon nahm Envys Hand und führte sie hinaus. Aus der Ferne war eine Polizeisirene zu hören, die sich schnell näherte und Envy konnte ein Grinsen nicht unterdrücken, denn Chad hatte keine Ahnung, dass Devon mit ihr kommen würde.

*****

„Was, zur Hölle, ist hier passiert?", flüsterte Jason als er die Lagerhalle betrat. Polizisten waren überall und die Leute von der Spurensicherung umzingelten die Leichen, die sie untersuchten.

„Was machst du hier?", fragte Trevor, der wissen wollte, wer, zum Teufel, die Ranger gerufen hatte.

Jason sah ihn mit einem zutiefst erschrockenen Gesichtsausdruck an. „Die Ranger wurden gerufen, weil hier ein Jaguar gesehen wurde, also bin ich gekommen, um nachzusehen." Er schielte wieder hinüber zu den zerstückelten Leichen und atmete tief ein. „Es sieht so aus, als hätten einige arme Seelen ihn zuerst gefunden."

Trevor wandte seinen Blick von Jason ab und betrachtete das Gemetzel. Devon hatte das nicht alleine getan, und er würde sicherstellen, dass er herausfand, was genau hier geschehen war. Auf gar keinen Fall konnte ein einzelner Jaguar all diese Vampire getötet haben.

Ein leises Miauen zog seinen Blick zur Tür und er grinse, als er Frau Tullys älteste Katze, Hanna, dort mit großen, eulenartigen Augen sitzen sah. Sie schüttelte ihren Kopf und Trevor sah, dass das kleine Glöckchen an ihrem Halsband leicht blau leuchtete. Ohne zu fragen, wusste er, dass Frau Tully eine recht gute Vorstellung davon hatte, was vorgefallen war.

Er ging hinüber zu der Katze, hob sie vorsichtig auf und genoss das Geräusch ihres Schnurrens.

„Was hast du denn da?", fragte Zachary.

Trevor hatte Zachary gerufen, als die Dinge mit den Formwandlern ein wenig zu heiß geworden waren. Zachary hatte mit ihm zusammengearbeitet, als das TEP aufgebaut worden war, und hatte eine Menge merkwürdige Dinge gesehen. Er war der eine Mann, auf den sich Trevor immer verlassen konnte, dass er ihm Rückendeckung geben würde, in Situationen wie dieser.

„Ich glaube, wir haben einen Augenzeugen", antwortete Trevor leise, damit die lokalen Agenten ihn nicht hören konnten.

„Agent Hartley", rief ihn einer der Gerichtsmediziner. „Sie sollten sich das einmal ansehen."

Mit Hanna auf der Schulter ging Trevor zu einer der verwüsteten Leichen und kniete sich daneben. Er sah zu, als der Gerichtsmediziner das, was vom Mund übrig war, öffnete und die verlängerten Eckzähne zeigte.

„Die anderen haben dieselbe Missbildung", erklärte der Mediziner verwirrt, während er versuchte, die Katze, die auf Trevors Schulter saß, zu ignorieren. „Ich habe so etwas noch nie gesehen."

„Hat es sonst noch jemand gesehen?", fragte Trevor neugierig.

„Noch nicht", antwortete der Gerichtsmediziner und Aufregung ließ seine Augen leuchten. „Aber ich kann es nicht erwarten, die Autopsie zu machen."

Zachary und Trevor tauschten einen kurzen Blick aus und Trevor nickte kurz, wusste, dass es zum Besten war.

Zachary stand auf und legte sofort eine übersinnliche Decke auf alles Paranormale. Die Menschen, die die Leichen gesehen hatten, würden alle Details einer Gang von Mördern sehen, die beschlossen hatten, gemeinsam Selbstmord zu begehen. Wissend, dass er die Sache schnell beenden musste, schielte er zum hinteren Teil der Halle, wo all die alten Kisten aufbewahrt worden waren, und ließ das Feuer durch seine Adern fließen.

Trevor zog den Gerichtsmediziner von dem Körper weg, gerade als der hintere Teil des Gebäudes in Flammen aufging und die Hölle losbrach.

Zachary zwinkerte Trevor zu, bevor er sein Funkgerät in die Hand nahm und einschaltete. „Okay, Jungs, alle raus aus dem Gebäude. Es scheint, dass die Mörder eine Absicherung hatten, bei ihrem Massenselbstmord, um sicher zu gehen, dass keiner der Überlebenden lange überleben würde."

Trevor und Zachary blieben zurück, während alle anderen aus dem Gebäude rannten. Nachdem Zachary das Feuer kontrollierte, was es völlig gefahrlos.

„Das war genial." Trevor schüttelte den Kopf. „Die Mordfälle sind für die Bullen geklärt. Wenn du mir den Gefallen tun könntest, das Feuer so heiß zu machen, dass auch die Knochen zerstört werden, dann meine ich, ist damit die menschliche Einmischung in unsere Untersuchungen beendet."

Zachary lächelte. „Bist du sicher, dass du es so heiß willst? Ich könnte dein Fell... oder was auch immer du tatsächlich hast, versengen."

Trevor zeigte ihm den Mittelfinger.

„Ach, bist du nun auf Zeichensprache umgestiegen?", fragte Zachary.

„Mach einfach, sodass ich nach Hause gehen kann, und ich meine Rache gegen einen bestimmten Bullen in der Truppe fertig ausführen kann", knurrte Trevor.

Zacharys Lächeln verwandelte sich in ein Grinsen. „Was hat er getan, um deine Rache zu verdienen?"

„Seine Schwester hat mir einen Elektroschock in die Eier verpasst... mit seiner Elektroschockpistole... die er ihr für den Zweck gegeben hat." Trevor hob eine Augenbraue, als wäre das schon schlimm genug.

Zachary presste unbewusst seine Oberschenkel zusammen. „Autsch!"

Trevor machte eine Handbewegung in Richtung des Feuers. „Du kannst anfangen, wann du willst."

Zacharys Grinsen wurde gemein. „Du solltest jetzt vielleicht losrennen."

Trevor wartete nicht, um zu sehen, ob er scherzte.

###

***

Halten Sie die Augen offen nach anderen Büchern in der "Blutsbündnis-Serie"

"Moon Dance"
"Blutsbündnis-Serie Buch 1"
Zusammenfassung

Envys Leben war großartig. Großartiger Bruder, großartiger Freund und der beste Job, den sich eine Frau wünschen kann... Barfrau in den beliebtesten Clubs der Stadt. Zumindest war es großartig, bis sie einen Anruf von einem ihrer besten Freunde bekam, über ihren Freund, der auf der Tanzfläche im Moon Dance einen vertikalen Limbo tanzte. Ihre Entscheidung, ihn damit zu konfrontieren, setzt eine Kette von Vorfällen in Gang, die sie in eine gefährliche, paranormale Welt, die unter der Langeweile des täglichen Lebens verborgen liegt, einführen. Eine Welt, in der sich Menschen in Jaguare verwandeln können, lebensechte Vampire durch die Straßen wandern, und Gefallene Engel unter uns gehen.

Devon ist ein Werjaguar, ein wenig grob an den Kanten und einer der Besitzer des Moon Dance. Seine Welt kippt um ihre Achse, als er eine verführerische Füchsin mit rotem Haar erspäht, die in seinem Club tanzt, bewaffnet mit einem zynischen Herzen und einer Elektroschockpistole. Während ein Vampirkrieg um sie tobt, schwört Devon, dass er diese Frau sein eigen machen wird… und bis zum Tode um sie kämpfen wird.

"Night Light"
"Blutsbündnis-Serie Buch 2"
Zusammenfassung

Quinn Wilder hat sie seit dem Tag, an dem sie geboren wurde, mit den hungrigen Augen eines Pumas beobachtet. Als sie eine Jugendliche wurde, führte die Versuchung, sie als seine Partnerin zu nehmen schnell zu einem Zerwürfnis zwischen ihm und ihren überfürsorglichen Brüdern. Als ihre Väter einander im Kampf töteten, wurden die Banden zwischen den beiden Familien zerstört und sie wurde außer seiner Reichweite in Sicherheit gebracht. Während er sie aus der Entfernung beobachtet, findet Quinn heraus, dass der Vampirkrieg auch seine guten Seiten hat, wenn sie sich nicht davon fern hält.

Kat Santos hatte den Besitzer des Night Light jahrelang nicht gesehen. Bis Quinn sich plötzlich entschließt, sie als Geisel zu nehmen und ihr vorwirft, sie hätte ihm die Vampirmorde in die Schuhe schieben wollen. Als sie erkennen, dass der Feind mit ihnen spielt, vereinigen die beiden Familien ihre Kräfte, um die Vampire davon abzuhalten, ihre Stadt zu terrorisieren. Als der Krieg in der Unterwelt eskaliert, geraten auch die Flammen des Verlangens außer Kontrolle, als das, was als eine Geiselnahme begann, sich schnell in ein gefährliches Spiel der Verführung verwandelt.

"Gefährliche Dinge"
"Blutsbündnis-Serie Buch 3"
Zusammenfassung

Jeder sagt, es gibt zwei Wege im Leben, aber für Jewel Scott erschienen sie beide sehr gefährlich. Einer führte zu Anthony, einem mordenden, psychopathischen Werwolf, der auch der Anführer der Stadtmafia war, und ihr Verlobter... gegen ihren Willen. Der andere Weg führte zu Steven, einem Werpuma, den sie bei ihrem ersten Treffen mit einem Baseballschläger bewusstlos geschlagen hatte. Er zahlte es ihr zurück indem er sie als Geisel nahm und sie zu seiner Partnerin machte.

Steven Wilder erlag der Versuchung, die mit dem Schläger schwang, auch auf andere Art, als nur, dass er vor ihr zu Boden gegangen war... er wollte sie haben. Als er herausfand, dass sie der Mafia versprochen war, fand er einen Grund, sie als Geisel zu nehmen und sie zu seiner Partnerin zu machen... natürlich zu ihrer eigenen Sicherheit.

Anthony Valachi war besessen von Jewel, seit sie noch ein Kind war, und, gemäß den Regeln der Mafia, hatte er sie zu seiner zukünftigen Braut gemacht. Wenn jemand meinte, dass er sie von ihm stehlen konnte, dann lag er falsch... tödlich falsch.

"Läufig"
"Blutsbündnis-Serie Buch 4"
Zusammenfassung

Alicia Wilder hat es satt, von ihren überfürsorglichen Brüdern vor der Welt versteckt zu werden. Als sie versucht, zu beweisen, dass sie mit dem Vampirkrieg umgehen kann, wird sie verletzt, gebissen, geküsst, auf sie wird geschossen und absurd genug lebt sie letztendlich mit drei sehr sexy Vampiren, von denen einer derjenige ist, der den Krieg überhaupt erst begonnen hat. Als sie erkennt, dass sie als Formwandlerin läufig wird, erkennt Alicia dass ihr Sicherheitsdenken vielleicht ihr Ende bedeutet.

Damon ist aus einem Grund mit seinen Brüdern zusammengezogen… die Frau, die ihn aufgespießt und halb tot liegen gelassen hatte, lebte dort unter dem Schutz der Vampire. Als sie Alicias Leben öfter retten, als er überhaupt zählen kann, entscheidet Damon, dass sie jemand kontrollieren muss, bevor die kleine Katze einen Weg findet, ihm zu entkommen, indem sie sich selbst umbringen lässt. Eifersucht wird ein gefährliches Spiel, wenn sie läufig wird und mehr als nur Monster anzieht.

"Blutsbande"
"Blutsbündnis-Serie Buch 5"
Zusammenfassung

Als der Blutzauber gebrochen war, grub Kane sich aus dem Boden hervor und suchte nach der Seelenfreundin, die ihn befreit hatte, aber erkannte, dass sie verschwunden war. Mit nichts mehr zu verlieren und voller Rachegelüste begann er einen Krieg. Das letzte, was er erwartete, war, die Seelenfreundin, die ihm immer wieder aus den Fingern entwischte, mitten im Weg der Zerstörung, die er verursacht hat. Er wird schnell von ihr besessen, beobachtet sie, wenn sie nicht aufpasst, hört zu, wenn er nicht eingeladen ist und verfolgt jede ihrer Bewegungen… und der Dämon, der ihn heimsucht, weiß, dass sie seine Schwäche ist. Um sie zu beschützen schwört Kane, dass er sie ihn hassen lassen würde, selbst wenn er sich auf die Seite der Dämonen schlagen muss, um das zu erreichen. Aber wie kann er sie vor dem größten aller Feinde beschützen, wenn er selbst dieser Feind ist?

"Dunkle Flammen"
"Blutsbündnis-Serie Buch 6"
Zusammenfassung
Gerade als der Vampirkrieg eskaliert und zu einem ausgewachsenen Dämonenkrieg wird, findet Zachary sich mit der Verantwortung über eine hübsche Geisterbeschwörerin, die mit einem dunklen Moment seiner Vergangenheit in Verbindung steht. Er hatte zugesehen, wie ihre Mutter den schmalen Grat überschritt und geradewegs in die Arme eines Dämons spazierte. Es war seine Aufgabe, dafür zu sorgen, dass Tiara nicht denselben leidenschaftlichen Weg wählte… es sei denn, sie tat es mit ihm. Nun, wo die Dämonen sich näherten, war das Allerletzte, womit er rechnete, dass Tiara mit ihnen verwandt war. Während Launen überkochen und Geheimnisse behalten werden, wird Eifersucht ein gefährliches Spiel. Jemand hätte sie warnen sollen, dass, wer mit dem Feuer spielt, sich auch verbrennen wird.

"Beschmutztes Blut"
"Blutsbündnis-Serie Buch 7
Zusammenfassung
Wenn man einen Handel mit einem Dämon eingeht, dann stellt das eine Verbindung her, auch wenn man nicht weiß, dass die Person ein Dämon ist. Dies zu seinem Vorteil nutzend brach Zachary die heiligen Gesetze und bot Tiara vorsätzlich einen Handel an. Er würde ihr einziger Liebhaber sein, bis sie ihren wahren Partner fand... was er für immer verhindern wollte. Als die Abmachung in Kraft tritt, kommt seine dunkle Seite zum Vorschein, als Tiara von ihm wegrennt, in dem Glauben, dass sie nun auf der Liste der UEP steht, weil ihr Blut beschmutzt ist. Als er sie findet, wie sie sich in den Armen des Feindes versteckt, bekämpft Zachary Feuer mit Feuer.

"Schatten des Todes"
"Blutsbündnis-Serie Buch 8"
Zusammenfassung
Im Herzen des Dämonenkrieges kann man sich nichts sicher sein, da er die Schicksale derer, die darin verwickelt sind, in die gefährlichste und verführerischste Form des Chaos schickt. Ein Mann findet heraus, dass Fremde sich in einem dunklen Moment verblendender Leidenschaft treffen können, nur um dann durch die kalte Hand des Schicksals getrennt zu werden, mit nicht einmal ihrem Namen in der Hand, um nach ihr suchen zu können. Ein weiterer Mann erkennt, dass in dem Moment, wo der Schatten des Todes zum Verfolger wird, die verführerischste Feindin schnell zur stärksten Verbündeten werden kann… selbst gegen seinen Willen. Und kann das Herz einer Seelenfreundin die zwei Männer, die sie lieben, davon abhalten einander zu töten?

"Zuflucht"
"Blutsbündnis-Serie Buch 9"
Zusammenfassung

Michael ist derjenige von dem alle erwarten, dass er in den gefährlichsten Situationen seinen kühlen Kopf bewahrt... aber bald finden sie heraus, dass es die Ruhigen sind, vor denen man sich in Acht nehmen muss. Seine Macht und seine Launen geraten außer Kontrolle, als er von einem Mädchen besessen wird, das seine Leidenschaft anstachelt, nur um zu verschwinden, ehe er etwas über sie herausfinden kann. Mit jedem Vorgeschmack, den er von ihr bekommt, wird seine Besessenheit schnell zu einer Sucht.

Aurora ist gegen ihren Willen Samuel verbunden, einem alten und mächtigen Dämon, der noch immer jede ihrer Bewegungen im Auge behält. Wenn sie ihre Freiheit behalten will, muss sie dem besitzergreifenden Dämon immer einen Schritt voraus sein. Als sie sich von einem violett-äugigen Liebhaber angezogen fühlt, findet sie schnell heraus, dass ihre Leidenschaft für den Fremden Samuel direkt zu ihr und dem Mann führt, den sie beschützen will.

Samuel schwört, alles zu tun, was nötig ist, um Aurora an seiner Seite zu behalten. In seinem verzweifelten Versuch, Auroras Gehorsam zu erzwingen, entfacht er unwissentlich das Feuer einer Macht, die er keinesfalls wieder auslöschen kann... den gerechten Zorn eines Sonnengottes.

"Mattes Blut"
"Blutsbündnis-Serie Buch 10"
Zusammenfassung

Als eine Werwölfin hatte Jade schon immer den Eindruck gehabt, dass alle Alphamännchen einfach nur selbst-verliebte, mordende, Macho-Tyrannen sind, die die Mitglieder des Rudels nur als Trittsteine benutzen, um selbst zum König der Sippe zu werden. Sie musste es wissen. Ihr Bruder, ihr Verlobter und ihr Geiselnehmer waren alle Alphamännchen der ärgsten Sorte. Nachdem sie alle Beweise hatte, die sie brauchte, um zu wissen, dass Alphamännchen nichts Gutes bedeuteten, schwor Jade sich, dass sie niemals einem Werwolf, welcher Art auch immer vertrauen würde… und sich schon gar nicht in einen verlieben wollte. Es wird schwierig, diesen Schwur zu befolgen, als sie von einem blonden, blauäugigen Alphamann gerettet wird, der den Körper eines Griechischen Gottes hat. Egal wie engagiert sie auch kämpft, Jade fürchtet sich vor diesem einen Alphamann, gegen den sie verlieren wird.

"Süchtig nach Blut"
"Blutbündnis-Serie Buch 11"
Zusammenfassung
Michael erkennt, dass das Blut von mächtigen Unsterblichen sich manchmal nicht vermischt, auch wenn sie Seelenfreunde sind und in der Hitze der Leidenschaft. Eine Paarungsmarke ist das Symbol des Besitzes, aber für Michael bedeutet dieser kleine Blutgeschmack seinen Untergang. Das Blut der Gefallenen ist täuschend verführerisch für einen Sonnengott und der mächtige Rausch, den Michael erlebt macht ihn süchtig. Um Aurora vor sich selbst zu beschützen, beginnt Michael, die mächtigsten Dämonen in der Stadt zu jagen, um sein Verlangen zu stillen. Als das schwarze Blut durch seine Adern strömt, verliert Michael sich selbst in dem Rausch und wird genauso gefährlich wie die Dämonen, die er jagt.

"Todeswunsch"
"Blutsbündnis-Serie Buch 12"
Zusammenfassung

In den Diebesring des Untergrundes, der von den Dämonen betrieben wurde, hinein zu gelangen, war einfach gewesen... wieder zu entkommen, als sie entschieden, sie umzubringen, das war es, was Lacey Probleme bereitete. Als ihr Partner stirbt, nur damit sie einen Vorsprung haben kann, lässt sie das Opfer nicht umsonst sein und rennt, als wäre eine Horde Dämonen hinter ihr her... was zutrifft. Wie hätte sie wissen sollen, dass ihr Fluchtweg sie direkt in die Mitte eines Dämonenkriegs führte, und geradewegs in die Arme eines sexy Fremden, der mächtiger war, als ihr schlimmster Albtraum?

Ren dachte, dass er sich einen kleinen Dieb gefangen hatte, nur um dann herauszufinden, dass unter mehreren Schichten Jungen-Kleidung und Schmutz die begehrenswerteste Verführerin war, die er je gesehen hatte. Als er erkennt, dass sie die Marke eines Dämons auf sich hatte, und einen Todeswunsch auf sich zu haben schien, entscheidet Ren schnell, dass die einzige Möglichkeit, wie er ihr Leben schützen kann, ist, wenn er sie nicht mehr aus den Augen lässt. Wenn die Dämonen selbstmörderisch genug waren, zu meinen, dass sie sie von ihm stehlen konnten, dann würde er ihnen ihren eigenen Todeswunsch geben.

"Blutregen"
"Blutsbündnis-Serie Buch 13"
Zusammenfassung
Die Essenz von Blut ist ein Mysterium, das viele Bedeutungen hat. Blut gibt Leben… aber wenn es vergossen wird, kann es Leben im Handumdrehen zerstören. Legenden sagen, dass Blut auch die Verbindung ist, die Seelenfreunde zusammen hält… auch wenn eine dieser Seelen zersplittert ist. Launen und Moral des paranormalen L.A., werden auf die Probe gestellt, als Unschuld, unabhängig von ihrer Herkunft, in Gefahr ist. Sie müssen sich wieder darüber klar werden, dass nicht alle Dämonen böse sind… manchmal müssen selbst Dämonen vor den Dingen gerettet werden, die wirklich durch die Nacht streifen. Während der Offenbarungen voller Tod, Wiedergeburt und Akzeptanz des Unabwendbaren wird durch den fallenden Blutregen eine neue Waffe geschmiedet.

*****

Halten Sie Ausschau nach den anderen Büchern in der "Schützenden Herzkristall-Serie"

"Das Herz der Zeit"
"Der Schützende Herzkristall-Serie Buch 1"
Zusammenfassung

Jedes Mal, wenn der Kristall aufgetaucht ist, unabhängig von der Welt oder der Zeit, waren seine Beschützer immer bereit, ihn vor allen zu schützen, die ihn egoistisch nutzen würden. Ein Mädchen steht im Zentrum dieser uralten Beschützer, das Objekt ihrer Zuneigung, und sie hat in sich die Macht des Kristalls. Sie ist die Trägerin des Kristalls und die Quelle seiner Macht. Aber die Linien verschwimmen und den Kristall zu beschützen wird langsam zu einer Aufgabe, die Priesterin vor den anderen Beschützern zu schützen. Dies ist der Wein, von dem das Herz der Dunkelheit trinkt. Es ist die Chance, die Beschützer des Kristalls zu schwächen und anfällig für einen Angriff zu machen. Die Dunkelheit sehnt sich nach der Macht des Kristalls und auch nach dem Mädchen, wie sich ein Mann nach einer Frau sehnen würde, und so findet sie Eingang in eine andere Welt, wo die Dunkelheit in einer Welt des Lichtes dominiert.

"Trotze nicht dem Herzen"
"Die Schützende Herzkristall-Serie Buch 2"
Zusammenfassung

Ein junges Mädchen, geboren über tausend Jahre in der Zukunft, betritt unabsichtlich die Nebel eines Landes, das vom Krieg mitgenommen ist. Sie trägt in sich das eine Ding, das das Land heilen oder zerstören kann, einen heiligen Kristall, bekannt als der Schützende Herzkristall. Als fünf Brüder sich zu ihr hingezogen fühlen und ihre Beschützer werden, wird der Kampf zwischen Gut und Böse zu einem Kampf der Herzen.

Nun, wo der Kristall zersplittert ist und der Feind sich nähert, ist das letzte, was sie erwartet hatten, ein Zauber, der sie gegeneinander aufbringt. Als die Launen hoch kochen und Geheimnisse behalten werden, wird Eifersucht zu einem gefährlichen Spiel zwischen den mächtigen Brüdern. Wenn Besitz zu Besessenheit wird, können die Brüder den Feind davon abhalten, die eine Person zu ergreifen, die sie alle zu beschützen suchen?

"Tobende Herzen"
"Die Schützende Herzkristall-Serie Buch 3"
Zusammenfassung

Toya würde alles bekämpfen um bei Kyoko bleiben zu können. Sein Herz und seine Dolche gehören ihr. Er will nur, dass sie sie akzeptiert. Selbst wenn die Dunkelheit ihres Feindes das in Gefahr bringt, wofür sie so hart gekämpft haben, würde Toya für ihre Ehre und ihre Liebe sterben. In einem Augenblick der Seligkeit gewinnt er endlich den Mut, ihr sein verborgenes Herz zu öffnen und seine wahren Gefühle, die er darin versteckt, zu gestehen. Dieser Moment aber ist für immer weg, als Kyoko von den herzlosen Schicksalen über ihm aus seiner Welt genommen wird. In dem Glauben, dass er verflucht ist, gibt Toya auf und glaubt fälschlicher Weise, dass der einzige Grund für ihn, zu leben, ihn verlassen hat. Nun muss Toya sie gegen den ärgsten aller Feinde verteidigen… ihn selbst.

"Ein Licht im Herzen der Dunkelheit"
"Die Schützende Herzkristall-Serie Buch 4"
Zusammenfassung
Für Kyoko sind mythische Figuren etwas, was man sich ausleiht und am Samstagabend mit seinen Freunden ansieht. Als ein mysteriöser Verfolger die Schatten um ihr in dunkle Ecken mit tödlich scharfen Kanten verwandelt, wird sie sich vor ihrer Vergangenheit verstecken können? Die Dunkelheit ist wieder über die Welt hereingebrochen und die Beschützer haben ihre Wiederauferstehung erwartet. Obwohl man meint, dass sie mythische Kreaturen sind, sind sie in dieser Realität viel wirklicher, als die Menschen glauben. Nur wenn der Mond hoch am Himmel steht, werden diese Kreaturen, diese Beschützer, das Böse bekämpfen, das die Welt an sich reißen will und das Mädchen nehmen, das die ultimative Macht hat... das Licht im Herzen der Dunkelheit.

"Der Besitz des Beschützers"
"Die Schützende Herzkristall-Serie Buch 5"
Zusammenfassung

Kyoko findet sich selbst wieder inmitten eines zeitlosen Krieges zwischen den mächtigen Beschützern und dem ultimativen Beschützer, der zum Feind geworden ist… ein Herr der Dämonen, der die Macht hat, sie alle zu zerstören. Geheimnisse bleiben bewahrt und wahre Herzen verstecken sich unter Schichten aus Eis und Bosheit. Wieder beginnt der Kampf zwischen Gut und Böse zu verschwimmen… und schickt die Schicksale der Betroffenen in eine sehr gefährliche und verführerische Form von Chaos. Als der Feind sein Herz zeigt und die Verbündeten herzlos werden, bekämpfen diese mächtigen Unsterblichen ihre eigenen Herzen und einander um die Priesterin zu beschützen. Sie ist der Mittelpunkt ihrer Welt und jeder Beschützer versucht, sie zu dem zu machen, was sie sein sollte… der Besitz des Beschützers.

"Zwillings-Vampir"
"Die Schützende Herzkristall-Serie Buch 6"
Zusammenfassung

Kyoko wurde geboren um Dämonen zu bekämpfen und dachte, dass sie alle Regeln kannte, bis sie Freundschaft schloss mit einem Halbblut-Vampir und unabsichtlich von seinem Meister verführt wurde. Als ihr klar wird, dass der Feind ein Herz hat, verschwimmen die Grenzen zwischen Gut und Böse und Kyoko bleibt verwirrt zurück in einer Welt voller Gefahren. Jetzt, wo ein besessener Meistervampir jede ihrer Bewegungen verfolgt und sein Zwillingsbruder einen Vampirkrieg beginnt, fühlt sich Kyoko immer noch näher zu dem hingezogen, was sie eigentlich zerstören sollte.

"Engel mit Schwarzen Flügeln"
"Die Schützende Herzkristall-Serie Buch 7"
Zusammenfassung

Manche Legenden beschreiben ihn als einen Gott, andere sagen, dass er ein Teufel ist, der versucht, die Götter zu ermorden, um seine Freiheit zu erlangen. Sie haben ihm einen Namen gegeben… Darious. Sein Plan war es, jeden Dämon zurück in das Loch zu schicken und seine Waffe war die Wut, die in ihm tobte. Während er die Menschen rettete, die ihn wie eine gefährliche Krankheit mieden, wurde Darious aus der Bahn geworfen, als er smaragdgrüne Augen sah, die ihn furchtlos anstarrten. Kyoko wusste nicht, dass ein kurzer Blick ausreichte um einen Gott in Versuchung zu führen und seine Leidenschaft anzufachen, die nur Wut gekannt hatte. Umgeben von den Beschützern, die sie lieben und schützen, haben sie überhaupt eine Chance gegen den Engel mit den schwarzen Flügeln oder die Dämonen, die still in die Stadt eingedrungen sind? Kyoko erkennt, dass es schwierig ist, von Darious wegzulaufen, wenn er doch schneller ist als sie.

"Verdammte Herzen"
"Die Schützende Herzkristall-Serie Buch 8"
Zusammenfassung
Die Beschützer-Brüder sind sehr besitzergreifende Unsterbliche, wenn es darum geht, Kyoko vor Hyakuhei, vor Dämonen oder sogar vor sich selbst zu schützen. Aber wann geht es zu weit? Wenn die Brüder wüssten, dass sie einander töten mussten, um ihr nahe zu sein, würden sie es tun? Wenn sie damit die Chance hätten, sie zu lieben, dann würden sie das sofort. Wird ihr Tod genug sein, um Kyoko von dem Herrn der Dämonen, Hyakuhei, der sie in allen Ewigkeiten geliebt hatte, abzuhalten? Manchmal ist sogar Blut nicht genug, wenn Kyoko sich nicht an die Regeln ihrer Verdammten Herzen hält.

*****

Halten Sie die Augen offen nach den Büchern der
"Obsession Serie"

"Fesselnde Bande"
"Obsession-Serie Buch 1"
Zusammenfassung

Sanctuary ist ein ausgedehnter und abgelegener Ferienort, der versteckt auf der Anhöhe seines eigenen privaten Berges liegt. Angel Hart wuchs in dem, sich im Familienbesitz befindlichen Resort auf, ständig beschützt vor der realen Welt. Angel führte ein behütetes und privilegiertes Leben, umgeben von den drei Männern, die sie am meisten bewunderte, bis die Scheidung ihrer Eltern sie weit weg von ihnen führte. Zwei Jahre später kommt sie auf Besuch nach Hause und hat ihren neuen Freund mitgebracht.

Plötzlich findet Angel sich selbst als Gegenstand der Zuneigung mehrerer Personen und diese haben nicht die Absicht, sie Sanctuary jemals wieder verlassen zu lassen. Geheime Obsessionen verwandeln sich in ein tödliches Spiel der Besessenheit, da die Männer, die sie lieben, sich zu den gefährlichsten Menschen auf dem Berg entwickeln.

*****

Über die Autorinnen

Amy Blankenship, Ehefrau und Mutter von drei Kindern, lebt in North Carolina. Sie hatte schon immer den Drang zum Schreiben verspürt. Nachdem sie erkannt hatte, dass es viele Geschichten gab, die erzählt werden mussten, beschloss Amy ihre Träume in die Tat umzusetzen. Inspiriert von ihrer Liebe zu Liebesromanen und dem Paranormalen, hat Amy ihre beiden Lieblingsbeschäftigungen verbunden, um ihre Geschichten von Romantik, Fantasie und dem Paranormalen zum Leben zu erwecken. Besuchen Sie Amys offizielle Webseite und registrieren Sie sich als Mitglied auf: amyblankenship.webs.com

Regina K. Melton wohnt im schönen Südwesten Floridas, wo die schönsten Strände der Welt zu finden sind. Den Großteil ihrer Jugend und ihrer erwachsenen Jahre hat sie mit Schreiben verbracht, wobei sie ständig versucht, sich zu verbessern. Nachdem sie einige Jahre zuvor Amy Blankenship kennengelernt hatte, entwickelten die beiden eine enge Freundschaft und begannen eine Zusammenarbeit. Regina hilft Amy derzeit mit Ideen für ihre gemeinsamen Bücher und hilft auch mit einem Teil der Fanpost.

Printed in Poland
by Amazon Fulfillment
Poland Sp. z o.o., Wrocław